KB177940

안녕 주정뱅이

안녕 주정뱅이
권여선 소설집
창비

차 례

봄밤

"산다는 게 참 끔찍하다. 그렇지 않니?"

영선은 이렇게 말하고 영미를 돌아보았다. 영미는 운전대를 잡고 눈을 가늘게 뜬 채 앞만 바라보고 있었다. 영선이 잠시 기다렸지만 대답이 없었다.

"지난번 면회에서 개가 우리를 아주 잡아먹으려고 했을 때부터 알아봤어야 하는 건데. 다른 사람은 몰라도 수환이까지 잊어버리다니, 개가 어떻게 수환이를……"

말하는 도중에 영선은 차가 갑자기 속도를 내는 걸 느꼈다. 커브를 돌 때 그녀는 중심을 잡지 못해 다급히 창문 위 손잡이를 부여잡았다.

"영미야! 속도 좀 늦춰!"

속도는 조금 늦춰졌지만 영선에게는 여전히 빠른 것처럼 생각되었다. 국도변 나무들이 휙휙 지나갔다. 영선은 가슴에 손을 얹었다.

“아이고, 하나님 아버지! 얻어 타고 다니는 내가 무슨 말을 하겠니?”

영선이 보란 듯이 안전벨트를 바짝 조여 맸지만 영미는 여전히 눈을 가늘게 뜬 채 앞만 응시하고 있었다.

“너도 낼모레면 환갑인데 운전할 때 그렇게 흥분하는 거 아니다.”

영선은 마지막으로 이렇게 오금을 박은 뒤 열선이 켜진 좌석에 몸을 기댔다. 기대도 하지 않았는데 영미가 불쑥 말을 꺼냈다.

“뭘 더 바라겠어?”

영선은 영미를 힐끗 보고 잠시 생각에 잠겼다. 그리고 고개를 끄덕였다.

“그래, 네 말도 맞다. 차라리 잘된 일인지도 모르지. 어쨌든 더는 나가서 술 먹고 돌아다니진 못할 테니까.”

“내 말은, 언니하고 나하고……”

영미의 말에 영선이 좌석에서 몸을 일으켰다.

“그래, 우리가 뭐? 앞으로 우리가 어떻게 해야겠니? 영경이 아파트도 팔아버리는 게 좋겠지? 물려줄 자식도 없는 거나 마찬가지니까.”

영미가 답답하다는 듯 고개를 빠르게 저었다.

“우리가 뭐 어떻게 할 건 하나도 없고, 어쨌든 우리는 이렇게 멀쩡히 살아 있으니 됐지 않냐고. 뭘 더 바라겠냐고.”

영미의 말을 끝으로 차 안은 엔진 소리와 스쳐가는 바람 소리 외엔 조용했다. 바깥공기는 아직 쌀쌀한데 차창으로 쏟아져 들어오는 봄볕은 따스했다.

수환과 영경은 12년 전 마흔셋 봄에 작은 웨딩홀에서 처음 만났다. 수환은 신랑의 고등학교 동창이었고 영경은 신부의 대학교 동창이었다. 신랑 신부가 마흔을 훌쩍 넘긴 나이인데다 쌍방이 모두 재혼이었기에 식은 매우 조촐하게 진행되었다. 하객은 양쪽을 합쳐 50명이 넘지 않았다. 중년의 신랑 신부는 신혼여행도 떠나지 않았다. 그들은 마치 재혼의 목적이 거기 있기라도 한 듯 식이 끝나자마자 양쪽 친구들을 자신들의 집에 모아놓고 술을 퍼마시기 시작했다. 술자리는 다음 날 새벽까지 이어졌다.

새벽에 수환은 술이 억병으로 취한 영경을 업어서 집까지 바래다주었다. 다음 날부터 그들은 매일 만나 함께 저녁을 먹고 술을 마셨다. 수환이 술을 잘 마시지 못했으므로 술자리는 늘 영경이 만취해서 뻗는 걸로 끝났다. 그러면 수환은 첫날 그랬던 것처럼 영경을 업어 그녀의 아파트까지 데려다주었다. 그 번거로운 과정은 일주일 만에 수환이 옥탑방을 정리하고 영경의 아파트로 들어오면서 자연스레 해결되었다. 그후 그들은 딱 한번 빼고는 떨어져 살아본 적이 없었다.

면회실로 들어선 영경은 소파에 혼자 앉아 있는 기순을 발견하고 그쪽으로 휠체어를 밀고 갔다. 영경은 수환이 탄 휠체어를 기순의 소파 옆에 고정하고 자신은 기순과 마주 보는 자리에 앉았다.

"어여 와라, 어여 와."

틀니를 하여 발음이 정확하지 않은 기순의 말을 알아듣기 위해 수환은 그쪽으로 상체를 기울였다.

"밥은 먹었냐?"

기순이 어물거리는 소리로 물었다.

"먹었지, 그럼."

수환이 말했다.

"밥은 잘 주냐?"

"그럼, 잘 주지."

기순이 이번엔 영경을 보았다.

"아가, 너도 밥은 먹었냐?"

"네, 먹었어요."

"그래, 아가, 너는 몸이 약해서 밥을 많이 먹어야 한다."

영경의 귀에 정확히 그렇게 들린 건 아니었지만 대충 그런 말일 터이므로 영경은 고개를 끄덕였다.

"네, 어머니."

수환이 천천히 주변을 돌아보았다.

"형은?"

기순은 잘 알아듣지 못했다.

"뭐라고?"

수환이 목소리를 높였다.

“형은? 형은, 어디, 갔냐고?”

“응. 네 형은 담배 피우러 나갔어. 곧 들어올 거야. 아직도 못 끊고 저런다.”

수환은 수철이 곧 들어오지 않으리라는 것을 알고 있었지만 아무 말도 하지 않았다. 기순은 드디어 때가 왔다는 듯 검버섯으로 뒤덮인 두 손으로 수환의 왼손을 꼭 붙들고 울기 시작했다.

“아이고, 수환아, 우리 수환이, 불쌍한 우리 수환이……”

기순은 한동안 울었다. 수환은 기순에게 손을 잡힌 채 영경을 보았다. 영경은 멍한 눈빛으로 기순의 머리 위 허공을 쳐다보고 있었다.

“우리 엄마, 기운 빠지신다. 그만해.”

수환이 슬그머니 손을 뺐다. 기순이 주머니에서 거즈 손수건을 꺼내 눈곱을 닦으며 말했다.

“내가 밥만 끓여먹을 수 있으면 요 근처에 방 얻어가지고 살면서 매일 와서 너를 이렇게 만져볼 것을.”

“말도 안되는 소리 하지 마. 형이 그러라고 하겠어?”

“네 형이 말도 못 꺼내게 해.”

시무룩하던 기순이 갑자기 눈을 번득이며 말했다.

“이게 다 환이 네가 쇠를 많이 만져 이렇게 된 거다.”

뻔한 레퍼토리였지만 수환은 진지하게 대꾸했다.

“그건 아니라니까.”

"뭐가 아니야? 젊어서부터 쇠 깎고 불질을 해서 그런 거야."

기순이 분연히 말했다.

"아니야. 그래서 생기는 병은 따로 있고 나는 그 병이 아니라니까."

"다들 그러더라. 몸에 쇳독이 올라서 병이 난 거라고. 안 그러면 젊은 나이에 왜 이런 병에 걸려?"

"엄마, 나 안 젊어."

수환은 웃으며 영경을 보았다.

"쉰다섯이 왜 안 젊어? 공장 차려놓고 쇠 만지고 불질 안했으면 네가 왜 이런 병에 걸려? 눈에 아다리 걸려가면서 그 힘든 일 해서 다 남 좋은 일만 시키고. 아이고, 내가 그년을 어디서라도 만나면 요절을 내도 시원찮다만은."

기순의 분명치 않은 넋두리를 들으며 수환은 계속 영경을 바라보았다. 영경은 똑같은 표정이었다. 수환이 가장 잘 알고 있고 가장 두려워하는, 넋이 나간 듯 텅 비어 있는 가면의 표정……

수철은 오전 면회시간이 다 끝나갈 때쯤에야 들어와 말없이 기순의 뒤에 서 있다가 면회 종료 벨이 울리자 다시 울먹이기 시작하는 기순을 일으켜세웠다. 무표정하게 앉아 있던 영경도 벨소리를 듣자 놀라서 자리에서 일어났다. 수철이 기순을 데리고 면회실을 나갔고, 영경이 수환의 휠체어를 밀고 그 뒤를 따랐다. 본관의 현관 입구에서 수환은 환갑 넘은 형이 여든 넘은 노모를 10년도 더 된 낡은 자동차의 뒷좌석에 태우고 요양원 정문을 빠져나가는 걸 바라보았다.

수환에게 류머티즘 관절염으로 의심되는 증상이 나타난 것은 3년 또는 3년 반 전이었다. 그러나 신용불량 상태로 15년 가까이 살아온 수환은 건강보험에 가입되어 있지 않았으므로 곧바로 병원에 가볼 수 없었다. 어쩔 수 없는 일 앞에서 누구나 그러하듯, 수환도 크게 염려하지 않고 사태를 낙관하는 걸로 영경과 자신의 불안을 잠재웠다. 1년쯤 지나자 수환은 도저히 더는 그렇게 버틸 수 없다는 판단을 내렸다. 그는 오래전에 영경을 처음 만났던 그 자그마한 웨딩홀에서 재혼한 고등학교 동창에게 전화를 걸었다. 건강보험증을 빌려줄 수 없겠냐는 그의 부탁에 친구는 낄낄 웃으면서 요즘은 보험증 같은 건 필요 없고 병원에 가서 이름과 주민번호만 대면 된다면서 흔쾌히 자신의 주민등록번호를 알려주었다.

동네 병원 의사는 간단한 검사를 한 후 수환에게 당장 큰 병원에 가보는 게 좋겠다고 말했다. 하지만 큰 병원에 가면 백발백중 복잡한 검사와 수술을 받아야 할 텐데 친구의 건강보험으로 그렇게 할 수는 없었다. 수환은 동네 병원에서 해줄 수 있는 처치와 처방은 없는지 물었다. 의사는 간단한 파라핀 치료와 일반적인 류머티즘 약을 처방할 수는 있지만 이미 비틀리기 시작한 관절 상태로 보아 큰 효과를 기대하기는 어려울 거라고 말했다. 하지만 수환은 당분간 그렇게라도 치료를 받아보기로 했다. 처음에는 증상이 한결 완화되는 느낌이 들었다. 하지만 몇달 뒤에는 상태가 걷잡을 수 없이 악화되었다.

영선과 영미는 혼자 면회실로 들어오는 영경을 보고 나란히 소파에서 일어났다. 영경은 그들 맞은편 소파에 앉아 탁자 위에 펼쳐진 음식을 흘깃 보더니 말없이 창문 쪽으로 고개를 돌렸다. 영경의 비참한 몰골에 영선과 영미는 어찌해야 좋을지 몰라 서로 얼굴을 마주 보았다. 먼저 말을 꺼낸 건 영미였다.

"뭐 좀 안 먹을래, 막내야?"

영경은 고개를 저었다.

"수환씨는 어때?"

"그냥 그래."

영경은 창밖을 보며 건성으로 대답했다.

"더 나빠지진 않았어?"

영경은 그거 아주 훌륭한 질문이라는 듯 고개를 돌려 두 언니들을 차례로 보았다.

"어떻게 더 안 나빠지겠어? 원래 나빠지기 시작하면 걷잡을 수 없는 병이라는데."

그 병에 대해서라면 듣기도 지겹다는 듯 영선이 체머리를 흔들자 영경은 그걸 놓치지 않았다.

"큰언니는 그럴 거면 여기 뭐하러 왔어?"

영선이 황급히 표정을 바꾸었다.

"뭐하러 오긴? 널 보러 왔지."

영경이 웃었다.

"큰언니도 늙었는지 연기에 진실성 없는 거 티 나."

"그러지 마, 영경아. 언니도 정말 네 걱정 많이 해."

영미가 말했다.

"작은언니, 그러니까 제발 집에서 걱정만 하라고. 이렇게 와서 벌서지들 말고."

"영경이 너 진짜 점점."

영선이 혀를 찼다.

"큰언니, 말씀 한번 잘하셨어. 내가 진짜 점점 뭐?"

"여기 직원한테 들었는데 너 지난번에 나가서 일주일이나 있다가 들어왔다며? 들어온 지 보름밖에 안됐다며? 보름 만에 벌써 이러는 거니? 네가 그렇게 끔찍이 생각하는 수환이를 봐서라도 이러면 안되는 거 아니니?"

영경이 다시 창 쪽으로 고개를 돌리자 영선과 영미는 다시 얼굴을 마주 보았다. 영미가 그러지 말라는 눈짓을 하자 영선이 마지못해 고개를 끄덕였다. 영경이 넋두리하듯 중얼거렸다.

"보름밖에, 보름밖에라. 그게 아닌 거거든, 내 지랄병은. 보름씩이나인 거거든."

영경은 잠시 입을 꾹 다물고 있다 갑자기 무슨 좋은 생각이라도 떠오른 듯 언니들 쪽으로 고개를 돌렸다.

"가만있어봐."

영경의 말에 영미가 몸을 앞으로 내밀었다.

"왜, 막내야? 얘기해."

"그러니까……"

영경이 낮게 으르렁거렸다.

"내가 일주일 나가 있었고 들어온 지 보름 됐으면, 언니들은 대체 얼마 만에 온 거니?"

영미가 죄인처럼 손을 모았다.

"막내야, 그동안 내가 좀 아팠어. 그래서 못 왔어. 큰언니는 와보고 싶어했는데 내가 운전을 못해서 그렇게 됐어. 미안해."

영경이 하하 웃었다. 영미와 영선도 덩달아 억지로 미소를 지었다.

"늘 그랬지. 그때도 그랬지. 늘 언니들은 옳고 이유가 있지. 그만 가세요들."

영경이 자리에서 벌떡 일어서자 영미가 덩달아 일어서려다 얕은 비명을 터뜨리며 무릎을 움켜쥐었다.

"막내야, 잠깐만. 막내야, 그러지 마. 큰언니도 많이 늙었어. 힘든 걸음 한 거야."

"네, 그러셔요? 작은언니 그 무릎으로 운전하느라 얼마나 힘드셨어요? 그 차에 실려 오느라 큰언니는 또 얼마나 힘드셨어요? 어쩌다 생각나면 몰려와서 사람 더 돌게 만들지 말고 그만 가시라고요. 여기가 도시락 싸가지고 소풍 오는 데는 아니……"

영경이 목이 막혀 말을 멈추자 영미의 눈시울이 붉어졌다.

"작은언니, 가! 큰언니, 가! 가라고! 욕 나오기 전에."

영경의 개 쫓는 듯한 말투와 손짓에 놀라 영선이 가슴에 손을 얹고 탄식했다.

“아이고, 하나님 아버지! 저런 게 학교에서 애들을 가르쳤다니.”

면회실 문을 향해 걸어가는 영경의 귀에 영미의 가느다란 외침이 들려왔다.

“막내야, 기도해! 언니도 기도할게. 하나님은 너를 사랑하셔! 영원히……”

건강보험에 가입하기 위해 수환은 영경과 의논하여 신용회복 절차를 밟기로 했다. 그는 자신이 진 빚이 얼마인지는 대충 알고 있었지만 갚아야 할 빚이 얼마인지는 전혀 알지 못했다. 세월은 양면을 가지고 있어, 세월이 많이 흘러 이자도 그만큼 엄청나게 불어났겠지만 또 세월이 많이 흘러 빚이 이미 불량채권이 되어버렸을 가능성도 높았다. 수환은 후자의 경우를 바랐지만 여러가지 복잡한 법적 문제가 얽혀 있어 그의 부채 액수는 거의 탕감되지 않았다.

수환은 영경과 다시 의논해 신용을 회복하는 대신 파산을 신청하기로 했다. 파산신청을 해도 건강보험에는 가입할 수 있다고 했다. 파산선고가 내려진 후 그들은 혼인신고를 하고 같은 건강보험증을 갖게 되었지만 그동안 수환의 증상은 급속히 악화되었다. 마침내 수환이 종합병원의 진료를 받을 수 있게 되었을 때는 염증이 척추까지 침범해 혼자서는 제대로 걸을 수 없는 상태였다. 게다가 병원에 입원하자마자 기다렸다는 듯 온갖 합병증이 발병했다.

1년 전에 수환은 영경과 의논하여 병원 치료를 포기하고 노인과 중증환자들을 전문으로 돌봐주는 지방 요양원에 입주했다. 시설이 괜찮은 곳이라 입주금이 적잖게 들었지만 다행히 그 정도는 영경의 저금으로 충당할 수 있었다. 영경은 서울 아파트에, 수환은 지방 요양원에 각자 두달 정도 떨어져 지냈는데, 그게 그들이 12년의 동거생활 중 유일하게 떨어져 살아본 시기였다.

영경은 병실 창가에 서서 본관 뒤뜰을 내려다보고 있었다.

"기분 안 좋아?"

병상에 비스듬히 누운 수환이 물었다.

"아니야."

영경은 고개도 돌리지 않고 말했다.

"면회는 잘 했어? 언니들은 어떠셔?"

"뭘 어때? 늘 그렇지."

"건강하시지?"

"내가 알 게 뭐야? 건강하겠지."

"왜 남 말 하듯 해? 언니들도 나이가 있으신데 어디 건강하시기만 하겠어?"

"그래, 작은언니도 무릎이 많이 아픈 것 같더라. 큰언니야 늘 심장이 안 좋은데다 머리도 아프고 백내장에 뭐에 여러가지로 복잡하게 아프지. 근데 우리 주제에 그런 거 걱정할 때니?"

수환은 할 말이 없었다. 영경은 뒤뜰 쪽으로 휠체어를 밀고 가는 늙은 여자의 뒷모습을 내려다보았다. 휠체어에 탄 사람은 보이지 않았지만 아마 늙은 남자일 거라고 그녀는 생각했다.

"내 안부도 전해주지. 언니들이 뭐라셔?"

수환이 잠긴 목소리로 물었다.

"뭐래긴 뭐래? 늘 똑같은 소리지."

"우리 엄마도 늘 똑같은 소리 하시잖아?"

"그 소리랑 그 소리가 같니?"

"우리 형을 봐. 부모하고 형제는 다른 거야."

"우리 환이 도가 트셨구나."

"기분 안 좋네, 우리 빵경이."

"아니야."

"그럼 나 봐야지."

"당신이 자꾸 모르는 소리를 하니까……"

영경이 돌아섰다.

"그러다 또 울겠네."

수환이 뻣뻣한 손을 움직여 가까이 오라는 손짓을 하자 영경은 그의 병상 옆으로 와서 눈을 내리깔았다. 오전 면회 때 기순이 붙들고 울던, 제멋대로 자란 관목처럼 굽고 흰 그의 손가락 위로 눈물이 후드득 떨어졌다.

"이거 슬퍼서 우는 거 아닌 거 알지?"

영경이 말했다.

"난 슬퍼도 못 우는 거 알지?"

수환이 말했다.

"참 장한 커플이다, 우리."

"맞아. 당신 참 장해. 오래 버텼어. 다녀와라."

영경의 젖은 눈에 퍼뜩 생기가 돌았다.

"정말 괜찮겠어?"

"난 괜찮아."

영경이 더는 묻지 않고 단호한 어조로 말했다.

"다행이다."

"다행이지. 우리 빵경이, 걱정 말고 다녀와."

영경이 눈물을 뚝뚝 흘렸다.

"나 정말 안 나가겠다는 말은 못하겠어, 환아."

"그래, 다녀오라니까. 너무 오래 있지만 말고."

영경이 눈물을 훔치며 빠르게 말했다.

"오래 안 있어. 사흘, 아니 이틀. 환아, 그 정도면 충분해. 이틀만 있다 들어올게. 딱 두 밤 자고 들어올게, 환아."

그 말을 듣고 수환은 환하게 웃으려고 했다.

수환과 영경이 떨어져 지낸 두달 동안 수환의 증세도 눈에 띄게 나빠졌지만 영경의 증세는 더욱 나빠졌다. 두달 후에 영경은 아파트를 반월세로 놓고 받은 보증금으로 자기 몫의 입주금을 내고 수환이 있는 요양원으로 들어왔다. 영경의 병명은 중증 알코올중독과 간경화, 심각한 영양실조였다. 그렇게 류머티즘 환자와 알코올중독 환자의 위험한 동거가 이곳 요양원에서 시작되었다. 요양원

직원들은 유난히 의가 좋고 사랑스러운 대신 화약처럼 아슬아슬한 그들 부부를 '알류 커플'이라 불렀다.

서로 떨어져 살지 않기 위해 영경이 요양원에 들어왔지만 그 때문에 그들은 이후로 만남과 헤어짐을 반복하지 않으면 안되었다. 요양원에서는 절대 술을 마실 수 없도록 되어 있었다. 몰래 술을 먹다 두번이나 걸린 영경은 마지막으로 한번만 더 적발되면 당장 퇴원 조치 하겠다는 경고를 받았다. 그래서 영경은 구토와 불면, 경련과 섬망 증상에 시달리다 더이상 견디기 어려우면 외출증을 끊어 요양원 밖으로 나가 술을 마시고 돌아오곤 했다. 남편인 수환이 그걸 제지하려는 강력한 의지를 보이기는커녕 본인인 영경의 의사를 최우선으로 존중했으므로 담당의도 어쩌는 수가 없었다. 영경은 처음엔 당일에 들어왔지만 곧 이틀이 지나 들어왔고 때로는 사흘 만에 들어오기도 했는데, 지난번엔 오후에 면회 온 영선의 말대로 일주일 만에 들어왔다.

질병이 다른 만큼 수환과 영경은 담당의도 각기 달랐다. 그러나 두 의사가 한결같이 주장하건대 '알류 커플'은 급작스럽게 악화될 가능성이 높은 고위험 질환을 앓는 환자군에 속했다. 그래서 그들 부부는 요양원 별채가 아닌, 중증환자들을 위한 본관 병동의 숙소에 입주해 있었다.

외출하기 전에 영경은 숙소에서 간단히 가방을 챙긴 후 수환의 담당의를 만나보러 갔다. 마침 의사는 자리를 비우고 없었다. 영경은 기다리려다 슬그머니 돌아섰다. 수환의 상태에 대해 좋지 않은 소리를 듣는 걸 견딜 수 없었다. 어차피 들어도 소용없는 일이었다. 수환이 허락한 한, 그녀가 오늘 외출하는 건 해가 뜨고 해가 지는 것처럼, 아니 그보다 더 굳건하고 완강한 사실이라 도저히 변경될 수 없었다. 영경은 빠른 걸음으로 자신의 담당의를 만나러 갔다. 외출하기 위해서는 수환의 담당의는 만나지 않아도 되지만 자신의 담당의는 반드시 만나야 했다.

영경의 담당의는 늘 하나 마나 한 소리를 늘어놓았다. 환자 본인의 의지로는 안되는 일이다, 남편이든 형제든 누군가를 보호자로 내세워 강제 입원을 해야 한다, 보호자의 동의 없이는 나갈 수 없도록 통제를 해놓고 치료를 해야 한다, 이렇게 들락날락해서는 아무 효과가 없다 등등 귀에 못이 박이도록 들어온 얘기였다. 영경은 늘 그랬듯이 생각해보겠다고 말했다. 의사는 한숨을 쉬고 외출증에 싸인을 해주었다. 영경은 오늘따라 담당의가 왠지 자신에게 적대적이라는 생각을 했지만 어쩌면 그건 자기 병의 또다른 증상일 수도 있다고 생각했다.

영경이 병실로 돌아왔을 때 수환은 잠자는 듯 보였다. 그러나 영경이 살그머니 다가가 손을 잡자 수환은 눈을 떴다.

"가는 거야?"

"아니."

"그럼 안 가?"

"아니, 좀 이따 막차시간에 맞춰 나가려고. 그전에 책 좀 읽어줄까 해서.”

“그래.”

“괜찮아?”

“응, 괜찮아. 읽어줘.”

영경은 가방에서 책과 안경을 꺼냈다. 아주 오래된 세로쓰기의 『부활』이었다.

“아까 재밌는 데를 읽어서 당신한테 읽어주려고 접어놨지.”

“그래, 잘했다.”

영경은 왼손으로 오른쪽 팔꿈치를 받쳐 떨리는 손으로 안경을 끼고 책을 수환의 옆구리 쪽 시트에 비스듬히 걸쳐놓았다. 그리고 책의 접어놓은 부분을 펼쳤다.

“어떤 정치범에 대한 똘스또이의 설명이야.”

“응.”

영경은 손을 더듬어 다시 수환의 손을 잡고 책을 읽기 시작했다.

“노보드보로프는 혁명가들 사이에서 대단한 존경을 받고 있었으며 또 훌륭한 학자이고 아주 현명한 인물이었음에도 불구하고 네흘류도프는 그를 도덕적 자질로 봐서 일반 수준보다 훨씬 하위의 혁명가 부류로 간주했다.”

영경은 계속 읽어나갔다. 이름도 발음하기 어려운 노보드보로프라는 혁명가는, 똘스또이에 따르면, 이지력은 남보다 뛰어나지만 자만심 또한 굉장하여 결국 별 쓸모없는 인간이라는 것이었다. 그 까닭인즉, 이지력이 분자라면 자만심은 분모여서 분자가 아무리

크더라도 분모가 그보다 측량할 수 없이 더 크면 분자를 초과해버리기 때문이라는 것이었다.

책을 다 읽고 난 영경이 수환을 보았다.

"분자, 분모. 머리에 쏙 박히는 설명이네."

수환이 말했다.

"그렇지? 가끔 똘스또이에게 반하게 되는 이유가 이런 대목 때문인 것 같아."

영경은 여전히 수환의 손을 잡은 채 한 손으로 안경을 벗으려고 했다. 손은 안경테를 잡을 듯 말 듯 허공에서 파들거렸다. 며칠 전에 심한 사지경련을 일으킨 후로 그녀는 아직까지 손을 떨고 있었다. 그녀가 잡아채듯 안경을 빼며 말했다.

"내가 생각해봤는데 이 비유는 모든 사람에게 적용시킬 수 있을 것 같아. 분자에 그 사람의 좋은 점을 놓고 분모에 그 사람의 나쁜 점을 놓으면 그 사람의 값이 나오는 식이지. 아무리 장점이 많아도 단점이 더 많으면 그 값은 1보다 작고 그 역이면 1보다 크고."

"그러니까 1이 기준인 거네."

수환이 말했다.

"그렇지. 모든 인간은 1보다 크거나 작게 되지."

"당신은 너무 똑똑해서 섹시할 때가 있어."

영경이 씩 웃었다.

"그래? 너무 간헐적이라 탈이지. 그런데 우리는 어떨까? 1이 될까?"

"모르지."

수환의 말에 영경이 중얼거렸다.

“내 병은 내 분모의 크기를 얼마나 측량할 수 없이 크게 하고 있을까?”

“그렇지 않아. 당신은 아직도 분모보다 분자가 훨씬 더 큰 사람이야.”

“과연 그럴까?”

영경이 쓸쓸하게 웃었다.

“과연 그래.”

“근데 환아, 나는 사람들이 내 병을 병으로 보지 않는다는 느낌이 들어. 의사들까지도 그런 것 같아. 그럴 때면 심하게 위축돼. 당신은 어때? 1이 될 것 같아?”

“그건 당신이 정해줘.”

“알았어. 다녀와서 정해줄게.”

“그래, 그렇게 해.”

수환은 이렇게 말했지만, 실은 자신의 병이야말로 분모를 무한대로 늘리고 있어서 자신의 값은 1보다 작은 건 물론이고 점점 0에 수렴되어가고 있는 중이라고 생각하고 있었다. 아니, 꼭 병 때문만은 아닐지도 몰랐다. 그는 마흔세살에 영경을 만난 후로 취한 영경을 집까지 업어 오는 일 말고 영경에게 해준 것이 거의 없었다. 그러니 분모가 이토록 확 늘어나기 전에도 이미 분자의 숫자마저 미미했던 것이다. 그러나 지금 그런 말을 영경에게 하는 건 좋지 않을 것 같았다. 영경이 기꺼운 마음으로 외출할 수 있게 해주는 게 그나마 자신의 분자를 조금이라도 늘리는 일이라고, 영경에게 자신의 존재감을 조금이라도 크게 만드는 일이라고 수환은 생각했다.

수환은 스무살에 쇳일을 시작해 10년 넘게 선반, 절단, 용접, 제관 등 쇠 다루는 모든 기술을 익혔다. 서른셋에 친구와 작은 규모의 철공소를 차려 공업사 수준으로 키워내는 데 성공했다. 한때 공장이 쌩쌩 돌아갈 적엔 제법 돈을 벌기도 했지만 거래처의 횡포로 갑작스레 판로가 막히는 바람에 부도를 맞았다. 위장이혼을 제안한 아내는 이혼하자마자 자기 명의로 변경된 집과 재산을 모조리 팔아 잠적해버렸다. 듣기로는 외국에 나갔다고 했지만 알 수 없는 일이었다. 다행히 자식은 없었다. 서른아홉에 신용불량자가 된 그는 지금껏 변변한 돈벌이를 해본 적이 없었다. 단순영업직, 택배, 대리운전 등 닥치는 대로 일을 했지만 한동안은 일을 놓고 공황 상태에 빠진 적도 있었고, 한달 정도 노숙생활을 한 적도 있었다. 이후로 알음알음 선배나 친구가 하는 사업을 도와주며 생계를 유지했다. 친구의 재혼식에서 영경을 만나기 전까지 수환은 언제든 자살할 수 있다는 생각을 단검처럼 지니고 살았다. 그 날이 무뎌지지 않도록 밤마다 자살할 시기를 저울질하며 마음을 벼리는 힘으로 하루하루를 버텼다.

영경은 스물세살에 중등교사 임용을 받아 국어교사로 20년을 재직한 후 마흔셋에 퇴직했다. 서른둘에 결혼을 했고 1년 반 만에 이혼했다. 전남편은 이혼하자마자 다른 여자와 재혼했다. 그는 자기

부모의 반대를 무릅쓰고 백일 된 아들의 양육을 영경이 맡는 데 동의했다. 다만 한달에 한번씩 자기 부모에게 아이를 하루 정도 맡길 것을 요구했고 영경도 거기에 합의했다. 아이가 돌을 앞두고 있던 어느날 아이를 데려간 예전 시부모로부터 앞으로는 자기들이 손자를 키울 테니 걱정하지 말라는 연락이 왔다. 전남편 부부와 예전 시부모는 그녀 모르게 은밀히 준비해 아이를 데리고 이민을 떠나버렸다. 경찰에 납치 신고를 하고 소송을 준비하는 영경에게, 영선은 그럴 것 없다고, 차라리 잘된 일이니 내버려두라고 했고 영미는 울면서 하나님께 기도하자고 했다. 그때부터 영경은 언니들과 오랫동안 만나지 않았고, 모든 일에서 손을 놓고 술을 마시기 시작했다. 점점 알코올의존증이 깊어져 지각이 잦고 학교 일에 태만해졌다. 더이상 교사로서의 업무를 감당하지 못하고 있다는 죄책감과 걷잡을 수 없이 나빠진 평판 때문에 그녀는 마흔셋에 퇴직을 결심했다. 퇴직한 지 두어달쯤 지나 친구의 재혼식에서 수환을 만났을 때 영경은 술을 마시면서 자꾸 가까이 앉은 수환의 눈을 들여다보게 되었다. 그리고 그가 조용히 등을 내밀어 그녀를 업었을 때 그녀는 취한 와중에도 자신에게 돌아올 행운의 몫이 아직 남아 있었다는 사실에 놀라고 의아해했다.

요양원은 본관 건물과 별채 건물 두동으로 이루어져 있었다. 웅장하고 규모가 큰 본관 건물에는 입원병실과 언제 입원할지 모르는 중증환자들의 숙소가 있었고, 펜션처럼 보이는 별채 두동에는 요양원 직원과 일반요양인들의 숙소와 휴게실, 운동시설 등이 있었다. 널찍한 주차장 한편에는 응급환자들을 수송하기 위한 앰뷸런스 두대가 주차되어 있고, 정문 쪽으로는 아담한 정원이, 본관 건물을 감싼 뒷산 쪽으로는 조경이 잘된 산책로가 있었다.

젊은 청년이 수환의 휠체어를 밀고 와 본관 현관에 세워놓은 후 영경에게 말했다.

"자리 비켜줄게요, 아줌마."

"고맙다, 종우야."

종우는 영경이 외출할 때마다 수환을 돌봐주는 단골 간병인이었다. 종우가 멀찍이 가기도 전에 영경이 허리를 숙여 수환에게 입맞추려 하자 수환이 고개를 돌렸다.

"뭐야? 마음이 식은 거야?"

영경이 장난스럽게 물었다.

"아니, 입냄새 때문에 그래."

수환이 입을 가리며 말했다.

"그게 뭐 어때서? 입이 말라서 그런 건데."

"그래도 오늘따라 유난히 짜고 쓰네."

"난 괜찮아."

"내가 싫어. 달콤까지는 안돼도 간간한 정도만이라도 지키고 싶어서 그래."

"참 까탈스럽게 군다. 내 입에서 술냄새 나면 당신 근처에도 못 가겠다."

"그런 거 아니야."

"뭐가 아니야?"

"아직도 내가 우리 빵경이한테 잘 보이고 싶나보지. 당신 들어올 때까진 어떻게든 간간한 정도로 낮춰놓을게."

"그럼 당신이 해줘."

영경이 푹 파인 볼을 내밀었다. 수환은 숨을 멈추고 가만히 영경의 볼에 입술을 갖다 댔다.

"다녀올게."

"그래. 잘 다녀와."

수환은 허깨비같이 걸어가는 영경의 깡마른 뒷모습을 보면서 그녀가 돌아올 때까지 자신이 과연 버틸 수 있을지, 그리고 그녀가 무사히 돌아올 수 있을지를 생각했다. 언제나 영경이 외출할 때마다 드는 생각이었다. 영경은 이틀 만에 돌아오겠다고 했지만 요 근래엔 이틀 만에 돌아온 적이 거의 없었다. 사흘도 아니고, 나흘도 아니고, 지난번엔 일주일 만에 거의 송장 꼴이 되어 돌아왔다. 수환은 어쩌면 이게 정말 마지막일지 모른다는 생각을 했지만 합병증인 쇼그렌증후군으로 림프샘이 말라붙어 눈물은 나오지 않았다.

종우가 다가와 휠체어 손잡이를 잡으며 물었다.

"들어갈래요, 아저씨?"

"조금만 더 있다 들어가자."

"그래요."

수환은 종우에게서 풍기는 옅은 담배 냄새를 맡았다. 동네 병원에서 류머티즘 진단을 받고 곧바로 담배를 끊었으니 2년이 넘었다. 끊기 전까지는 그야말로 골초였다. 문득 담배가 피우고 싶다는 생각이 들었다.

“산책 좀 할래요?”

종우가 물었다.

“아니야. 그냥 여기 있을란다.”

“힘들죠, 아저씨?”

“아직 괜찮다.”

“그러니까 뭐하러 그 독한 주사까지 맞고 멀쩡한 척을 해요?”

종우가 툴툴거렸다.

“안 그러면 못 가, 저 사람.”

“못 가면 더 좋죠. 담당선생님도 아까 막 뭐라 하시던데.”

“종우야.”

“네.”

“여자친구한테 선물해본 적 있냐?”

“있죠. 아, 나는 여자애들 선물 고르는 게 제일 싫어요.”

“그게 왜 싫어?”

“뭘 해줘야 할지 모르겠잖아요. 근데 선물이 왜요?”

“아니야. 그냥 물어봤어.”

잠시 뒤 종우가 말했다.

“이거 선물 아니에요, 아저씨. 이렇게 자꾸 나가는 거 아줌마한테도 안 좋은 거잖아요?”

“분모야 어쩔 수 없다 쳐도 분자라도 늘려야지.”

“네? 부모가 뭐요?”

“아니다, 아무것도.”

수환은 처음 영경을 만나던 봄날을 생각했다. 웨딩홀에서 사람들에 섞여 있을 때부터 그는 영경을 주목하고 있었다. 비록 화장을 하고 있었지만 영경의 눈가는 쌍안경 자국처럼 깊게 파였고 볼은 말랑한 주머니처럼 늘어져 있었다. 한달 동안 노숙생활을 했을 때 본 여자 노숙자들을 생각나게 하는 얼굴이었다. 재혼한 친구의 집에 몰려가 술을 마실 때 그는 영경과 가까운 자리에 앉았다. 술을 마실수록 영경의 얼굴은 붉어지기보다 회색에 가까워졌고 표정은 딱딱하게 굳어 막 마르기 시작하는 석고상처럼 보였다. 가끔 그녀는 취한 눈으로 그의 눈을 빤히 들여다보곤 했다. 취한 그녀를 업었을 때 혹시 달그락거리는 소리가 나지 않을까 염려될 정도로 앙상하고 가벼운 뼈만을 가진 부피감에 놀랐던 기억이 있다. 그 봄밤이 시작이었고, 이 봄밤이 마지막일지 몰랐다.

수환은 진통제 기운이 떨어질 때까지 영경이 마지막으로 사라진 지점을 바라보고 있었다.

막차를 타고 읍내에 내린 영경은 편의점에 들어가 맥주 두 캔과 소주 한병을 샀다. 편의점 스탠드에 서서 맥주 한 캔을 따서 한모금 마신 후 캔의 좁은 입구에 소주를 따랐다. 또 한모금 마시고 소주를 따랐다. 그런 식으로 맥주 두 캔과 소주 한병을 비우는 데 30분도 걸리지 않았다. 몸은 오슬오슬 떨렸지만 속은 후끈후끈 달아올랐다. 꽉 조였던 나사가 돌돌 풀리면서 유쾌하고 나른한 생명감이 충만해졌다. 이게 모두 중독된 몸이 일으키는 거짓된 반응이라는 걸 알고 있었지만 그까짓 것은 아무래도 좋았다. 젖을 빠는 허기진 아이처럼 그녀의 몸은 더 많은 알코올을 쭉쭉 흡수하기를 원했다.

영경은 컵라면과 소주 한병을 더 샀다. 컵라면에 물을 부으며 그녀는 이제 시작일 뿐이라고, 서둘지 말자고 스스로를 타일렀다. 애타도록 마음에 서둘지 말라. 영경은 작게 읊조렸다. 강물 위에 떨어진 불빛처럼 혁혁한 업적을 바라지 말라. 개가 울고 종이 울리고 달이 떠도 너는 조금도 당황하지 말라. 영경은 자신의 중얼거리는 목소리가 점점 커지는 것을 알지 못했다. 계속 뭐라고 중얼거리며 소주와 컵라면을 먹는 그녀를 사람들이 곁눈질했다.

영경은 컵라면과 소주 한병을 비우고 과자 한봉지와 페트 소주와 생수를 사가지고 편의점을 나왔다. 눈을 뜨지 않은 땅속의 벌레같이! 영경은 큰 소리로 외치며 걸었다. 아둔하고 가난한 마음은 서둘지 말라! 애타도록 마음에 서둘지 말라! 영경은 작은 모텔 입구에 멈춰 섰다. 절제여! 나의 귀여운 아들이여! 오오 나의 영감이여! 갑자기 수환이 보고 싶었다. 오후에 면회를 온 영선과 영미 생각도 났다. 그 아이가 살아 있다면, 하고 생각하다 영경은 고개를 흔들었다. 촛불 모양의 흰 봉오리를 매단 목련나무 아래에서 그녀는 소리 내어 울었다. 울면서도 자신이 슬퍼서 우는 게 아니라 감정조절장애 때문에 우는 것이라고 생각했다. 의사는 그녀의 모든 신체적 감정적 반응들이 거짓이라고 했다. 그럴지도 모른다고 그녀는 생각했다. 모텔 방에 들어가자마자 수환에게 전화를 하고 언니들에게도 전화를 해야겠다고 생각했다. 딱 오늘 하룻밤만 마시고 요양원으로 돌아가야겠다고 생각했다. 그녀는 그렇게 할 수 있고 마땅히 그렇게 할 것이었다. 성마른 몸에 취한 피가 돌면서 그녀의 눈에 모든 것이 아주 단순하고 명료해 보였다. 손도 떨리지 않고 금세라도 깊이 잠들 수 있을 것 같았다. 영경은 모텔 현관 계단을 올라가며 시의 마지막 부분을 또박또박 반복했다.

절. 제. 여. 나. 의. 귀. 여. 운. 아. 들. 이. 여. 오. 오. 나. 의. 영. 감. 이. 여.*

종우는 간병인으로서 자기가 할 수 있는 일이 아무것도 없다는 걸 알았다. 의사들의 최종처치도 끝났다. 이마와 가슴과 양 옆구리에 냉팩을 빈틈없이 끼워놓았지만 수환의 열은 가라앉지 않았다.

"아저씨, 내 얘기 들려요?"

수환은 말없이 숨을 헐떡거렸다.

"아줌마는 연락이 안되고요, 이제 아저씨네 엄마랑 형이 온댔어요. 그때까진 기다릴 수 있죠?"

종우는 가망이 없는 줄 알면서도 30분마다 한번씩 영경의 꺼진 휴대폰으로 전화를 걸어보았다. 서울에서 출발한 수환의 가족이

* 김수영의 「봄밤」 중에서.

언제 도착할지는 확실하지 않았다. 세시간 또는 네시간 뒤?

아침햇살이 쏟아져 들어와 병실이 환했지만 종우는 왠지 무서운 생각이 들었다. 간병인이 된 후로 그는 아직까지 누군가의 죽음을 혼자 대면해본 적이 없었다. 많건 적건 환자의 곁에는 늘 가족들이 있었다.

"내가 얘기 하나 해줄까요?"

종우는 죽어가는 사람에게 최후로 남아 있는 감각이 청각이라는 얘기를 들은 기억이 나서 이렇게 말했다. 그런데 막상 무슨 얘기를 해야 좋을지 몰랐다.

"여기 사람들이 아저씨랑 아줌마 보고 뭐라는지 알아요? 이산가족 같대요. 맨날 아침마다 두 사람 만날 때면 이산가족 만나는 것 같대요. 난 아줌마 별로 안 좋아하는데 어쩔 때 아줌마가 아저씨 빤히 쳐다볼 때는 괜히 눈물 나요. 아 참, 며칠 전에 아저씨가 선물 얘기 했잖아요? 여자친구한테 주는 선물요."

종우는 심박측정기의 그래프를 바라보며 생각에 잠겼다. 왜 갑자기 그애 얼굴이 떠올랐는지 모를 일이었다.

"여자애들은 선물 받는 거 진짜 좋아해요. 어떨 땐 대놓고 뻔뻔하게 요구해요. 근데 진짜 선물 사달라는 말을 한번도 안한 여자애가 있었어요."

종우는 힐긋 수환을 보았다. 수환은 여전히 고열에 시달리고 있었다. 담당의 말로는 주기적으로 오르내리는 열의 수준이 아니라고 했다.

“아, 혼자 얘기하려니 답답하네.”

종우는 목소리를 높였다.

“아저씨, 그러니까 내가요, 학교 때 운동 좀 했다고 얘기했죠? 역도는 진짜 잘해가지고 아마 대회 같은 데 나가서 입상도 하고 그랬어요. 그러다가 언제부터 암벽등반에 빠지게 됐는데 그게 무지하게 재밌더라고요. 거기 동호회에서 여자애들도 만나고 그랬는데, 내가 처음엔 딴 애를 좋아했거든요. 근데 그 딴 애랑 그애가 친한 것 같더라고요. 그래서 그애한테 접근해가지고 장난도 걸고, 뭐 좋아하냐, 선물 받고 싶은 거 없냐, 물어보기도 하고 그랬는데, 그애가 그런 거 없다고 하더라고요. 그래서 그냥 그런가보다 하고 말았어요. 나는 쭉 딴 애한테 마음이 가 있던 거니까.”

종우는 갑자기 말을 끊고 자리에서 벌떡 일어나 창가로 가서 본관 뒤뜰을 내려다보았다. 잠시 뒤에 그는 수환 쪽으로 몸을 돌렸다.

“나 담배 한대 피우고 들어와도 돼요, 아저씨?”

열에 들떠 위로 올라가 있는 수환의 검은 동자가 좌우로 살짝 흔들리는 것 같았다.

“알았어요, 아저씨.”

종우는 체념한 얼굴로 돌아와 자리에 앉았다.

“얘기를 계속하면요, 내가 좋아했던 그 딴 애가 갑자기 나한테 관심을 보이기 시작한 거예요. 내가 자기를 안 좋아하고 그애를 좋아하는 줄 안 거죠. 근데 왜 그랬는지 모르겠는데 내가 그렇다고 해버렸어요. 그래 나 소연이 좋아한다 어쩔래, 그런 거죠. 그러고 나니까 웃긴 게 얘가 은근히 달라붙더라고요. 여기서 얘는 소연이가 아니고 딴 애, 은경이 말이에요. 아 씨, 내가 왜 이런 얘길 하고 있지?"

종우는 손을 우둑거리며 잠시 멍한 상태로 앉아 있었다. 열린 문틈으로 늙은 간호사가 지나가는 게 보였다. 요양원 사람들은 입주자들뿐 아니라 의사와 간호사, 직원들까지도 모두 늙었다. 힘을 써야 하는 몇몇 간병인들만이 젊었다. 종우는 자신이 언제까지 이곳에 있을 수 있을까 생각했다.

"그러니까 내가 그때 바로 은경이랑 사귀었으면 됐을 건데, 왜 그랬는지 모르겠는데 계속 소연이한테 잘해주고 좋아하는 척하고 그런 거예요. 은경이가 몸이 달아서 어쩔 줄 몰라 하는 게 재밌었던 거죠. 소연이 생각은 하나도 안하고. 진짜 안했어요, 그애 생각은. 나 못됐죠?"

종우는 문득 생각난 듯 휴대폰을 꺼내 전화를 걸었다.

"이 아줌마 진짜 못됐다."

그리고 수환을 힐긋 보고 고개를 끄덕였다.

"알았어요, 알았어. 아줌마 욕 안할게요. 근데 이상한 거 하나 있어요. 내가 왜 이런 얘길 하냐면요, 아줌마 우는 거 보면 자꾸 소연이 생각이 나요."

종우는 심박측정기에서 들리는 기계음에 귀를 기울이며 누군가 지금 자기 곁에 있어주었으면 좋겠다고 생각했다. 그게 소연이였으면 어떨까 하고도 생각했다.

"내가 은경이랑 사귀기로 하고 소연이한테 헤어지자고 얘기했을 때, 와, 나 진짜 쫄았거든요. 소연이 걔가 막 울고불고할 줄 알았는데 전혀 울지를 않더라고요. 눈은 막 울 것 같은데 끝까지 울지를 않더라고요. 그냥 알았다고, 헤어지자고 그러는데 혹시 얘가 그동안 내 마음을 다 알고 있었나 싶어서 겁나기도 하고 또 징징거리지 않아서 잘됐다 싶기도 하고, 암튼 이상했어요. 집에 간다길래 택시 잡아주려고 서 있는데 갑자기 얘가 코피를 쏟는 거예요. 난 세상에 그렇게 무섭게 코피 쏟는 거는 처음 봤어요. 그 밤중에, 아무 짓도 안했는데 코피가 그냥……"

종우는 말을 멈췄다. 수환의 숨소리가 급격히 가빠졌다 가라앉았다.

"코피가 그냥……"

수환의 목에서 꺼억 하는 소리가 났다.

"코피가……"

심박측정기의 그래프가 일직선으로 내려앉으며 기계음이 길게 울렸다.

"아저씨."

종우는 몇초 동안 기다렸다.

"아저씨, 이러지 마!"

종우가 빽 소리치며 비상벨을 눌렀다.

"아줌마는 어쩔 거야, 이제?"

모텔 주인의 신고로 의식불명인 영경이 요양원의 앰뷸런스에 실려왔을 때는 수환의 장례가 다 끝난 후였다. 영경은 이틀 만에 의식을 되찾았지만 온전히 되찾은 것은 아니었다. 영경은 수환에 대해 묻지 않았다. 직원들도 수환에 대해 말하지 않았다. 담당의가 영경을 상담한 후 화난 얼굴로 전화를 거는 것을 간호사 몇명이 보았다. 다음 날 영선과 영미가 요양원으로 찾아왔지만 영경은 그들조차 알아보지 못했다. 법정대리인이자 보호자가 된 영선과 영미의 동의로 영경은 알코올성 치매로 인한 금치산 상태에 놓였다. 그 이후로 영경은 잦은 경련과 발작 등 지독한 금단증상에 시달렸지만 다행히 그녀의 몸은 어려운 고비를 잘 견뎌냈다.

몸이 어느정도 회복된 후에도 영경은 여전히 수환의 존재를 기억해내지 못했다. 다만 자신의 인생에서 뭔가 엄청난 것이 증발했다는 것만은 느끼고 있는 듯했다. 영경은 계속 뭔가를 찾아 두리번거렸고 다른 환자들의 병실 문을 함부로 열고 돌아다녔다. 요양원 사람들은 수환이 죽었을 때 자신들이 연락 두절인 영경에게 품었던 단단한 적의가 푹 끓인 무처럼 물러져 깊은 동정과 연민으로 바뀐 것을 느꼈다. 영경의 온전치 못한 정신이 수환을 보낼 때까지 죽을힘을 다해 견뎠다는 것을, 그리고 수환이 떠난 후에야 비로소 안심하고 죽어버렸다는 것을, 늙은 그들은 본능적으로 알았다.

가끔 영경의 눈앞엔 조숙한 소년 같기도 하고 쫓기는 짐승 같기도 한, 놀란 듯하면서도 긴장된 두개의 눈동자가 떠오르곤 했는데, 그럴 때면 종우가 대체 무슨 일이냐고, 왜 그러느냐고 거듭 묻는데도 영경은 오랜 시간 울기만 했다.

삼인행

아홉시에 공영주차장 입구에서 만나 출발하기로 해놓고 아홉시 오분이 되어서야 규는 훈에게 전화를 걸어 출발을 10분 뒤로 미루자고 했다. 날씨가 제법 추웠으므로 훈은 주차장 옆 커피하우스에 들어가 맛없고 뜨거운 커피를 마시며 통유리 너머에 있는 주차장 축대를 바라보았다.

축대를 구성하는 회색빛 축석들은 찍어낸 듯 모양과 크기가 똑같았는데, 표면에 새겨진 무늬가 아무리 봐도 불가해하고 불균형했다. 세로로 두개의 평행선이 비스듬히 그어져 있고, 왼쪽에는 작은 네모가, 오른쪽에는 길쭉한 타원이 있었다. 어린애 낙서만도 못한 그런 유치한 무늬의 축석들이 한두개도 아니고 수십개가 쌓여 축대를 이루고 있었다. 커피는 식을수록 맛이 없어졌고 훈은 규의 말투가 또한 기묘했구나 생각했다. 출발을 10분 뒤로 미루자니, 그건 규와 주란 부부가 약속시간보다 15분 늦게 도착한다는 일방적 통고일 뿐이면서 마치 제안이나 합의인 듯한 모양새를 취하고 있었다. 아직도 그들을 부부라 부를 수 있다면 말이지만.

그들 부부의 차는 아홉시 십팔분에 공영주차장 입구에 도착했다. 늘 그렇듯이 주란이 운전대를 잡았고 규는 그 옆자리에 앉아 있었다. 훈이 뒷문을 열자 주란이 돌아보며 늦어서 미안하다고 했다. 훈은 잠자코 뒷자리에 탔다.

출발하려는데 규가 집에 다시 들어갈 일이 생겼다잖아.

커피포트를 안 끄고 나와서,라고 말하는 규의 뒷머리칼이 눌려 있었다.

어제도 술 마셨냐?

안 마셨어.

주란이 룸미러로 뒷자리의 훈과 눈을 맞추며, 안 마신 거 맞아, 했다.

안 마셔서 그래, 안 마셔서! 잠을 못 자서! 규가 거칠게 눈을 비볐다. 잠을 못 자서 정신 차리려고 커피 한잔 진하게 내려먹고 커피포트를 끄려는데 주란이 그 앞에서 망또를 찾는다고 왔다 갔다 하는 바람에 이따 끄자 한 게 그만 깜빡했다는 것이었다. 넌 왜 모든 게 남 탓이냐고 주란이 쏘아붙이자 규는 남 탓을 하는 게 아니라 자기도 사정이 있었다는 얘길 하는 거라고 했다.

빨리 출발이나 하자.

훈의 말에 주란이 차를 움직였다. 그들은 도심을 우회해 강변북로를 달렸다. 도로 아래로 얼지 않은 강물이 반짝이며 흘러갔다. 아침은 어떡한다, 묻는 규의 말에 주란이 무조건 그 식당까지는 굶고 가야 한다고 했다.

그 식당이라니?

훈의 물음에 규가 원주에 삼계탕 잘하는 집이 있다고 했다. 그 집의 유일한 단점이라면 거기서 먹고 나면 다른 데서 못 먹는다는 거지.

닭이 닭이지 무슨 맛이기에.

규가 뒤를 돌아보았다.

맞아, 특별한 맛을 상상하지 말고 닭 맛만 생각해.

닭 맛?

닭 맛! 모름지기 닭이 내줘야 할 딱 그 맛이 난다고!

고개를 돌리는 규의 눈이 충혈돼 있었다. 잠을 못 자긴 했구나 생각하며 훈은 옆자리에 놓인 담요를 끌어다 무릎을 덮고 등받이에 몸을 기댔다. 톨게이트를 지난 후에는 길이 막히지 않아 120킬로미터로 쭉쭉 달릴 수 있었다. 신갈분기점이 가까울 즈음에 주란이 아 하고 비명을 질렀다.

숙박권 안 가져왔다!

그들이 어떤 의견을 표명하거나 결정을 내리기도 전에 주란은 신갈분기점을 돌아 영동고속도로에 진입하자마자 갓길에 차를 세웠다. 출발한 지 20분이 넘었으니 돌아가는 데도 그만큼의 시간이 걸릴 터였다. 여기 세우면 어쩌자는 거냐고 규가 물었지만 주란은 못 들은 척 차 문을 열었다. 고속도로를 질주하는 차량들의 굉음에 차가 흔들렸다.

내릴 때 조심해!

주란은 이번에도 못 들은 척 차에서 내려 문을 쾅 닫고 차 뒤로 돌아가 망또를 추스르고 휴대폰 번호를 누르고 고속도로 방음벽 쪽으로 다가섰다. 규는 고개를 돌려 훈이 뒷좌석 차창에 끼워 늘어뜨려놓은 목도리를 힐끔 보더니 언제 아랍식 커튼까지 시공해놓았느냐고 했다. 알레르기 때문에,라고 훈이 대답했다. 규는 방음벽에 바짝 붙어 서서 뭐라 뭐라 통화를 하는 주란을 보며, 어제 내가 너는 딴거 챙길 거 없이 차 키하고 숙박권만 챙겨라 했거든, 알았다고 걱정 말라고 하더니 이 꼴이 난 거야, 항상 이런 식이야, 지금 화낼 사람이 누군데 자기가 먼저 시퍼렇게 굳어서는, 하고 푸념을 했다.

주란도 황당해 죽으려고 하던데 뭘.

규가 펄쩍 뛰었다.

주란이 황당해 죽으려고 한다고? 아까 하는 말 못 들었어? 내가 새벽까지 안 자고 거실에서 부스럭거리는 바람에 정신이 사나워서 놓고 왔다잖아? 나보고 남 탓한다더니 저는 더하다 아주.

적당히 해.

뭘 적당히 해? 내가 괜히 안 자고 부스럭거린 게 아니라고. 어젯밤에 술 안 먹으면 미쳐버릴 것 같은 걸 참느라고 나도 혼났어. 너무 낯설어가지고.

뭐가, 하고 훈이 묻자 어제 오후에 짐을 뺐다, 했다. 오, 하고 훈은 고개를 끄덕였다.

짐을 뺐구나.

그래 뺐다,고 규가 침울하게 말했다.

미리 뺐네.

미리 뺐지. 갔다 와서 빼면 더 이상할 거 같아서. 그러니 얼마나 낯설어, 집이? 거실에 내 책이랑 음반 빠진 자리가 뻥뻥 뚫렸는데 그걸 보고 있으려니 잠이 오겠냐고? 근데 주란이 저거 말하는 본새 좀 보라고 규가 흥분했다. 안 자고 부스럭이 뭐냐, 부스럭이? 내가 과자봉지냐?

훈은 과자봉지처럼 밤새 부스럭거렸을 규를 생각하고 웃음을 참았다.

짐은 어디로 뺐냐?

짐은 일단, 하다가 규가 입을 다물었다. 통화를 끝낸 주란이 운전석 쪽으로 돌아오고 있었다.

문 열 때 조심해 주란!

어차피 주란에게 들리지도 않을 말을 규는 늙은 아낙들이 무의미한 기도문을 외우듯 중얼거렸다. 주란이 옆 차선을 살피다 재빨리 문을 열고 탔다. 문이 열렸다 닫히는 사이로 뒤에서 득달같이 달려온 트럭의 소음이 회오리처럼 휘익 밀려왔다 사라졌다.

콘도에 전화해봤더니 일단 그냥 가도 될 것 같아.

주란이 숨 가쁘게 말했다. 숙박권은 나중에 등기로 부쳐주기로 했고 담당자가 정확히 장담은 안하지만 도착해서 본인 확인만 되면 묵을 수는 있을 거라고 얘기했다는 것이다. 정확히 장담을 안했다면 괜히 갔다 헛발 치는 거 아냐? 규가 따져 묻자 주란이 안전벨트를 매며 그럼 한밤중에 돌아와야지 뭐 했다. 규가 뭐라고 더 토를 달기 전에 훈이 아퀴를 지었다.

주란이 이렇게 말하면 일은 다 된 거야, 규.

규도 더는 말하지 않았다. 훈은 다시 담요를 끌어다 덮고 등받이에 몸을 기댔다. 고속도로로 진입한 주란은 이내 차선을 바꿔 타서 속도를 높였다. 그들은 120에서 130킬로미터의 속도로 달렸다. 되돌아가지 않아도 된다는 안도감 때문에 실제로는 지체되었음에도 예상보다 빨리 가고 있다는 생각이 들었다. 그들은 중간에 휴게소에 들러 드럼통 화덕에 고구마를 구워 먹는 사람들처럼 외진 흡연장소에 놓인 크고 둥근 스테인리스 재떨이를 둘러싸고 서서 담배를 피웠다. 다시 차에 타서 목에 둘렀던 목도리를 풀어 뒷좌석 차창에 매다는 훈을 보고 규가 인도식 커튼 시공술이 일취월장한다고 칭찬했다. 아까는 인도식이 아니었던 것 같은데 무슨 식이었는지 기억나지 않았다. 빈속에 담배를 피워서 씁쓸한 허기가 밀려오는 참에 주란이 밀어를 속삭이듯 말했다.

그 집 닭은 정말 살이 야들야들해.

그렇지.

도착하기 20분 전에 전화해야 돼. 문막 지날 때 하면 돼. 문막까지 30킬로 남았네. 중간에 한번 깜짝 놀랄 일이 있어서 그런지 오는 길이 하나도 지루하지가 않았다. 진심이야 규? 진심이지. 너 오늘 이상해. 내가 아까 숙박권 놓고 왔다고 했을 때도 신경질 안 부리더니. 그런 일로 신경질을 왜 부리나? 끝내 위선 떨래? 내 진심을 몰라주니 안타깝다.

훈은 그들 부부의 대화를 듣는 둥 마는 둥 얕은 잠에 빠져들며, 규가 짐까지 뺐다니 이제 저들은 정말 부부가 아니게 된 건가, 그러면 앞으로 저들을 묶어 부를 땐 뭐라고 해야 하나 하는 생각을 했다.

그들은 문막을 지나 만종분기점에서 중앙고속도로로 바꿔 타고 남원주나들목으로 빠져나가 남쪽으로 한참 내려갔다. 우회전을 두 번 하고 작은 시골길로 접어들어 꼬불꼬불 올라가자 왼쪽에 농가를 개축한 식당이 나타났다. 앞마당 평상 옆에 엎드려 있던 개는 그들을 보고 일어나지도 짖지도 않았다.

규가 전화로 예약을 해두었으므로 그들은 오래 기다리지 않고 황기삼계탕을 먹을 수 있었다. 주란이 훈에게 맛이 어떠냐고 물었고 훈은 맛있다고 대답했다.

살이 정말 야들야들하지?

그렇네.

규와 주란은 정다운 부부처럼 각자 먹고 싶은 부위를 교환했는데, 주란이 규의 목과 날개를 먹는 대신 그녀의 다리 하나를 내주었다.

식사를 마치고 나왔을 때 마침 개가 개집으로 절름거리며 들어가는 중이라 녀석이 왼쪽 뒷다리를 못 쓴다는 걸 알 수 있었다. 개집에 들어간 개는 개집 문턱에 주둥이를 얹고 그들이 자판기 커피를 마시며 담배를 피우는 동안 쏟아지는 졸음과 사투를 벌이며 무겁게 감기는 눈꺼풀을 치떴다 감았다 했다. 마침내 그들의 차가 마당을 빠져나가는 순간에야 개는 제집 바닥에 코를 박고 정신없이 잠에 빠져들었는데, 그들이 떠날 때까지 개가 죽을 둥 살 둥 깨어 있었던 것에 대해 규와 훈은 의견이 갈렸다. 규는 낯선 사람들이 자기를 해코지할까봐 그런 거라 했고, 훈은 낯선 사람들로부터 주인집을 지키느라 그런 거라 했다. 둘 다 주장의 근거로 다친 뒷다리를 들었는데, 규는 그로 인해 강화된 개의 자기방어기제에 무게를 실었고, 훈은 그로 인해 강화된 개의 주인에 대한 의존과 충성심에 중점을 두었다. 주란은 가엾은 개의 이력에 대해 쥐뿔도 모르면서 이러쿵저러쿵 떠들지 말라고 충고했다.

그들은 다시 남원주나들목으로 나가 중앙고속도로를 타고 만종분기점에서 영동고속도로로 바꿔 탔다. 그 식당의 닭이 맛있긴 했지만 그걸 먹기 위해 무려 25킬로미터나 우회한다는 게 훈에게는 다소 지나치게 생각되었다. 더구나 만종분기점을 지날 때 규가 여길 지날 때면 항상 박종철 열사가 생각난다는 뜬금없는 소리를 해서 훈은 엉겁결에 아까 지날 때는 가만있다가 왜 지금에서야 그런 배부른 소리를 하냐고 다그칠 뻔했다. 왜냐하면, 하고 아무도 묻지 않았는데 규가 설명을 시작했다.

옛날에 박종철 고문치사 사건 났을 때 사람들이 종철아, 종철아 하면서 종을 쳐라 종을 쳐라 하는 분위기가 무르익지 않았냐? 근데 그때 전두환이가 맞불작전으로다 김만철 씨 일가 귀순사건을 터뜨려가지고 만철아, 만철아 하면서 종을 그만 쳐라 그만 쳐라 하는 분위기로 바꿔놨지 않았냐?

맞다. 훈이 손뼉을 쳤다. 그때 김만철 씨 일가 귀순사건이 있었지.

그러니까 만종이란 지명은 만철과 종철을 동시에 환기시키고, 만칠지 종칠지 오락가락하던 그때 그 시절을 생각나게 하고, 그러다보면 각 잡힌 박종철 열사의 영정 사진이 오롯이 떠오른다고 규가 말했다. 그 참 재미있는 연상이라고 훈이 진심으로 동조했고 주란조차 그거 말 되네 하고 긍정적인 반응을 보였다.

기분이 한껏 좋아진 규는 차창 앞쪽을 가리키며 저기 동계올림픽 한다고 건물들이 많이 올라갔다고, 예전에는 크레인만 우뚝우뚝 했지 건물은 없었는데 지금은 건물들이 우뚝우뚝 다 섰다고 떠들어댔다. 주란이 흘낏 보고 뭐 재네들도 그동안 먹고 놀지는 않았을 테니까, 했다. 훈도 목도리 커튼을 젖히고 밖을 내다보았다. 고속도로 주변은 지천이 논밭이 파괴된 자리였고 그 자리마다 크고 작은 크레인이 서 있었다. 이제 저 황량한 땅에서 다시 푸른 생명이 돋는 일은 없을 것이고 저 땅의 흙은 남김없이 시멘트로 도포돼버릴 것이라고 생각하니 가슴이 조금 답답해졌다. 요즘에 훈은 뭔가를 상상하는 것만으로 스스로 그 상태가 되어버린 듯한 느낌에 빠져드는 일이 잦아졌는데, 이게 늙어가면서 공감능력이 탁월해진 덕인지 심신이 미약해진 탓인지 알 수 없었다.

훈아 봤냐? 규가 물었다.

뭘?

2킬로만 가면 생태습지 졸음쉼터가 나온단다.

생태습지?

그래, 생태습지 졸음쉼터라는 게 다 있단다. 야, 저기네! 저기 차 세워놓고 한숨 자고 일어나면 뭔가 몸이 팍팍 좋아질 것 같지 않냐?

글쎄 몸이 팍팍 좋아질지는 모르겠고 차에 녹이 팍팍 슬긴 할 것 같은데.

넌 인간이 왜 그렇게 매사에 부정적이냐? 그러니까 평생 골골거리는 거다.

훈이 뭐라고 반박하려는데 주란이 먼저 입을 열었다.

내가 볼 땐 너희 둘이 똑같아.

뭐가?

너희들은 아무튼 평생 종합적이질 못해. 이번에도 보라고. 한놈은 생태만 보고 한놈은 습지만 보잖아.

잠시 침묵이 흐른 뒤에 규가, 야 여자들한테는 천부적으로 남자들을 깔볼 수 있는 권능이 부여되어 있다더니 그 말이 딱 맞는 것 같지 않냐, 하며 뭐가 좋은지 오래 낄낄거렸다.

강릉분기점에서 동해고속도로로 갈아타고 원래는 그대로 쭉 올라가야 하지만 그들 부부는 훈에게 북강릉나들목에서 강릉 쪽으로 빠져 경포해변에 들러야 한다고 했다. 그들은 횟집 사이에 새침하게 자리 잡은 수제버거 가게에 들러 각자 먹고 싶은 버거를 골라 포장 주문을 넣었다. 기다리는 동안 주란이 참지 못하고 냄새 참 고소한데 조금만 먹고 갈까, 묻자 규가 절대 안돼, 했다.

먹고 싶은 걸 아예 못 먹는 것도 아니고 몇시간 뒤로 미루는 것만도 참 힘이 드는구나, 탄식하며 주란이 차를 빼러 간 사이 훈이 정말 궁금해 물었다.

왜 안된다는 거야?

저녁에 대게 빰치게 맛있는 홍게를 먹어야 하거든. 규가 말했다.

저녁은 저녁이고, 지금 좀 먹으면 어때서?

안돼. 햄버거는 포장해가서 밤에 맥주랑 먹기로 계획이 다 잡혀 있어. 여행 와서 먹고 싶을 때 제멋대로 먹다가는 정작 맛있는 건 하나도 못 먹고 가게 된다고. 일박이일 동안 몇끼나 먹을 수 있나 한번 따져보라며 규는 오른손을 펼쳤다. 봐라, 오늘 끽해야 세끼, 내일 끽해야 두끼, 도합 다섯끼밖에 더 먹겠냐 하고 손가락 다섯을 꼽더니, 그중 한끼는 이미 먹었고 한끼는 포장했고, 하며 몹시 아쉽다는 듯 손가락 두개를 폈다. 따져보니 이번에도 햄버거를 사기 위해 22킬로미터나 우회한 셈이었는데, 훈은 그렇게 오래 만나왔으면서도 규와 주란에게 이토록 이상한 식탐과 기계적인 계획성이 있는 줄 몰랐다는 게 놀라웠다.

그들은 다시 북강릉나들목으로 올라가 동해고속도로로 접어들었다. 평일 오후라 차가 거의 없어 주란은 미동도 하지 않고 150에서 170킬로미터 사이의 속도로 차를 몰았다. 주란이 무아지경에 빠져 최고 속도가 175킬로미터를 넘어가면 규가 어이 어이 하며 쇠고삐 당기는 소리를 내어 제동을 걸었다.

해의 방향이 바뀌어 훈은 목도리 커튼을 철거했다. 왼편으로는 낮은 구릉과 한적한 마을이, 오른편으로는 누런 논밭 너머로 바다가 있었다. 시야가 탁 트인 바다 쪽은 벨트처럼 얇게 깔린 짙푸른 수평선과 연푸른 거품의 구름층과 차고 흰 솜빛 하늘이 세겹의 비단이불처럼 횡으로 길게 펼쳐져 있었다. 차창으로 끝없이 이어지는 푸른빛 연속무늬와 빠른 속도로 이동하는 차량의 불안한 진동이 자아내는 무중력 상태의 쾌감이 묘한 마비효과를 일으켰다. 의식이 따뜻하게 개어진 촛농처럼 한없이 말랑말랑하게 녹아내리는 와중에 돌연 내비게이션의 안내음이 날카롭게 울려 훈의 비현실적인 몽환 상태를 산산이 박살냈다. 갑자기 뭔가 중단되었을 때에야 그것의 지속을 얼마나 갈망해왔는지 알게 되듯, 훈은 잘린 시간의 단애 앞에서 화들짝한 분노와 무력한 애잔함에 사로잡혔다.

깜짝이야, 주란은 말하고, 얘는 여기서 나가래네 했다.

양양까지 가야지 무슨 말이야? 규도 졸았는지 약간 쉰 소리로 말했다.

얘는 하조대로 나가래.

무시하고 그냥 가! 오랜만에 나비부인 당황하여 삐릉삐릉 난리치는 것 좀 보게.

그러나 주란은 규의 말을 듣지 않고 나비부인이 시키는 대로 하조대나들목으로 나갔다. 톨게이트를 빠져나가자 바다는 사라지고 거무스레한 흙을 드러낸 논밭이 펼쳐졌다.

저 통들은 다 뭐야? 규가 물었다.

논밭 위에 하얗게 번쩍거리는 거대한 원통형 물체들이 수십여 개 흩어져 나뒹굴고 있었지만 마비 상태에서 미처 빠져나오지 못한 훈은 아무 느낌도 없었다.

저게 통이 아니고, 주란이 말했다.

통이 아니야?

비닐 말아놓은 거잖아.

아 비닐? 비닐하우스 하는 비닐?

그렇지. 게을러터져서 일단 던져만 놓은 거지.

던져만 놓으면 어쩌나? 얼른 펴서 하우스를 지어야지.

훈은 저들 부부가 잘 알지도 못하면서 왜 이런 식의 걱정도 팔자인 대화를 나누는지 이해할 수 없었다. 양양을 지나 낙산 쪽으로 접어들자 오른편에 다시 그립고 푸른 바다가 나타났다. 활공하는 새들도 볼 수 있을 만큼 가까운 거리였는데 훈은 그게 오히려 낯설었다. 속초에 도착할 때까지 작은 항과 해수욕장들을 거점으로 한 유흥지들이 꽈배기처럼 부풀었다 줄어들며 7번국도를 감싸고 꿈틀꿈틀 이어졌다.

콘도 건물 앞 주차장이 만차라 주란은 멀찍이 돌아 장미정원이라고 표시된 공터에 차를 세웠다. 규가 트렁크에서 큰 가방을 꺼냈고 훈은 자기 가방을 메고 햄버거와 음료가 든 봉지를 들었다. 주란은 작은 휴대가방을 사선으로 질러 멨다.

여름에는 녹색 잎에 휩싸인 붉은 장미의 궁륭이었을 철제 터널에는 앙상한 가지들만 귀를 찌를 듯 삐죽이 튀어나와 있었다. 대기는 근처에 바다가 있으리라고는 믿을 수 없을 만큼 차갑고 건조했다. 그들은 점퍼 깃을 세우고 엷은 겨울햇살을 반사하는 철제 구조물을 따라 콘도를 향해 올라갔다.

숙박권이 없었지만 다행히 데스크에서는 본인 확인만 하고 숙소를 배정해주었다. 객실은 9층으로 온돌방 둘에 거실과 욕실, 부엌이 딸려 있었다. 주란이 작은방을 혼자 쓰겠다고 해서 규와 훈은 자연스럽게 큰방을 같이 쓰게 되었다. 실내를 어정거리던 규가 천장 쪽을 유심히 올려다보더니 말했다.

모기가 있다.

주란이 욕실에 들어가려다 말고 이 겨울에, 하고 물었다.

아닐지도 몰라.

모기 맞을 거야. 훈이 말했다. 겨울 모기가 극성이라는 뉴스를 봤어. 아파트나 콘도 이런 데서 알 까고 절대 밖으로 안 나가고 평생 실내에서만 산다더라고.

교활한 것들.

모기 있으면 난 못 자. 데스크에 전화해서 모기약 달라고 해.

주란이 욕실로 들어갔고 규가 구내 전화기를 들고 뭐라 뭐라 통화를 하더니 수화기를 내려놓으며 웃었다.

뭐래?

모기약 찾는 손님이 많은가봐. 내가 모기약 같은 거 없냐고 그러니까 잽싸게 모기약 같은 거 절대 없대. 그래서 내가 여기 방 안에 모기 같은 게 있는 것 같다고 했더니 얘가, 하며 규가 또 웃었다.

왜?

모기 같은 건 고객님 부담이래.

훈도 웃었다.

모기 같은 건 우리 부담이래?

응, 우리 부담이래.

어쩌냐, 부담스러워서.

그러니까. 주란은 결코 모기 같은 건 부담하지 않으려고 할 텐데.

그럼 우리 둘이 부담해야 하는데 큰일이네.

살다살다 모기 같은 걸 부담해야 하는 날이 오다니.

부담부담 하다보니 모기 같은 것도 제법 정겹게 느껴지지 않냐.

주란이 욕실에서 나왔고 그들은 테라스에서 담배를 피웠다. 서향인 테라스에서는 바다는 보이지 않고 그들이 차를 세운 장미정원 공터와 메마른 나무들이 듬성한 얕은 산만 내려다보였다. 규와 주란의 계획에 따르면 오늘은 해 지기 전에 설악산국립공원에 가서 케이블카를 타고 권금성에 올라갔다 내려오는 것과 장사항에 가서 홍게를 사먹는 일정이 남아 있다고 했다.

설악산 매표소의 무뚝뚝한 남자 직원은 입장권을 끊을 때 카드는 안되고 현금만 된다고 해서 규의 울분을 터뜨렸다. 케이블카 승강장 앞에는 열명 정도의 승객이 줄을 서 있었는데 마침 승강장 옆 하차장으로 케이블카가 내려오고 있었다. 투명한 케이블카에 탄 사람들은 멀리서 볼 때에도 죽은 사람의 무리처럼 섬뜩해 보이더니 케이블카가 도착해 문이 열리자 한결 더 어둡고 무서운 얼굴로 참혹한 고난을 겪은 피난민 행렬처럼 다투어 내렸다. 거대한 관처럼 빈 케이블카가 승강장 쪽으로 미끄러져 왔다. 사람들이 차례차례 케이블카 안으로 들어가 밖을 내다볼 수 있는 가장자리부터 차지하고 섰다. 주란과 규가 서고, 그 옆에 훈이 섰다.

훈의 오른쪽에는 남녀 한쌍이 와서 섰는데 남자는 야구모자를 썼고 여자는 털모자를 썼다. 남자는 약간 화난 얼굴에 머리숱이 적고 마흔은 훌쩍 넘어 보였다. 여자는 남자보다 10년쯤 젊어 보였지만 차림새는 20년쯤 더 젊게 입었고 예쁜 털모자를 썼지만 얼굴은 밉상이었다. 결코 부부처럼 보이지 않는 그들은 팔짱을 끼고 끊임없이 서로에게 속삭이듯 밀어를 나누고 있었다. 처음에는 목소리가 작아 들리지 않았지만 점차 그들의 얘기 내용이 간헐적으로 들리면서 훈은 자기 귀를 의심했다. 또라이가 그런 걸 어떻게 아니…… 누가 또라이라고 지금…… 또라이라매 또라이라매…… 너 그러다 잘하면 변태 짓도 하겠다…… 또라이가 못할 게 뭐냐…… 이거 진짜 또라이년이네…… 그럼 넌 변태새끼 해라…… 에라이 나쁜 년…… 케이블카에서 내릴 때까지 그들은 내내 달라붙어 소곤거리며 집요하게 다투었다. 훈은 케이블카에서 내려 권금성 쪽으로 올라가는 그들의 뒷모습을 유심히 보았다. 통이 넓은 바지를 입은 남자의 다리는 휘어서 짧았고 어그 부츠를 신은 여자의 다리는 곧지만 짧았다. 여전히 팔짱을 끼고 모자 쓴 얼굴을 서로에게 기울인 채 번갈아 입을 놀리며 걷는 그들은 통통하고 불길한 새 한 쌍처럼 보였다.

장사항의 홍게 식당에는 그들이 첫 손님이었다. 규가 미리 전화로 3킬로그램을 예약해놓았으므로 그들이 도착했을 때는 갓 쪄진 홍게 여섯마리를 직원들이 먹기 좋게 손질하는 중이었다. 그들이 홍게를 먹는 동안 젊은 부부가 서너살 된 아이를 데리고 들어와 2킬로그램을 주문했다. 규는 다리만 먹었고 주란은 씁쓸한 장맛이 나는 몸통만 먹었다. 훈은 내키는 대로 이것저것 다 먹었다. 그들이 마무리로 홍게라면을 먹을 때쯤 중년 부부가 아들 하나와 딸 둘을 데리고 들어왔다. 아들은 중학생, 딸 둘은 초등학생으로 보였다. 중년의 남자는 손가락 세개를 펴 보이며 3킬로그램을 주문했다. 다 먹고 나와서 주란이 말했다.

다섯명이 3킬로를 먹는데 우리 셋이 3킬로를 먹다니 부끄럽다.

규가 부끄러울 것까진 없다고, 애기 데려온 옆자리 부부도 만만치 않았다고 했다.

그래도 우리처럼 두당 1킬로는 아니잖아? 애가 게다리 몇개라도 먹을 거 아냐?

아니야, 써비스로 나온 미역국을 많이 먹어서 그런지 애는 게를 안 먹더라고.

누가 먹였어? 애비가, 에미가?

에미가.

에미라면 진정인데. 주란이 말했다.

에미라면 진정이라니? 훈이 물었다

지가 진정 많이 먹고 싶다는, 진정 1킬로 먹고 싶다는.

애비였으면?

애비는 애한테 미역국을 먹였건 안 먹였건 무조건 지가 먹고 싶은 만큼 먹겠지. 허나 에미는 진정 계산이 들어간 거지. 사전에 애한테 미역국을 그렇게 퍼먹였다 함은 애 몫을 죽어도 내가 먹겠다, 그런 진정이 있는 거지.

뭔 말인지 모르겠다, 나는.

규가 트림을 했다.

니들은 영영 몰라. 애 없어도 애비 과니까.

콘도에 들어가기 전에 대형 할인마트에 들러 맥주와 물, 과일과 모기약 등을 샀다. 주란 모르게 규가 양주 한병을 카트에 넣고 이번에는 자기가 계산하겠다고 나섰지만 훈이 먼저 계산원에게 카드를 내밀자 순순히 물러났다. 지금까지 황기삼계탕과 햄버거와 홍게, 설악산 입장료와 케이블카 비용을 모두 훈이 냈다. 차량과 숙소는 주란이 책임졌고, 규는 뭘 내고 말고 할 처지가 안되니, 나머지는 모두 자기가 내는 게 마땅하다고 훈은 생각했다.

콘도로 들어오는 길이 어두워 주란은 우회전해야 할 조그만 다리를 그냥 지나쳤다. 급정거한 후 5미터쯤 후진해서 다리 쪽으로 우회전할 때 규가 가끔 보면 여자들은 이상한 데서 둔하다고 했다. 아무도 대꾸하지 않자 규는 뒷자리의 훈을 돌아보며 건강보험료를 얼마나 내느냐고 물었다.

건강보험?

건강보험.

잘 모르겠는데. 월급에서 제하고 나오니까.

직장가입자들은 다 저렇다고, 자기가 얼마 내는지도 모른다고, 요즘 주란이 건강보험료 때문에 얼마나 골치를 썩고 있는지 모른다고 규가 말했다. 왜, 하고 훈이 의례적으로 묻자 규는 복잡한 설명을 늘어놓았다. 요는 지역가입자인 주란이 작년에 보험료가 조정이 안되어 보험공단에 문의했더니 지사에 문의하라고 해서 지사에 문의하니 담당자가 알아보겠다고 해놓고 지금까지 한달째 차일피일 복지부동하고 있다는 얘기였다.

그들은 다시 어두운 장미정원 공터에 내렸다. 이곳만 그런지 알 수 없지만 물방울이 떨어지면 그대로 얼어버릴 듯 대기가 차갑고 건조했다. 장미 가지에 찔리지 않으려고 그들은 일렬종대로 철제 터널을 통과했는데, 가운데 선 주란이 후우후우 숨을 내쉬며 기막힌 일화를 얘기했다.

하도 연락이 없어서 내가 일주일 만에 전화를 했더니 담당자가 받더라고 그러더니 후우, 지금 담당자가 자리에 없다는 거야 내가 쭉 그 번호로 전화를 걸어봐서 아는데 후우, 그 번호로 받는 놈은 딱 두놈이거든 젊은 놈 하나 늙은 놈 하나 후우, 젊은 놈이 직장 담당이고 늙은 놈이 지역 담당인데 늙은 놈이 받아서 후우, 본인이 담당자가 아니라고 하는 거야 자기는 직장 담당이고 후우, 지역 담당은 따로 있습니다 그러는 거야 분명히 목소리는 후우, 늙은 놈 맞는데 환장할 노릇이지.

감미로운 음성이지만 혀가 조금 짧아 발음이 정확히 분절되지 않는 주란의 음성은 긴 얘기를 할 때는 그게 아무리 심각한 내용이어도 나른한 민요조의 자장가처럼 들렸는데, 어둠속에서 후우후우 하는 숨소리와 곁들여지니 제법 에로틱한 자장가처럼 들렸다. 그들은 베드로처럼 스스로를 거듭 부정한 늙은 담당자의 심리를 규탄하며 엘리베이터를 탔다. 9층 버튼을 누르는 훈에게 규가 말했다.

주란이 여자라 만만하니까 그놈이 더 뻔뻔하고 능글맞게 대응하는 건데 주란은 그것도 모르고 바보같이 네 네 하기만 하더라고.

내가 언제? 주란이 물었다.

너 그랬어. 말 한마디 변변히 못하고 병신같이.

그래?

주란이 잠시 눈을 깜빡이다 나지막이 말했다. 그렇군. 나는 바보 멍청이에 병신쪼다라 치고, 주란이 눈을 동그랗게 떴다. 그럼 너는 뭘까? 기껏 전화 바꿔달래서 꽥꽥 소리만 지르는 너는 뭘까? 나보고 감정 앞세우지 말고 논리적으로 처리하라면서 깡패처럼 발광만 떠는 너는 도대체 뭘까?

엘리베이터가 9층에 멈췄다. 그런 얘기가 아니고, 규가 말하는데 주란이 쏜살같이 튀어나가 뒤돌아서더니 작은 소리로 아르릉거렸다.

시끄러! 넌 내가 무슨 말만 하면 그런 얘기가 아니래지. 그래, 내가 병신이라 말귀도 못 알아먹는다. 어쩔래? 그래도 이 문제 내가 끝까지 해결하고 말아. 두고 봐. 두고 보라고.

돌아서서 빠르게 걷는 주란을 규가 바짝 따라붙었다.

네가 지금 날 두고 보게 해놨냐?

뭐라고? 주란이 고개를 돌렸다. 규가 이를 갈아붙이며 물었다. 두고 보라며? 쫓겨난 내가 어떻게 널 두고 볼 수가 있냐고?

그런 그들의 뒷모습을 보며 훈은 자연스레 케이블카 커플을 떠올렸다.

주란이 도어에 키를 꽂고 문을 당기자 현관의 센서등이 켜지면서 소파가 놓인 거실의 모습이 홀연 떠올랐다. 훈에게는 일상용품 하나 없이 텅 빈 콘도의 거실이 마치 규의 짐이 모두 빠진 그들 부부의 거실인 것처럼 여겨졌다. 자연이든 관계든 오래 지속되어온 것이 파괴되는 데는 번갯불의 찰나만으로도 충분하다는 생각이 들었고, 이들 부부나 케이블카 커플이나 파괴된 논밭에 서 있던 크고 작은 크레인들처럼 가엾고 기괴한 잔여물에 불과하다고 훈은 생각했다. 그리고 그 자신 또한 하나의 크레인처럼 여윈 어깨를 으쓱했다.

식탁 위에 술잔과 햄버거를 늘어놓던 규는 주란이 난 여기서,라며 거실 소파를 가리키자 재빨리 식탁에 있던 주란 몫의 햄버거와 맥주를 거실 탁자로 옮겨주었다. 경포해변에서 사온 햄버거는 패티와 내용물이 실해 입으로 베먹기는 어려웠다. 주란은 거실 탁자 위에 햄버거 포장지를 넓게 펼치고 플라스틱 포크와 나이프로 썰어 먹으며 맥주를 마시고 텔레비전을 보았다. 규와 훈도 식탁에서 각자의 햄버거를 펼쳐놓고 패티를 썰어 야채와 빵에 곁들여 먹으며 술을 마셨다. 술을 마시다 번번이 테라스에 나가는 게 귀찮아 모기약을 친 두 방의 문은 꼭 닫아두고 테라스 문은 조금 열어놓고 실내에서 담배를 피우기로 했다. 먹고 싶던 햄버거에 맥주를 마시고 담배까지 피우게 돼 기분이 좋아진 주란은 식탁 위의 양주병을 발견하고도 도마뱀을 본 듯 눈썹을 한번 치켜뜨고 말았다.

규와 훈은 얼마 전에 지병으로 죽은, 유감스럽게도 둘 다 문상을 가지 못한 걸 확인하고 더욱 애틋해진 어느 후배 얘기를 하다, 자연 그 후배와 더불어 만나던 시절의 친구와 선후배들 얘기로 넘어갔다. 누구도 요즘 아프다던데, 누구는 뭐하다 그만뒀다더라, 누구 본 지 10년도 넘었다, 그런 얘기들을 하다 훈이 얼마 전에 영태와 무령을 만났는데 진석이 형이 그렇게 많이 변했다고 하더라는 얘기를 꺼냈다. 규가 뭐가 그렇게 많이 변했냐고 물었다. 텔레비전을 보던 주란도 어, 진석이 형이 왜, 하고 관심을 보였다.

영태 말이 진석이 형이랑 얼마 전에 같이 차를 타고 갈 일이 있었는데, 가는 내내 그 형이 한시도 쉬지 않고 자기 얘기만 쏟아놓더래.

자기 얘기 뭐? 규가 물었다.

새로 스피커 바꾼 얘기도 하고, 학교에서 맡은 프로젝트 얘기도 하고, 아, 카메라 샀다고 하면서 사진 얘기를 또 그렇게 하더래. 아무튼 자기 말만 하더라고.

그래서? 주란이 물었다.

그렇게 자기 얘기만 하면서 영태한테 너는 요즘 어떻게 지내냐 한마디도 안 묻더래. 왜 영태가 말은 안해도 그 집 쌍둥이들이 좀 안 좋잖아? 태어날 때부터 아팠고. 그런데 애들은 어떠냐, 너는 사는 게 어떠냐, 그런 얘기는 일절 물어보지 않고 오직 자기 얘기만, 그것도 중요하지 않은 스피커 카메라 프로젝트 그런 얘기만 하더라면서 사람이 왜 그러냐고.

훈이 잔을 비우자 규가 술을 따라주었다. 그리고 자기 잔을 들어 마시고 햄버거 패티를 한입 썰어 먹은 다음 물었다.

훈이 너, 진석이 형 만나서 얘기 들어봤냐?

응?

그 형 얘기 들어봤냐고?

안 들어봤지. 만난 지도 까마득한데.

그럼 그렇게 얘기하면 안되지.

내 말은 영태 얘기가 그렇다는 거야. 무령이 얘기도 그렇고. 걔네들이 괜히 없는 말 지어낼 리는 없으니까.

어쨌든 그 형 만나서 얘길 들어봐야 된다고.

그럼 넌 영태와 무령이가 그 형에 대해서 일부러 험담을 했다는 거야?

아니 그런 얘기가 아니고.

아까 주란이도 그러더니, 넌 진짜 누가 무슨 얘기만 하면 그런 얘기가 아니랜다.

규가 양주를 입안에서 천천히 굴려 마시더니 고개를 획 돌렸다 바로 했다.

아 씨발! 진짜 그런 얘기가 아니라, 그 형 얘기 직접 들어봤냐고? 안 들어봤잖아? 그건 영태나 무령이 입장에서 하는 얘기일 뿐이잖아? 사람들이 얘기하는 게 무조건 옳냐?

그냥 아무 사람들이 아니라 영태와 무령이 얘기니까.

영태나 무령이 얘기는 무조건 옳냐?

됐다, 그만하자. 훈이 술잔을 훌쩍 비우고 식탁에서 일어났다.

욕실 쓸 사람?

규는 말없이 자기 잔에 양주를 더 따랐고 텔레비전을 보던 주란은 고개를 저었다. 훈은 세면용품을 탁탁 챙겨 욕실로 들어갔다. 훈이 씻고 나왔을 때 규와 주란은 식탁에 마주 앉아 담배를 피우고 있었다. 훈도 로션을 바르고 식탁 옆자리에 앉아 담배를 피워 물었다.

너 참 신기하다, 하며 규가 훈을 빤히 보았다.

뭐가?

왜 오밤중에 술 먹다가 샤워를 하고 난리냐?

샤워 안했어, 이 닦고 세수만 했는데.

그래? 하며 규가 연기를 길게 내뿜었다. 근데 넌 씨발 무슨 세수를 샤워보다 더 오래하냐?

훈이 주란을 보았다.

얘 요즘 안 좋아. 네가 이해해. 주란이 말했다.

내가 이해하고 뭐고 간에 이게 상황이 좀 그러네.

훈아, 훈아! 규가 외쳤다. 주란하고 얘기할 필요 없어. 난 말해. 너의 이런 씨발, 같이 술 먹다가 훌쩍, 이런 너의 무신경이, 너무너무 싫다고. 싫어 죽겠다고.

알지, 이거 취한 거. 주란이 말했다. 훈은 스트레이트로 양주 한 잔을 따라 마셨다.

아는데 이 녀석이 아까부터 자꾸 나 힘들게 하네.

훈이 너 이 새끼, 같이 술 처먹다가 씨발, 그게 뭐하는 짓이냐고? 그러면 같이 술 처먹던 난 뭐가 되냐고?

네가 내 말 하나하나 꼬투리 잡으면서 따지니까 나도 기분이 안 좋아서 그냥 씻자 하고 들어간 건데 그게 그렇게 잘못됐냐?

그러니까 욕실은 너만 쓰냐? 여기 사람이 몇인데 주란은 또 여자고 맥주 마시고 그러는데 왜 니가 들어가서 나오지를 않냐고?

아 그거? 그거는 내가 미안하다, 욕실 오래 쓴 거는.

샤워를 하려면 남들 다 자는 밤에 하든지 새벽에 하든지 그래야 될 거 아니냐고?

훈은 스트레이트로 한잔을 더 따라 마셨다.

샤워 안했어. 세수만 했다고 했잖아.

샤워 안했는데 씨발, 뭐 이렇게 오래 걸리냐고? 난 이해가 안된다고.

내가 원래 좀 오래 걸려. 왜 그런지는 모르겠는데 그래. 난 누구랑 여행 가도 이런 식으로 욕실 쓰는데 왜 너한테는 맨날 욕을 먹어야 되냐?

규가 손가락을 튕겼다.

빙고! 그래. 난 맨날 그렇다. 난 맨날 그래. 난 맨날 욕만 하는 새끼야. 아 맞다 맞아. 그게 답이었구만. 난 맨날 그래. 내가 맨날 문제야.

주란이 식탁에서 일어났다.

규, 취했으면 자빠져 자! 훈이 너도 자고.

훈이 양주를 병째 들어 마시고 내려놓았다.

주란, 솔직히 나 이런 일 자주 있었어. 다들 샤워했냐고 그러는데 난 세수했거든. 다들 그거 하나 이해 못하나. 그거 하나 이해 못해주더라고. 너도 이해 못해주냐, 주란?

자라고 그만!

미안하다 규. 내가 샤워도 안하면서 너무 오래 씻어가지고.

그런 문제가 아니라고오! 규가 절규했다.

그럼 다행인데 미안해.

너도 진짜 지겹다, 훈아.

나도 너희들 지겹다.

나도 나도! 나도 너희들 지겨워. 너도 독재, 나도 독재, 주란도 독재. 알고 보면 우리 다 독재다. 그러니까 우리의 그 무엇이냐, 그 뭐냐, 같이 여행을 하면 알게 된다는 그런 거, 본심 그런 거 있잖아? 그런 거 너무 싫다! 너희들 그런 거 너무 싫다!

시끄러! 그만 닥쳐!

미안하다. 내가 괜히 같이 따라와가지고.

짜증나게 너까지 왜 이래?

다 메스껍다!

오래 씻어서 미안하다.

다 메스꺼워! 다 메스껍다고!

새벽에 잠깐 잠이 깼을 때 규는 방문이 열렸다 닫히는 사이로 주란의 목소리를 들었다.

방이 건조해서 뭔가 옷을 빨아 널든가 해야 하나.

그냥 자. 누가 빨아 이 시간에.

남자 목소리였다. 훈의 목소리는 아니었다. 훈은 규의 왼쪽에서 코를 골며 자고 있었다. 그럼 문이 닫히는 사이로 유성처럼 쏟아진, 쐐기 모양으로 철을 파고드는 붉은 녹 같은 그 목소리는 누구의 것이었을까. 자는 내내 그 낯설고 녹슨 목소리의 기억이 꿈속까지 따라와 규를 끈질기게 괴롭혔다. 그냥 자…… 누가 빨아…… 이 시간에…… 그냥 자…… 누가……

아침부터 가는 눈이 내리기 시작했다. 주란이 일어나보니 훈은 말끔하게 씻고 식탁에 앉아 커피를 마시고 있었다. 주란도 씻고 나와 규를 깨웠다. 규는 커피를 마시는 훈을 보고 쉰 소리로 말했다.

나도 한잔 타줘, 진하게.

알았어. 훈이 대답했다. 주란 너도 마실래?

주란은 이를 닦아서 마시지 않겠다고 했다.

위스키 남았으면 그것도 좀 넣어줘. 규가 말했다. 하 그 생각을 못했네. 위스키 남았냐? 남았지. 그럼 훈이 너도 넣어서 먹어. 속이 훨씬 편해져. 그래야겠네.

규와 훈이 식탁에 앉아 위스키를 섞은 진한 커피를 마시며 담배를 피우는 동안 주란은 작은방에서 건강보험공단 지역 담당자와 통화를 시도하고 있었다.

그럼 최준식 씨 부탁합니다…… 아, 최준식 씨가 과장님이시라고요…… 아무튼 최 과장님은 언제쯤 들어오실까요…… 메모를 해주시는 것도 해주시는 거지만…… 원래 최준식 씨, 아 최 과장님이 일주일 안에 전화를 해주신다고 해놓고 지금 열흘이 넘었는데 전혀 연락이 없으셔서요…… 네, 네…… 메모는 남기겠어요…… 그런데 일주일 안에 전화를 해주신다고 해놓고…… 아니 제가 지금 이 민원을 넣은 지가 한달이 넘었어요…… 메모가 중요한 게 아니고요…… 도대체 최준식 씨가 오늘 언제 들어오시는지 알려주시면…… 모르신다고요…… 지금 전화 받으시는 분 성함은 어떻게 되죠…… 왜냐고요…… 왜냐니요…… 이보세요, 민원인이 전화를 받으시는 분 성함을 묻는 게…… 아, 송용희 씨라고요…… 알겠습니다, 송용희 씨……

창밖으로는 사붓사붓 눈이 내리고 방문 틈으로는 아롱아롱 주란의 목소리가 들려왔다. 미적거리던 규가, 젊은 놈 이름은 송용희구만, 하더니 씻으러 욕실로 들어갔다.

출발 준비를 마친 그들은 짐을 챙겨 나와 데스크에서 체크아웃하고 장미정원에 주차된 차를 타고 곧바로 미시령 터널 쪽으로 향했다. 규가 터널 지나서 얼마 안 가면 황태국이 죽이게 진국인 집이 나오는데 거기서 해장을 하자고 했다. 눈이 점차 쌓이기 시작하면서 제설 작업을 하느라 도로가 군데군데 막혔다. 마침내 그들은 오래전에 묻혀 화석이 된 거대한 짐승의 뼈 내부를 관통하듯 기나긴 미시령 터널을 빠져나왔다. 갑자기 밝아진 시야와 꽤 굵어진 눈발 때문에 주란이 황태국집으로 우회전해야 할 지점을 놓치자 규가 버럭 소리를 질렀다.

야, 야, 주란! 주란아! 눈이 먼 거야 뭐야? 저렇게 큰 글씨로 써 있는 걸 왜 못 보고 지나치냐? 이런 국도에서 신호 한번 만나려면 얼마나 한참 달려야 하는지 알아? 언제 갔다 언제 유턴해서…… 규가 갑자기 입을 다물자 차 안이 조용해졌다. 규의 말대로 한참 지나서야 신호등이 나왔고 주란은 유턴을 하기 위해 왼쪽 차선에 붙어 섰다. 화내서 미안해. 규가 시무룩한 말투로 사과했다. 갑자기 화가 솟구쳐서. 사람이 그럴 때가 있잖아. 제발 이해해줘. 신호가 바뀌었고 차는 유턴했고 주란은 말이 없었다.

그들은 식당 주차장에 차를 세우고 처마 밑에서 담배를 피웠다. 주란은 규와 훈에게서 서너발짝 떨어져서 피웠다. 한무리의 군인들이 눈을 맞으며 지나가는데 끄트머리의 군인이 옆 군인에게 물었다. 니는 꼭 오늘 한우를 무야겠냐? 옆 군인이 대답했다. 그래 나는 오늘 꼭 한우를 무야겠다. 군인들이 저만큼 멀어지자 규가 참지 못하고 크크 웃었다. 그럼, 꼭 무야겠지. 훈도 흐흐 웃었다. 규가 옛날 우리 부대 앞에 기가 막히게 짜장면 잘하는 집이 있었다고 하자 훈이 부대 앞에 그런 집이 꼭 하나씩 있지 했다. 귀대할 때면 그 집에 들러서 꼭 짜장면 곱빼기를 먹고 들어갔는데 이상하게 외박 나왔을 땐 안 들르게 되더라고, 얼른 거기 가고만 싶어서, 하고 규가 낄낄거리자, 그렇지, 외박 나오면 얼른 거기 가고만 싶지, 하고 훈도 낄낄거렸다. 주란은 지리멸렬한 싸움을 지켜보는 노파처럼 눈가의 실주름을 바르르 떨며 하염없이 내리는 눈을 지그시 노려보았다.

황태 식당은 신을 벗고 올라가는 넓은 마룻바닥으로 되어 있었다. 마루 귀퉁이마다 놓인 까만 옷걸이에는 붉은 앞치마들이 몇개씩 걸려 있고 큼직한 메뉴판이 드리운 벽 아래쪽에는 유명인의 사진과 싸인들이 붙어 있었다. 창가 중간쯤에 나이 든 마른 여자와 뚱뚱한 젊은 여자 둘이 식탁 한가운데 붉은 흙을 한삽 퍼놓은 듯한 모양의 찜요리를 놓고 먹고 있었다.

그들은 창가 끝자리에 앉아 황태국과 황태구이를 시켰다. 나무 식탁 한가운데 둥글고 검게 탄 자국이 있었다. 규가 해장으로 한병 할까 묻자 의외로 훈이 좋다고 했다. 오늘 새벽에 말이야, 하며 규가 훈의 잔에 소주를 따르자 훈도 규의 잔에 소주를 따르며, 오늘 새벽에 뭐, 했다.

혹시 누가…… 왔었나?

주란이 고개를 돌렸다.

아니지? 규가 움찔하더니 나도 아닌 거 아는데 그냥 확인한 거야, 하며 소주를 마셨다. 새벽에 오긴 누가 와, 하며 훈도 소주를 마셨다. 황태국과 황태구이가 나왔다. 규와 훈은 황태국에 밥을 말아 먹으며 소주 한병을 뚝딱 나눠 마셨다. 규가 딱 한병만 더 하자 하는데 한 손으로 턱을 받치고 황태구이를 천천히 씹던 주란이 물었다.

이번엔 그놈이 또 뭐래디?

으응, 뭐를…… 규가 말을 얼버무렸다.

뭐라 그랬을 거 아냐, 새벽에 온 놈이?

몰라, 기억 안 나.

말해!

잠자코 앉아 있는 규 대신 훈이 소주 한병을 더 시켰다. 소주가 오자 주란이 턱을 받친 손을 내려 소주잔을 집었다. 나도 줘. 훈이 주란의 잔에 소주를 따르고 규와 자기 잔도 채웠다. 셋은 잔을 부딪치고 그대로 비워냈다. 다시 한순배가 돌았다. 이번에는 규가 잔을 채웠다.

눈은 내리고, 술은 들어가고, 이러고 앉아 있으니까 말야, 규가 초초하게 술잔을 빙빙 돌리며 말했다.

우리 다시는 서울로 못 돌아가도 괜찮을 것 같지 않냐?

그들은 말없이 소주잔을 비우고 창밖을 내다보았다. 굵어진 눈발이 쉼 없이 쏟아지고 있었다. 옅은 취기로도 그들은 위태했다. 건너편 식당 앞 주차장에 차가 한대 서고 야구모자를 쓴 남자와 털모자를 쓴 여자가 내렸다. 위스키와 급히 마신 해장 소주의 몽롱함 탓에 훈은 그들 커플이 팔짱을 끼고 촌닭 들닭 전문이라고 쓰인 간판 아래로 아장거리며 걸어들어가는 뒷모습을 알아보지 못했다. 눈 내리는 창백한 회색 풍경 속에서 알아볼 수 있는 거라곤 세로로 비스듬히 뻗은 길의 윤곽선과 왼편에 있는 작고 네모난 창고, 오른편의 널찍한 타원형 텃밭 정도였다.

이모

결혼하기 전에 나는 태우의 친가 쪽은 번다하지만 외가 쪽으로는 외할머니 한분밖에 없는 줄 알았다. 그래서 그의 부모님을 처음 만나뵈었을 때 어머니가 외동딸이라 성격이 좀 센 편이겠구나 짐작했다. 상견례는 중식당에서 했는데 어머니가 코스와 단품 등 모든 메뉴를 결정했고, 아버지는 조금 툴툴거리면서, 태우는 아무 말 없이 그 결정에 따랐다.

결혼하고 한달쯤 지나서 태우는 큰이모와 외삼촌이 있다는 얘기를 했다. 그러니까 시어머니에게 언니와 남동생이 있다는 얘기였다. 그들은 우리 결혼식에 참석하지 않았다. 큰이모는 2년째 가족들과 관계를 끊고 잠적했고, 외삼촌은 도박빚으로 수배 중이라고 했다. 시어머니는 결혼을 앞두고 굳이 이런 사실을 며느리와 사돈

집에 알릴 필요가 있겠는가 고민한 끝에 말하지 않기로 결정했다는 것이다.

"그런데 이제 와서 왜?"

"큰이모가 병원에 입원하셨대. 다행히 엄마한테 연락이 됐나봐."

"무슨 병이시래?"

"말씀 안하셨어. 그건 병이 심각하다는 뜻 아닐까?"

"그게 뭐 꼭……"

나는 어정쩡하게 대꾸했다. 한번도 본 적 없는 분의 병증에 대해 뭐라고 할 말이 없었다.

"하루 종일 마음이 그랬어. 난 큰이모가 좋았거든."

태우의 마지막 말은 내게 모종의 압력으로 다가왔다. 이러다 도박빚으로 수배 중인 외삼촌도 며칠 안에 만취한 상태로 남편 품에 안겨 우리 신혼집에 들이닥치는 건 아닐까 하는 불안이 엄습했다.

나는 시어머니를 모시고 시이모님의 병문안을 가기로 했다. 한번쯤은 가보는 게 도리일 터였다. 어머니가 합리적이고 강단 있는 분이라 적잖은 의지가 되었다. 어머니는 길도 복잡하니 택시를 타자고 했다. 택시를 타고 가는 중에 시이모님이 어디가 아프신지 묻자 췌장암이라는 간단한 대답이 돌아왔다. 어느 정도 진행이 되었는지, 전이는 안되었는지 물으려다 어머니의 얼굴을 보고 그만두었다. 택시에서 내려 병원 입구를 향해 걸어갈 때 어머니가 입을 열었다.

"우리 언닌,"

어머니는 잠시 움찔하더니 말을 바꾸었다.

"그러니까 네 시이모는, 아주 괴팍한 사람도 아니지만 그렇다고 다정한 편도 아니다. 누구한테 민폐 끼치는 걸 싫어하고 차라리 자기가 손해를 보고 마는 성격이지."

나는 그런 점은 자매가 아주 닮았다고 생각했다.

"난 좀 일찍 결혼한 편인데 결혼하고 나서는 친정에 자주 왕래하지 않았다. 친정이 싫었으니까."

어머니는 이렇게 말하고 나를 보았다. 이해하겠느냐 묻는 듯도 하고, 너도 그런 건 아니냐 살피는 듯도 해 나는 움찔했다.

"우리 언닌 평생 직장생활 하면서 결혼도 안하고 엄마를 모시고 살았다. 그 집에 경철이 녀석이, 그러니까 네 시외삼촌 말이다, 걔가 가끔 들락거렸는데, 걔가 돈 사고 치면, 그래, 이제 너한테 못할 말이 어디 있겠냐, 그러면 언니가 몇번 물어주고 그랬지. 그러다가……"

우리는 어느새 엘리베이터 앞에 도착했다. 환자복을 입은 사람들 서너명이 우리와 함께 엘리베이터에 탔다. 어머니는 엘리베이터에서 내린 후에야 다시 얘기를 이어나갔다.

"그게 재작년 가을인가 그런데, 언니가 갑자기 편지 한장만 써놓고 사라졌다. 자기를 절대 찾지 마라, 당분간 모든 관계를 끊고 살겠다, 죽기 전에 한번만이라도 그렇게 살아보고 싶다, 마음이 변하면 돌아오겠다, 뭐 그런 내용이었는데, 참 내용도 놀라웠지만, 그러니까 그게 뭐냐, 너는 글을 쓰니 알겠지. 그걸 뭐라고 그러냐?"

나는 그게 뭔지 알 수 없었다.

"글에 담긴 기운이라고 해야 하나? 글자도 아니고, 글씨체도 아니고."

"문체요?"

"문체? 그런 걸 문체라고 하냐? 나는 모르겠다. 우리 언니도 옛날엔 글쟁이가 되고 싶어했지. 널 보면 반가워할지도 모르겠다. 아무튼 언니 편지를 읽는데, 문체인지 뭔지에 들어 있는 마음이나 기분 같은 게 으스스하게 느껴지는데, 못된 말을 쓴 것도 아니고 다 평범한 말뿐이었는데, 이상하게 무섭고 서럽더라. 난 그게 뭔지 궁금하다. 도대체 그게……"

어머니의 얘기는 거기서 끝났다. 병실에 도착할 때까지 그게 뭐였는지 골똘히 생각하는 듯했다.

시이모는 인사하는 나를 빤히 보더니 금세 알겠다는 듯 고개를 끄덕였다.

"너구나!"

그 말이 너무 격의가 없어 나는 당황했다. 어머니는 병상에 누운 언니를 물끄러미 내려다보았고, 시이모도 동생을 말갛게 올려다보았다. 침묵이 계속되자 나도 시이모를 물끄러미 내려다볼 수밖에 없었다. 예상대로 그녀는 매우 말랐고, 거칠고 주름진 피부에, 숱이 듬성듬성 빠진 머리를 모자나 스카프로 가리지 않고 그대로 내놓고 있어 아사 직전의 원숭이처럼 보였다. 어머니와 두살 차이라는데 스무살은 더 들어 보였다. 피곤해서인지 눈이 시려서인지 시이모는 몇초씩 눈을 감았다 뜨곤 했는데, 퀭한 눈을 뜨고 무엇을 응시할 때면 눈의 흰자위에 살짝 푸른빛이 감돌았다.

어머니가 마침내 입을 뗐다.

“병원비는 걱정 마, 언니.”

“걱정, 마라.”

시이모가 천천히 말했다. 되묻는 건지 중얼거리는 건지 애매했다.

“그런 소릴 들으니 좋구나. 그래도 난 퇴원할 거다.”

“언니, 제발!”

“그래, 제발 부탁인데 엄마한테는 알리지 마라. 그 여인이 내 앞에서 우는 건 절대 보고 싶지 않다.”

그렇게 말하고 시이모는 눈을 감더니 다시 뜨지 않았다. 어머니는 1분 정도 서 있다가 가자, 하더니 병실을 나갔다. 짧고 어색한 병문안이었다. 나는 홀가분한지 서운한지 알 수 없는 기분에 사로잡혔다. 참 이상한 자매들이었다. 시트 밖으로 삐죽 나와 있는 시이모의 마르고 주름진 손을 보자 왠지 가기 전에 한번은 잡아보고 싶었다.

“이모님, 저 갈게요.”

내가 손을 잡자 시이모가 눈을 반짝 떴다. 짓무른 듯 젖은 눈자위 속에서 푸른빛이 거미줄처럼 가늘게 반짝였다.

“너 글 쓴다며?”

"본격적으로 쓰는 건 아니고, 그냥 공부하고 있어요."

"우리 집에 한번 놀러 와라."

"아, 네."

시이모가 웃음인지 찡그림인지 가늠할 수 없는 표정을 지었다.

"내 집에 누굴 초대하는 건 처음이야."

"아, 네."

"송장 치우게는 안할 테니 놀러 와."

"네."

"아이, 오지 마라, 오지 마!"

고양이처럼 토라진 시이모의 말투에 나도 모르게 투정하듯 물었다.

"아니 왜요?"

"난 떨리는데 넌 심드렁하잖니?"

"아니에요, 너무 갑작스러워서 그래요. 갈게요."

"그래, 가라."

"아니, 이모님 댁에 놀러 간다고요."

"이모님은 무슨……"

시이모가 뭐라고 중얼거렸다.

"네?"

"이모라고 부르라고. 글자도 줄고 어감도 낫잖니? 놀러 올 거면 얼른 메모해라. 윤경호, 경기도 안산시……"

이모가 퇴원한 후에 나는 그녀의 집을 규칙적으로 방문했다. 규칙은 그녀가 정했는데 일주일에 한번, 월요일 오후였다. 그녀는 매일 집 근처의 도서관에 다니는데 월요일이 휴관일이라고 했다. 나는 결혼 준비를 위해 대학원을 한 학기 휴학한 상태여서 시간이 여유로웠다. 아마 내가 살아온 서른해 중에서 그때가 가장 한가한 때였을 것이다.

이모는 안산의 외곽에 있는 오래된 소형 아파트에 살고 있었다. 열평 남짓한 실내 공간은 잘 정돈되어 있었다. 아니, 잘 정돈되어 있다기보다 정돈할 것이 거의 없었다. 그녀의 집에는 없는 게 많았다. 텔레비전도, 컴퓨터도, 휴대전화도, 집전화도 없었다. 당연히 케이블이나 인터넷도 연결되어 있지 않았다. 그럼 뉴스는 어떻게 보시느냐 물었더니 도서관에 가서 거기 있는 컴퓨터로 본다고 했다. 에어컨은커녕 선풍기도 없었다. 그녀의 집에 있는 가전제품이라고는 구형 냉장고와 세탁기뿐이었다. 옷장도 없었는데 붙박이로 설치된 이불장만으로 충분한 듯했다. 집 안 전체가 수녀의 방처럼 텅 비어 있었다. 그릇이나 냄비도 몇개 없었는데, 그 때문인지 몸에 밴 습관인지 그녀는 설거지거리가 생기면 그 자리에서 바로 씻었고, 빨랫감이 생기면 세탁기를 돌리지 않고 손으로 빨았다.

이모를 처음 방문한 날은 좀 추웠는데 그녀는 커피가루만 넣은 뜨거운 커피에 설탕을 따로 내주었다. 그녀는 내게 가족이 어떻게 되는지, 태우와 어떻게 만났는지 물었다. 나는 부모님과 오빠가 있으며, 남편과는 친구 소개로 만났고 만난 지 1년도 안되어 결혼하게 되었다고 말했다.

"그래, 내가 잠적하기 전까지는 태우한테 여자친구가 없었지. 첫눈에들 퍽 좋았던 모양이구나. 근데 넌 그애를 뭐라고 부르니? 신혼이니 모골이 송연하게 불러대지 않겠니?"

나는 좀 부끄러워하면서 달링과 신랑을 합쳐 달랑이라고 부른다고 대답했다.

"달랑이라고 부르면 달랑거리면서 달려오겠구나."

결혼도 하지 않은 그녀의 입에서 튀어나온 뜻밖의 농담에 나는 당황했다. 그러나 그녀의 표정에는 딱히 장난기라고 할 만한 것이 보이지 않았고 말투도 날씨 얘기를 하듯 무심했다.

"네 숫기로 봐서 밖에서는 그렇게 부르지 않는 게 좋겠다. 달링이랑 신랑이랑 합쳤다는 소리도 하지 말고. 다들 나처럼 생각할 거다. 달랑이는 달랑이로 들릴 뿐이니."

이모와 이런저런 얘기를 나누면서 나는 여러모로 놀랐다. 그녀는 실제로 수녀처럼 살고 있었다. 아침에 일어나면 물을 마시고 첫 담배를 피우고 20분 정도 아침 운동을 한다고 했다. 그건 운동이라기보다 그녀가 스스로에게 가장 적합하다고 생각하는 자세와 동작으로 구성한 일련의 스트레칭이었다. 간단히 아침을 만들어 먹고 씻고 열시쯤 가방을 메고 도서관에 간다. 필기도구와 지갑, 열쇠가 든 가방에 보리차를 담은 물병을 챙긴다.

"책먼지 때문인지 거기 오래 앉아 있으면 그렇게 목이 마르더라고.”

나는 그게 췌장암 병증 중 하나였으리라고 생각했다.

도서관에 가면 일단 서가에서 책을 고르고 자리에 앉아 하루 종일 그 책만 읽는 게 그녀의 방식이었다. 내용이나 재미 같은 건 상관하지 않고 처음부터 끝까지 다 읽는다. 이해가 되지 않아도 글자는 읽을 수 있으니 한 글자 한 문장 한 페이지 한 챕터씩 차례로 읽어나간다. 오후 두시쯤 집에 돌아와 점심을 만들어 먹고 다시 도서관에 가서 문을 닫는 여섯시까지 책을 읽는다. 책을 다 못 읽으면 대출해 가지고 와서 저녁을 만들어 먹고 잠들기 전까지 마저 읽는다. 도서관 휴관일인 월요일만 빼고 그녀가 도서관에 가지 못하는 특별한 사정은 없다.

담배는 하루에 네개비만 피우는데, 아침에 일어나서 하나, 점심 먹고 둘, 저녁 먹고 셋, 잠자기 전에 마지막 담배를 피운다. 술은 일주일에 한번, 일요일 밤에 소주 한병 정도를 마신다. 그날은 다소 사치스러운 안주를 만들어 먹기도 한다고 이모는 말했다.

“예전에는 거의 요리를 안했다. 하더라도 대충 만들어서 맛도 모르고 급하게 먹었지.”

그러다 혼자 살면서부터 요리에 재미를 붙였다고 했다. 요리를 할 때 그녀는 더할 나위 없는 평온함을 느낀다. 요리는 불과 물과 재료에만 집중해야 하는 일이다. 요리를 하면 할수록 그녀는 요리가 창조적인 작업이라는 생각이 든다. 똑같은 요리를 반복해도 결코 똑같은 맛을 내지 못한다는 사실이 그녀를 실망시키기는커녕 더욱 매혹시킨다. 그녀는 오로지 자신만을 위해 요리하며 일인분의 음식을 만드는 데도 정성을 다한다. 일인분이라고 아무렇게나 만들면 더 맛이 없다. 그녀의 냉장고에는 항상 다시국물이 준비되어 있고, 씻어서 물기를 빼거나 데치거나 말려놓은 채소와 해물들이 다양했다. 그녀는 많이 먹는 편이 아니기 때문에 어떤 날은 한 시간 동안 공들여 만든 음식이 반공기의 해물죽일 때도 있다.

"양은 보잘것없지만 맛은 그렇지 않아."

그녀는 자랑스럽게 말했는데 그건 사실이었다. 나는 그녀의 집에서 딱 한번 저녁을 얻어먹은 적이 있는데, 반찬은 조기조림과 시래기된장국이었다. 비싼 조기가 아닐 텐데도 양념이 밴 살점은 달았고 시래깃국은 깊고 구수한 맛이 났다. 조기도 시래기도 그녀가 제철에 무더기로 사다 손질해 말린 것들이라 했다.

그러나 내가 무엇보다 깜짝 놀란 건 그녀의 생활비였다. 언뜻 보기에도 검소한 살림이라고 느꼈지만, 그녀는 한달에 65만원만 쓴다고 했다. 더 놀라운 것은 그중 30만원은 월세로 나간다는 것이었다. 용돈도 아니고 한달 생활비로 어떻게 35만원만 쓸 수 있는지 나는 이해가 되지 않았다. 태우와 결혼해서 한달을 살고 생활비가 얼마나 들었는지 따져보고 나는 어이가 없었다. 더 기막힌 건 크게 낭비한 돈이 없으므로 무엇을 줄여야 할지 모르겠다는 거였다. 만져보지도 못하고 이체되는 돈이 예상외로 많았다. 그런데 35만원이라니, 우리 부부의 휴대폰 요금과 아파트 관리비만 합쳐도 그 정도는 됐다.

“그렇게 어려운 일도 아니야. 산술적으로 하루에 만원씩만 쓴다 생각하면 되니까. 5만원은 관리비로 나가지. 여름에는 그보다 적고 겨울에는 그보다 많고.”

담배와 커피, 쌀과 김치, 휴지와 비누, 건강보험료 등 일상적으로 소비되는 비용을 제하면 하루에 실질적으로 쓰는 돈은 만원의 절반인 5천원 정도라고 했다. 나는 아무 말도 할 수 없었다. 5천원이면 택시를 타고 몇킬로미터나 갈 수 있는 돈일까.

두번째 방문 때 나는 커피와 케이크, 맥주와 담배 같은 것을 잔뜩 사가지고 갔다. 그녀는 그것들에 손도 대지 않다가 내가 돌아갈 때 도로 가져가게 했다.

“네가 좋은 생각으로 사온 건 안다. 하지만 나는 내 가난에 익숙하고 그게 싫지 않다. 우리 서로 만나는 동안만은 공평하고 정직해지도록 하자. 나는 네가 글을 쓴다는 것도 좋지만 내 피붙이가 아니라는 게 더 좋다. 피붙이라면 완전히 공평하고 정직해지기는 어렵지. 혹시라도 네가 내 집에 뭘 몰래 두고 가거나 최악의 경우 돈 같은 걸 놓고 간다면 내가 얼마나 잔혹한 사람인지 알게 될 거다. 네가 먹을 간식을 사오는 건 괜찮아. 대신 다 먹고 가긴 해야겠지.”

그렇게 그녀와 나는 두달 남짓, 나름대로 공평하고 정직하게 월요일 오후에 그녀의 집에서 만나 묽은 블랙커피를 마시며 얘기를 나눴다. 누군가의 삶을 간단히 요약하는 게 가능하다면, 이모의 삶이야말로 가장 간단히 요약될 수 있는 삶이 아닐까 싶다.

내가 만나뵌 적이 없는 그녀의 아버지, 그러니까 시외할아버지는 약간 자폐적인 면이 있는 분이었다고 한다. 그에 대한 울분과 열등감 때문인지 몰라도 엄청난 술꾼이었는데, 술만 먹으면 사는 일이 비천하다고 고함을 질러대곤 했다. 욕을 하거나 난동을 부리지 않고 오로지, 사는 일이 이렇게 비천하다, 비천해, 하고 외칠 뿐이었다.

그녀의 어머니인 시외할머니는 나도 뵌 적이 있고 우리 결혼식에도 참석하셨다. 나는 그분이 무척 헌신적이면서도 당신의 그런 면을 남 앞에서 극구 내세우지 않는 겸손한 성정을 가진 분이라고 생각했다. 그런 내 인상을 말하자 그녀는 유감스러운 얘기를 들은 것처럼 입가를 축 늘어뜨리고 말했다.

"그다지 틀린 얘기는 아니야. 희생정신으로 똘똘 뭉친 옛날 여인이니까. 이타적인 면도 있고 인내심도 강하시지. 중요한 건 무엇을 위한 희생이냐, 무엇에만 배타적으로 이타적이냐, 하는 거 아니겠니?"

그녀는 자기 어머니에 대해 별로 얘기하고 싶지 않아했는데, 그것도 우리 시어머니와 비슷했다.

어쨌든 그런 부모 밑에서 맏딸로 태어난 그녀는 대학 1학년 여름에 아버지가 술에 취해 넘어져 객사하는 바람에 가장 역할을 떠맡지 않으면 안되었다. 대학을 졸업하자마자 대기업 홍보실에 입사해 쉰다섯살에 홀연 사라지기까지 평생 결혼하지 않고 직장생활을 하며 어머니를 모시고 살았다. 그리고 2년여간 잠적하여 혼자 살았고, 췌장암에 걸려 석달간 투병하다 죽었다. 이것이 남자 같은 이름을 가진 윤경호, 그녀의 삶이다.

물론 이모의 삶에도 적지 않은 우여곡절이 있었다. 그녀에게 직접 들은 건 아니지만, 남편과 시어머니로부터 조각조각 들은 얘기를 종합하면, 그녀는 대기업에 입사해서 4, 5년 동안은 생활비와 동생들의 학비를 댔다. 동생들이 대학 공부를 마친 후에는 금전적인 지원을 중단했다. 그러나 남동생이 사업을 하다 부도를 내는 바람에, 우리 시어머니는 그게 결코 부도가 아니라 도박빚이 분명하다고 확신했는데, 아무튼 그 빚 때문에 남동생이 감옥에 갈 판국이 되자, 그녀는 그동안 모아두었던 돈과 회사를 퇴직하면서 받은 퇴직금을 모두 남동생의 빚 청산에 쏟아부었다. 그후로는 몇년마다 자리를 옮기면서 이런저런 출판사에 근무했다. 그러다 그녀의 어머니, 그러니까 내 시외할머니가 그녀 몰래 서류를 꾸며 남동생의 보증을 서도록 해놓은 바람에 그 빚에 휘말려 서른아홉살에 신용불량자가 되었다. 그때부터 비정규직으로 일하면서 빚을 다 갚는 데 10년 가까이 걸렸다. 신용을 회복하자마자 그녀는 아동물 출판사에 취직했는데 그때 이미 쉰살에 가까웠다. 그때부터 그녀는 누구에게도 돈 한푼 내놓지 않았다. 시어머니 말씀으로는 아마 그때부터 이모가 가족들과 관계를 끊고 혼자 살 결심을 한 것 같다고 했다. 독립의 기반을 마련하기 위해 그녀는 누구에게도 돈 한푼 주지 않고 스스로에게도 돈 한푼 쓰지 않으면서 악착같이 돈을 모았다. 그래서 그녀의 어머니, 즉 내 시외할머니는 식당에 나가 주방 일을 도우며 직접 생활비를 벌지 않으면 안되었다. 그리고 이미 말했다시피 재작년 가을에 그녀는 편지 한통을 써놓고 사라졌다. 시외삼촌이 또 도박빚에 몰려 시외할머니에게 전화를 걸어 죽네 사네 하던 밤 바로 다음 날에.

이모는 5년여 동안 1억 5천만원 정도를 모았는데 1억은 아파트의 보증금으로 넣고, 남은 5천만원으로 돈이 떨어질 때까지 아무 일도 하지 않고 제멋대로 살아볼 생각이었다. 혼자 사는 건 그녀 평생에 처음 있는 일이었다.

전화가 없으니 아무도 그녀에게 연락할 수 없었다. 방문객이나 택배원, 우편배달부 때문에 인터폰이 울리는 일도 없었다. 해야 할 일도, 지켜야 할 약속도 없었다. 그 무엇도 그녀의 시간을 강제로 구획하거나 갑작스럽게 중단시킬 수 없었다. 자기 앞에 몇년의 시간이 안개 낀 평원처럼 드넓게 펼쳐져 있다는 걸 실감한 뒤부터 그녀는 오로지 과거에 사로잡히고 말았다.

그녀는 멍하니 앉아 오래전 일들을 떠올리곤 했다. 아니, 오래전 일들이 아무 때나 불쑥불쑥 떠오르곤 했다. 그녀는 시간 가는 줄 모르고 과거에 깊이 몰입했다 한참이 지난 후에야 몽유에서 깨어나듯 현실로 돌아오곤 했는데, 그럴 때면 몹시 화가 났고 풀 길 없는 원한에 사로잡혔다.

"내가 처음부터 이렇게 철도 침목처럼 규칙적으로 살았던 건 아니다. 그렇다고 자유롭게 살았냐 하면 그것도 아니지. 희망이 없으면 자유도 없어. 있더라도 막막한 어둠처럼 아무 의미나 무늬도 없지. 그때 나는 방탕하게 돈을 다 써버리고 얼른 죽어버리자 하는 생각밖에 안했던 것 같다. 그러다 조금씩 변해서 지금처럼 살게 됐는데, 그게 아무리 생각해도 그날 밤 이후부터인 것 같구나."

이제 나는 그녀에게서 들은 그 겨울날의 이야기를 할 것이다. 그녀는 서두르지 않고 천천히 말을 골랐고 어떤 느낌이었는지를 이해시키기 위해 내 눈을 자주 들여다보았다. 그때마다 그녀의 흰자위에서 새벽처럼 맑고 시린 푸른빛이 반짝였다. 나 또한 재촉하거나 질문을 던지지 않고 조용히 집중해서 들었다.

그날은 시작부터 이상한 날이었다, 하고 이모는 말했다.

아침에 그녀가 베란다로 나갔을 때 세상은 밤새 내린 눈으로 하얗게 덮여 있었고 모든 것이 엄청난 한파 속에 바짝 얼어 있었다. 담배를 피우고 들어와 손을 씻으려는데 온수가 나오지 않았다. 그녀는 복도로 나가 계량기함에 덧대놓은 방풍지를 뜯고 계량기함을 열어보았다. 다행히 계량기는 터지지 않았으나 오래된 아파트라 복도 쌔시가 설치되어 있지 않아 두꺼운 천으로 감싸고 방풍비닐을 씌워놓았는데도 수도관이 얼어버린 것이다.

그녀는 옷을 두껍게 챙겨 입고 시장으로 나갔다. 눈은 완전히 그쳤지만 날씨는 조금도 누긋지 않아 매섭도록 기온이 낮았고 눈이 시릴 만큼 햇살이 강했다. 문화센터 앞 벤치에 늙은 노숙자가 앉아 있었다. 오며가며 몇번 본 적이 있는 남자였다. 그는 늘 술에 취한 채 혼잣말을 했는데 대부분은 욕설이었다. 때로 그는 고개를 번쩍 치켜들고 여보셔흐, 여보셔흐, 하며 지나가는 사람들을 소리쳐 부르기도 했는데, 말끝은 목에서 뽑어져나오는 후음에 묻혔다. 누구도 그 부름에 응하지 않았고 그의 속을 훑고 나온 독가스 같은 입김이 공기 중에 떠돌다 제 몸에 들러붙기라도 할 듯 바삐 멀어졌다.

그날따라 그녀는 그에게 돈을 좀 주고 싶은 생각이 들어 가방에서 천원짜리 지폐를 꺼냈다. 그녀가 장갑 낀 손으로 지폐를 내밀자 그는 천천히 주머니에서 손을 꺼내 손바닥을 위로 향한 채 엄지와 검지를 집게처럼 내밀어 지폐 끝을 잡았다. 군데군데 살갗이 터진 그의 오므린 손바닥에 잘못 태운 숯가루처럼 얼룩덜룩한 무채색의 어둠이 고여 있었다. 지폐를 놓는 순간 그와 눈이 마주쳤는데, 추위로 눈물이 고인 그의 탁한 눈빛을 보자마자 그녀는 기이한 섬뜩함을 느끼고 허둥지둥 그 자리를 떴다. 금방이라도 그가 여보셔흐, 여보셔흐, 소리쳐 부를 것만 같았다.

그녀는 드라이어와 3미터 멀티탭을 사가지고 와서, 부엌의 수도꼭지를 온수 방향으로 틀어놓고 현관문을 활짝 열어둔 채 긴 멀티탭 전선으로 드라이어를 연결한 후 계량기함 앞에 쪼그리고 앉았다. 드라이어를 뜨거운 강풍으로 틀어 온수 계량기 위에서 천천히 원을 그리며 돌렸다. 계량기가 터지지는 않았으니 언젠가는 녹을 것이다. 그녀는 가끔 드라이어를 끄고 부엌에 틀어놓은 수도꼭지에서 물이 나오는지 확인했다.

비닐봉지를 든 젊은 여자가 총총걸음으로 복도로 들어서더니 그녀에게 물이 안 나오느냐고 물었다. 그녀는 온수가 안 나온다고 대답했다. 젊은 여자는 드라이어 소리 때문에 못 알아들었는지 그대로 서 있었다. 그녀는 드라이어를 끄고 온수가 안 나온다고 한번 더 말해주었다. 여자는 다소 놀란 듯한 맹한 표정을 짓고 있었는데 눈이 물고기처럼 크고 튀어나와 더 그렇게 보이는 것 같았다. 그럼 아무 물도 안 나오겠네요, 하고 물고기 눈의 여자가 물었다. 그녀는 애써 짜증을 억누르고, 냉수는 나오고 온수만 안 나온다고 세 번째로 말해주었다. 여자가 고개를 갸웃하더니, 어, 우리는 냉수만 안 나오는데, 했다. 그럼 얼른 녹이라고 하자 여자의 얼굴에 미안한 웃음이 스쳤다. 우리 집 계량기는 멀쩡해요! 여자는 좋은 정보라도 주듯 눈을 깜빡거리며, 그러니까 냉수가 단수인 거죠, 했다.

그녀는 어이가 없어, 그 집도 언 거라고, 우리 집 계량기도 겉으로는 멀쩡하지 않으냐고 말했다. 젊은 여자가 얼른 고개를 숙이고 그녀의 계량기함을 들여다보았다. 여자의 삐친 머리칼이 그녀의 볼을 간질였고 비닐봉지에서 닭튀김 냄새가 풍겼다. 이게 언 거예요? 여자가 눈을 크게 떴다. 가까이에 얼굴을 들이밀고 있어 여자의 숨이 그녀의 얼굴에 끼얹어졌고, 금세라도 여자의 튀어나온 눈알이 구슬처럼 굴러떨어질 것 같았다. 누군가와 이렇게 가까이 있어본 게 영겁처럼 오래전 일이라는 생각이 들었다.

그녀는 갑자기 여자의 어깨를 밀쳐버리고 싶은 기분이 들었는데, 그걸 눈치라도 챈 듯 여자가 발딱 일어나더니 그녀와 한 집 건

너 현관문을 열고 들어갔다. 잠시 뒤에 여자의 남편으로 보이는 젊은 남자가 나와 계량기함의 방풍지를 뜯어 뚜껑을 열고 들여다보았다. 물고기 여자가 드라이어를 가지고 나오더니, 냉수가 어느 쪽이에요, 할머니? 하고 물었다. 그녀는 못 들은 척하려다 아래쪽이라고 말해주었다.

물고기 여자는 집 안으로 들어갔고, 굉음을 내는 드라이어를 들고 그녀는 위쪽 계량기를, 건넛집 남자는 아래쪽 계량기를 녹였다. 그녀는 가끔씩 드라이어를 끄고 부엌 쪽을 들여다보고 물소리를 확인했지만, 건넛집 남자는 드라이어를 빈번히 껐다 켰다 하며 집 안에 대고 나와, 안 나와? 소리를 질렀다. 20분 가까이 되어서야 그녀의 부엌 수도꼭지에서 물이 떨어지는 소리가 들렸다. 그녀는 천으로 계량기를 꼼꼼히 감싸고 계량기함을 닫고 방풍지를 다시 붙였다. 문을 닫기 전에 힐긋 보니 남자는 드라이어를 계량기함에 꽂아둔 채 담배를 피우고 있었다. 남자가 혹시 고맙다는 인사를 할까 싶어 기다렸지만 남자는 의식적으로 피하는 동작을 취하며 등을 돌렸다. 다 식은 닭튀김을 먹게 된 게 화가 났을 수도 있고 추워서 짜증이 난 걸 수도 있지만, 그녀는 왠지 남자가 자기에게 화를 내고 있다는 생각을 떨칠 수 없었다. 어쩌면 남자는 돈이 들더라도 차라리 계량기가 터져 수도사업소 사람을 불러 교체하는 편을 원했을지도 모른다. 남자의 등허리를 노려보다 그녀는 오싹한 증오를 느끼고 집 안으로 들어왔다.

언제였을까. 그의 자취방에서 과도로 참외를 깎아 쪽을 내고 참외씨를 미세하게 바르며 그의 등허리를 바라보았던 그 봄은. 그녀 인생에서 가장 아름다웠던, 병아리 빛깔의 수채화 같던 그 봄날의 오후는. 그리고…… 그녀는 현관 구석에 서서 고개를 숙이고 장갑 낀 양손을 번갈아 쥐었다 놓았다. 당장이라도 과도를 움켜쥐고 무엇을 찌를 듯이, 장갑 속의 언 손가락들을 바르르 떨게 만드는 이 붉고 어두컴컴한 증오는 무엇인가. 그걸 알 수 없어 그녀는 오른손으로 왼손을 쥐었다 놓고 왼손으로 오른손을 쥐었다 놓았다.

이모는 내가 그 등허리에 깊은 관심을 보이는 걸 알아차렸다.

"그 사람은 장이 안 좋아서 참외씨를 먹으면 안되는데 단걸 좋아해서 참외 속은 먹고 싶어했지. 그래서 참외씨를 하나하나 발라내야 했어. 내가 대리를 달았을 때니까 스물여섯이나 일곱쯤 됐을 때다. 그때 만나서 4, 5년쯤 사귀다 헤어진 사람인데, 회사 다니는 사람은 아니고 공부하는 사람이었지."

나는 이모가 그 사람과 헤어진 시기가, 시외삼촌이 사업빚인지 도박빚인지 때문에 감옥에 갈 뻔한 때가 아니었을까 생각했다. 공부하는 사람이니 돈을 벌지 못했을 테고, 이모가 모아놓은 돈도 모두 날아갔고 이모의 직장마저 불안정해졌으니, 결혼은 요원해졌을 것이다. 병아리 빛깔의 수채화는 대개 그렇게 붉고 어두워져 석양처럼 사라지고 마는 것이다.

"헤어지고 나서 그 사람을 딱 한번 본 적이 있지. 우연히, 무슨 행사장 입구 같은 데서."

그 사람 옆에는, 그때까지는 그의 아내가 아니었던 어리고 날씬한 여자애가 서 있었다. 그 당시만 해도 여자들이 브래지어 끈을 드러내는 일이 드물었는데, 그 여자애는 보라색 브래지어 끈이 드러나는 검정 탱크톱에 와인 빛깔의 미니스커트를 입고 있었다. 여자애는 사람들과 어울리지 않고 혼자 겉돌았다. 나중에 힐긋 보니 아이들처럼 비상구 계단에서 팔짝팔짝 엇갈려뛰기를 하고 있었는데, 짧은 스커트 아래에서 허벅지가 엇갈릴 때마다 살짝살짝 검정 팬티가 엿보였다. 다들 저 여자애는 대체 누구야 하는 시선으로 힐끔힐끔 쳐다보곤 했다. 그때 이미 그와 사귄다든가, 결혼할 거라든가, 전남편과의 이혼이 문제가 되고 있다든가 하는 소문이 돌았다. 그녀는 그 여자애의 행동이 사람들의 시선을 의식한 연기라는 걸 깨닫고 혐오를 느꼈지만, 다른 모든 사람들과 마찬가지로 불가해한 행동을 하는 그 어린 이혼녀에게서 쉽사리 눈길을 돌릴 수 없었다.

그후 그 사람과 그 여자애가 우여곡절 끝에 결혼했다는 얘기를 들었고, 또 얼마 지나서는 누군가 그 사람 집에 놀러 가서 그들 부부를 보고, 아이들도 보고, 집안 꼴도 보았는데, 참 애가 애를 키우는 것 같아 걱정되더라는 말을 하는 것도 들었다. 그리고 또 한참 지나서 그녀는 지인의 싸이월드 미니홈피에서 후배가 죽었다,로 시작하는 글을 읽었다. 지인이 싸이월드에 올린 추모 글에 따르면, 교통사고가 났는데 운전하던 후배의 아내는 중상을 입고 옆자리에 앉아 있던 후배는 사망했다고 했다. 설마 그 사람은 아니겠지 하고 기사를 검색해보았는데, 그가 재직 중인 대학 이름과 부고기사가 떴다. 그런데 그때가 언제쯤이었는지는 아무리 생각해도 모르겠다고 이모는 말했다.

"마흔이 훌쩍 넘었던 건 분명한데, 마흔여섯쯤이었는지 마흔여덟쯤이었는지."

아무튼 그녀보다 두살 많은 그 사람은 마흔여덟이었는지 쉰이었는지 모를 나이에 죽었다. 그의 죽음을 알고 나서 그녀는 지인의 싸이월드를 통해 알게 된 그의 아내의 싸이월드에 들어가 그 여자가 쓴 글들을 모두 읽었다. 글을 잘 쓰지는 못했지만 많이 올리는 편이었고, 여행을 자주 다니는지 사진도 많이 올렸다. 그러다 언제부턴가 그 여자가 페이스북으로 옮겨갔고, 그녀도 덩달아 페이스북에 가입해 그들은 페친이 되기까지 했다.

이모가 그 여자의 페이스북을 마지막으로 확인한 건 잠적하기 1, 2년 전이었다고 한다. 그 여자는 뜻밖에도 미국에서 살고 있었다. 그때가 선거철이었는지, 그 여자가 재외국민 투표를 했고 한국인인 게 자랑스럽다는 글을 올려놓았는데, 그때에도 그녀는 깊은 혐오를 느끼면서 그 여자가 쓴 글과 그 밑에 달린 158개의 의미 없는 댓글을 모조리 읽었다. 그걸 끝으로 그녀는 다시는 페이스북을 하지 않았다.

내가 이모 나이에 싸이월드와 페이스북을 했다는 사실에 놀라움을 나타내자 이모는 다소 오만한 표정을 지었다.

"네가 태우랑 동갑이라니 하는 말인데, 나는 태우가 세살 때 컴퓨터를 산 사람이다. 그땐 아래아한글이 없어서 보석글을 썼다. 너는 모르겠지만 내가 하이텔이니 천리안이니 하는 통신을 시작한 게 서른대여섯쯤이었고, 한때는 통신중독에 게임중독이기까지 했다. 블로그는 귀찮아서 하다 말았고, 싸이월드 좀 하다가 트위터와 페북으로 갈아탔지. 사실 나는 가족들과 관계를 끊는 것보다 온라인 관계를 끊는 게 더 힘들 정도였다. 그건 주어진 게 아니라 내가 선택한 거였고, 오로지 내가 쓴 글, 내가 만든 이미지만으로 구성된 우주였으니까."

계량기 때문에 늦은 아침을 해 먹고 베란다에서 담배를 피우고 들어왔을 때 인터폰을 통해 위층 집 벨소리가 울리고 있었다. 접속불량인지 어떤 부주의 때문인지 가끔 위층 벨소리가 인터폰으로 들려온 적이 있는데, 그날따라 벨소리는 그치지 않고 끊임없이 울렸다. 한시간 넘게 그 소리를 듣고 있다가 그녀는 직접 관리실로 찾아갔다. 관리실 당직자인 늙은 남자는 잠시 뒤에 기사를 보내 조치를 취할 테니 연락처를 남겨놓으라고 했다. 연락처가 없다고 하자, 그러면 어떻게 미리 연락을 취하고 방문하겠느냐고 물었다. 그녀가 문제 되는 집이 우리 집이 아니라 윗집이니 윗집을 방문하면 될 거라고 얘기하자 당직자는 고개를 설레설레 저으며 연락이 안되면 아무것도 안되는데, 하는 소리만 반복했다. 그러면 집에 있을 테니 언제든 방문을 하라고 하자, 아무튼 알았다고, 일단 가서 기다리라고 했다. 관리실에서 돌아온 지 30분이 넘어서야 중년과 노년의 기사 두명이 그녀의 집을 방문했고, 그들은 원인 규명을 하겠다며 다짜고짜 집 안으로 들어왔다.

"그들이 내가 혼자 산 이후로 우리 집에 쳐들어온 첫번째 방문객이었지."

그녀가 우리 집 인터폰이 아니라 윗집 인터폰에 문제가 있다고 아무리 호소해도 그들은 댁의 인터폰에도 문제가 있을 수 있다며 막무가내로 인터폰이 매달린 곳으로 달려가서, 그렇게 하지 않아도 충분히 들리는 인터폰에 굳이 귀를 갖다 댔다. 음, 진짜 벨소리가 들리네, 들려. 윗집이 맞아요? 모르지, 아랫집일 수도 있어. 어디 내가 들어볼게요. 들어봐, 들어봐. 옆집일 수도 있겠는데요. 그럴까. 그들은 번갈아 인터폰에 귀를 갖다 대고 인터폰을 들었다 놓았다 하며 시간을 끌더니, 잘 알았다고, 윗집과 아랫집, 오른쪽 집과 왼쪽 집에 가서 직접 확인을 해보아야겠다며 위엄 있게 나갔다. 그러고 나서도 한참 동안 두 남자가 어느 집에서 인터폰을 수십차례 반복하여 테스트하는지 알 수 없는 묘한 소리들이 인터폰으로 울리더니 결국은 원래 들리던 소리로 돌아왔다.

그들이 다시 찾아왔다. 노인 기사가 아직도 벨소리가 들리느냐고 물었다. 그녀가 들린다고 하자, 그들은 서슴없이 집 안으로 들어와 직접 소리를 확인했다. 윗집이네요, 윗집. 맞아, 윗집이었어. 둘은 서로 마주 보고 고개를 끄덕였다. 그들은 아랫집과 좌우 옆집을 가보았으나 이상이 없다, 윗집에서 인터폰 수화기를 잘못 내려놓아 그런 게 틀림없다, 하나 지금 윗집에는 사람이 없어 부득이 아무 조치도 취할 수 없다는 말을 번갈아 늘어놓더니 붉게 상기된 얼굴로 만족하여 돌아갔다.

다섯시간이 넘도록 벨소리는 계속 울렸다. 그녀는 자신의 일상을 교란하는 이 모든 사태를 증오하다가 어느 순간 인터폰을 뜯어내 바닥에 팽개치고 발로 밟아대는 자신의 모습을 보았다. 아니, 보았다기보다 그렇게 행동하는 자신의 근육과 분노를 실제처럼 생생히 체험했다. 그녀는 두려움에 사로잡혀 옷을 입고 가방을 들고 무작정 집에서 나왔다가 다시 들어가 수도꼭지를 틀어 물이 조금씩 흘러나오도록 해놓고 나왔다. 귓속에서는 여전히 벨소리가 울렸고, 그녀는 윗집에 올라가 불을 지르고 싶은 충동을 억누르기 위해 사력을 다했다.

문화센터 앞 벤치는 비어 있었다. 그녀는 늙은 노숙자가 앉아 있던 자리에 앉았다. 그러나 추워서 1분도 버티지 못하고 문화센터 건물로 들어갔다. 일요일이라 문화센터는 문을 닫았지만 1층 도서관은 열려 있었다. 그녀는 그곳에 도서관이 있다는 걸 처음 알았다. 도서관이라기보다 작은 열람실에 가까운 그곳은 따뜻하고 조용했다. 열람석은 반 이상 비어 있었다. 그녀는 서가에서 실용적인 철학서를 골라 자리를 잡고 앉아 읽기 시작했다. 역자의 서문을 읽고 작가의 서문을 읽었다. 집에 돌아갔을 때 부디 인터폰 벨소리가 그쳐 있기를 바랐다. 시간은 묽은 죽처럼 흘러갔다. 그녀는 책을 읽고 또 읽었다.

어느 순간 시간이 흐름을 멈추고 서서히 엉기기 시작했다. 3장의 중간 부분을 읽고 있을 때 그녀는 응고된 시간이 점도를 높이면서 온몸을 조여오는 것을 느꼈다. 그런 느낌은 오래전의 일들을 생각나게 했는데 그것이 무엇인지는 알 수 없었다. 과거에서 불려나온 불투명한 유충떼의 습격을 받고 있는 느낌이었다. 그녀가 가장 견디지 못하는 게 바로 이런 느낌이었다. "특히 파렴치한 주체에게서 잘 드러난다"라는 문장을 읽었을 때 그녀는 자리에서 벌떡 일어나 소리를 지를 뻔했다. 뭔가 행위를 해야 한다는, 이대로 가만히 있어서는 안된다는 조급한 생각이 들었다. 그러나 무슨 행위를 해야 할지 알 수 없었다. 그녀는 꼼짝도 못하고 진땀을 흘리다가 간신히 입술을 달싹거려 소리 없이 중얼거렸다. 여보셔흐…… 여보셔흐…… 그것은 뭔가를 달래는 주문과도 같았고, 주문은 효과를 발휘했고, 어느새 시간이 다시 흐르기 시작했다. 여보셔흐…… 여보셔흐……

어디선가 작은 음악 소리가 들려왔다. 그녀는 자신의 귀에서 울리는 환청인 줄 알았다. 그러나 음악 소리는 끊어지지 않고 조금씩 커졌다. 몇몇 사람들이 의자에서 일어나 가방을 챙기는 걸 보고서야 그녀는 그것이 도서관 폐관시간을 알리는 소리라는 것을 알았다.

그녀는 다 읽지 못한 책을 들고 사서에게 가서 대출 신청을 했다. 사서가 회원카드를 달라고 했고, 없다고 하자 그러면 대출을 할 수 없다고 했다. 사서는 이십대 후반의 청년으로 머리가 크고 몸이 여위었고 말할 때 혀가 짧다는 느낌을 주었다. 회원카드를 어떻게 만드느냐고 묻자, 오늘은 마감시간이고 내일은 휴관일이니 모레 와서 만들라고 했다. 그는 젊은 나이와 혀 짧은 소리에 어울리지 않게 매우 사무적인 말투를 썼고 안경 낀 얼굴에는 뭔가 책임을 회피하려는 마음을 업무의 분주함 탓으로 돌리려는 초조한 표정을 짓고 있었다. 그것은 그녀가 너무나 잘 알고 있는, 사십대 내내 거울을 통해 보아왔던, 항상 목이 마른 듯 칼칼한 비정규직의 표정이었다.

그녀는 서둘러 술과 안주를 사가지고 집으로 돌아왔다. 다행히 인터폰 벨소리는 멎어 있었고 수도꼭지에서는 물이 떨어지고 있었다. 그녀는 기진맥진하여 반찬가게에서 사온 돌게장을 꺼내놓고 술을 마셨다. 조금씩 술이 오르면서 그녀는 세운 무릎 위에 손을 엇갈려 얹고 그 위에 턱을 고인 웅크린 자세로 기억 속으로 빠져들었다.

어느 새벽에 만취해서 누군가의 차를 얻어 탔던 생각이 났다. 그 이전에도 이후에도 그런 일이 없었는데 어쩐 일인지 그날은 겁도 없이 남의 차를 얻어 탔다. 새벽이라 차들이 질주하는 도로 옆에서 그녀는 손을 흔들어 차를 세웠고, 은회색 차가 섰고, 운전자가 조수석 창문을 내렸다. 그녀가 태워달라고 하자 그는 잠시 망설이더니 고개를 끄덕여 동승을 허락했다. 그런 일은 얼마나 쉽지 않으면서도 얼마나 쉽게 일어나는가, 하고 그녀는 생각했다. 한번은 술에 취해 트럭 바퀴 밑에 누워 조만간 이 트럭이 부르릉 시동을 걸고 출발한다면, 하고 상상한 적도 있었다. 그런 상상을 해도 두렵지 않고, 그런 일은 그저 상상일 뿐 자신에게 일어날 리가 없다고 생각했다. 그러면서도 혹시 정말 그런 일이 일어나서 트럭 바퀴가 자신을 타넘고 간다 해도, 그래, 그건 그다지 엄청난 일은 아닐지도 모른다고 생각했다. 한때는 수첩이나 메모지에 '나는'이라는 글자를 쓸 때마다 자신이 앉은뱅이가 되어 다시는 일어설 수 없을 것 같은 공포 때문에 한동안 '나는'이라는 말을 쓰지 못하고 심지어 발음도 하지 못하던 때도 있었다. 이 모든 기억들은, 언제라고 말할 수는 없지만 아주 젊은 날의 일일 것이다.

술을 마시면서 그녀는 약간의 흥분 상태에 빠져들었다. 혼자 산 이래 이렇게 많은 일이 일어나고 이렇게 많은 사람들과 얘기를 주고받은 날이 없었다. 그녀는 늙은 노숙자와 물고기 눈의 여자와 그 남편을 생각했다. 뭐, 할머니라고 부를 수도 있지. 그녀는 고개를 끄덕였다. 관리실의 늙은 당직자와, 카프카의 『성』에 나오는 조수들처럼 어리석고 죽이 잘 맞던 두 기사와, 혀 짧은 사서를 생각했다. 적당한 거리를 두고 바라본 그들은 나름대로 사랑스러운 데가 있는 이웃들이었다. 그녀는 갑자기 브래지어 끈 여자의 페북에도 다시 들어가보고 싶었다. 노트북을 사서 인터넷을 연결해야겠다는 생각이 들었다. 따지고 보면 우리 모두가 개성 넘치는 이웃들이 아닌가.

그녀가 기대감에 가득 차서 돌게장의 껍데기 속에 모아놓은 노르스름한 알과 내장을 입에 넣었을 때였다. 누군가의 눈빛이 떠올랐다. 그녀는 입속의 것을 꿀꺽 삼켰고, 거대한 압착기에 얼굴이 끼인 것처럼 이를 딱 부딪쳤고, 그 엄청난 악력에 혀끝이 짓씹혔다. 눈앞이 번쩍하더니 모든 기억이 반지 모양의 작고 까만 원형 속으로 빨려들었다. 지독한 통증이었다. 조심스레 손가락으로 혀끝을 만져보니 침과 함께 피가 묻어났다. 혀끝에 뜨겁고 얇은 쇳조각이 달라붙은 느낌이었다.

그녀는 통증이 사라지기를 기다리며 조금 전에 떠오른 눈빛을 기억하려고 애썼다. 늙은 노숙자도, 참외씨 남자의 눈빛도 아니었다. 훨씬 더 오래전이었다. 전생처럼 오래전이었다. 혀끝의 예리한 쓰라림이 조금씩 둔해지면서 입안에 녹슨 맛이 퍼져갔다. 지하 주점이었다. 칠이 벗겨진 탁자와 곰팡내를 풍기는 자줏빛 천이 씌워진 의자들이 놓여 있었다. 그녀는 담배를 피우고 있었고 맞은편에는 한 남자가 앉아 있었다.

그는 간절하고 조금은 처량한 눈길로 그녀를 향해 두 손을 내밀었다. 손바닥을 위로 한 채 탁자에 놓여 있는 그의 두 손은 신을 향한 제의의 포즈처럼 보였다. 그녀는 탁자 앞으로 다가앉았다. 그가 두 손을 그녀 쪽으로 좀더 깊숙이 내밀었다. 그녀는 살짝 오므려진 그의 양 손바닥을 내려다보았다. 그리고 알 수 없는 충동에 사로잡혀 피우던 담배를 그의 왼손 손바닥 한가운데에 눌러 껐다. 그의 동공이 활짝 열리고 얼굴에 경련이 일었다. 그녀는 그를 빤히 응시했다. 미지근한 온도의 다리미로 옷을 다릴 때처럼 그의 표정이 서서히 펴지더니 마침내 묵묵히 고통을 견디는 자의 무표정이 나타났다. 하지만 이것만은 어쩔 수 없다는 듯, 한쪽 눈에서 찔끔 눈물이 흘러내렸다. 놀란 그녀가 그의 손바닥에 소주를 부었지만 이미 거기에는 반지 모양의 검게 탄 자국이 찍혀 있었다.

"아마 대학 1학년 겨울쯤이었을 거다. 그애는 지방에서 올라온 학생으로 같은 과 동기였는데 어떤 이유에서인지 모르지만 내게 호감을 느꼈던 것 같아."

이모는 지금도 그의 얼굴은 전혀 기억나지 않는다고 했다. 눈과 코, 입술 같은 것의 모양은 고사하고, 평범했는지 못생겼는지 하는 전체적인 인상도 기억나지 않았다. 하지만 지하 주점에서의 그 순간에 이르면 그녀는 하나도 남김없이 기억할 수 있었다. 그가 맞은편 탁자에서 구부정하게 등을 구부려 두 손을 내밀던 자세, 둥글게 좁혀지던 어깨 모양, 그녀가 담뱃불로 손바닥을 지졌을 때 그의 얼굴에 나타난 놀람과 경련, 서서히 펴지던 표정과 한쪽 눈에서 흘러내리던 눈물, 재와 담뱃진으로 거칠게 탄 손바닥의 동그란 자국, 뒤늦게 코끝을 감돌던 종이 탄내 같은 냄새.

그녀는 불에 덴 것 같은 화들짝한 경악에 사로잡혀 베란다로 뛰어나갔고, 담배를 피우는 내내 자기가 왜 그런 짓을 했는지 생각해보았다. 자신에 대한 호감 외에는 아무것도 가진 게 없는 그에게 왜? 잡아주기를 바라고 내민 무력한 손바닥에 왜? 그녀는 자신도 모르게 왼손 손바닥을 펼쳤다 오므렸고 담배를 다 피운 후에는 고개를 들어 하늘을 바라보았다. 밤하늘은 뚫고 들어올 그 무엇도 거부하는 눈동자처럼 까맣고 견고하게 얼어 있었다. 그녀는 눈을 감고 왼손을 갈매기처럼 오므리고 손바닥 가장 깊은 곳에 담뱃불을 눌러 껐다.

"그애를 지진 이유는 단순했어. 성가시고 귀찮았던 거지. 단지 그뿐이었어."

이모가 죽은 후 나는 그녀가 매일 다녔다는 문화센터 1층에 있는 도서관에 가보았다. 창가에는 일자형 바처럼 컴퓨터 좌석이 여섯석 있고, 그뒤로 4인용 책상 네개와 열여섯개의 의자들이 있고, 벽을 따라 ㄷ자 형태의 개가식 서가가 있었다. 컴퓨터를 이용하는 사람이 셋, 열람석에 앉아 있는 사람이 일곱 정도 되었는데, 노인도 있고 컴퓨터 앞에서 놀고 있는 초등학생도 있어 마치 주민쉼터 같았다.

나는 이모가 항상 앉곤 했다는 열람실 중앙의 사각기둥 옆자리에 앉고 싶었지만 거기에는 이미 머리가 길고 몸집이 비대한 이십대 중반의 아가씨가 앉아 있었다. 나는 아가씨와 한 자리 건너 창문이 바라보이는 곳에 앉았다. 실내가 좁고 좌석 사이에 칸막이도 없어 띄엄띄엄 떨어져 앉아도 다른 사람의 숨소리나 책장 넘기는 소리가 다 들렸다. 나는 노트북을 꺼내놓고 뭔가 써보려다 그만두고 멍하니 창밖을 바라보았다. 2월이라 밖은 황량했다. 이모는 황량한 2월을 이곳에서 두번 보냈으리라.

나는 이모에게 들은 이야기를 태우에게 해주어야 한다고 생각했지만 막상 어떻게 시작해야 할지 몰라 망설이고만 있었다. 이러다 영영 못할지도 모른다는 생각이 들었다. 이모 스스로도 그 겨울밤에 대해 몇번이나 되풀이해 얘기했고, 얘기를 할 때마다 뭔가 조금 달라진 것 같지 않느냐고 물었고, 나도 그런 것 같다고 대답하곤 했다. 어쩌면 기억이란 매번 말과 시간을 통과할 때마다 살금살금 움직이고 자리를 바꾸도록 구성되어 있는 건지도 모르겠다.

마지막으로 그녀를 방문했을 때 그녀는 몹시 쇠약해져 한번에 몇마디씩밖에 하지 못했다. 그때 그녀가 한 말들은 또 이전에 한 말들과도 조금 달랐다.

"나도 애초에, 이렇게 생겨먹지는, 않았겠지. 불가촉천민처럼, 아무에게도, 가닿지 못하게. 내 탓도 아니고, 세상 탓도 아니다. 그래도 내가, 성가시고 귀찮다고, 누굴 죽이지 않은 게, 어디냐? 그냥 좀, 지진 거야. 손바닥이라, 금세 아물었지. 그게 나를, 살게 한 거고."

그녀는 내게 입술에 물을 축여달라는 손짓을 했고 나는 거즈에 보리차를 묻혀 그녀의 입에 대주었다.

"여긴, 책도 없는데, 목이 마르구나."

그녀는 어린 강아지처럼 눈을 감은 채 물을 빨았다.

"그런데 그게 뭘까…… 나를 살게 한…… 그 고약한 게……"

그때 이모의 얼굴은, 예전에 시어머니가 그녀의 편지 얘기를 하면서 그 문체에서 느꼈던 무섭고 서러운 감정이 뭘까, 골똘히 생각하던 표정과 닮아 있었다. 그녀는 이내 잠인지 혼수인지 모를 상태에 빠졌고 시어머니가 병상을 지키던 다음 날 새벽에 숨을 거두었다.

그녀의 아파트 보증금과 통장에 남은 현금은 그녀가 유언장에 써놓은 대로 상속되었다. 원래는 가장 우선순위인 시외할머니에게 모두 상속되어야 했지만, 그녀는 시외할머니에게 1/3, 시어머니에게 1/3, 그리고 태우와 내게 1/3을 상속한다고 지정해놓았다. 시외할머니는 우리가 합의하여 맏딸의 유산 전부를 외아들 빚을 갚는 데 쓰기를 바랐지만 시어머니는 단호히 거절하고 우리가 그토록 사양하는데도 우리 부부의 통장에 이모의 유산을 입금했다.

통장에 입금된 여덟자리 숫자를 보고 나는 몹시 마음이 아팠다. 한달에 35만원씩만 쓰던 그녀가 9년 5개월을 살 수 있는 돈이었다. 오래 들여다보고 있자니 그 숫자들은 그녀와 세상 사이를, 세상과 나 사이를, 마침내는 이 모든 슬픔과 그리움에도 불구하고 그녀와 나 사이를 가르고 있는, 아득하고 불가촉한 거리처럼도 여겨졌다.

카메라

그 일은 어쩌면 10년 전에 지자체의 책임자가 그 길을 다시 포장하면서 아스팔트 대신 돌길을 깔기로 결정했기 때문일 수도 있다. 하지만 그보다는, 2년 전에 문정이 관주에게 사진을 찍고 싶다고 말했기 때문일 가능성이 더 크다. 정확히 말하면 1년 9개월 3일 전이다. 그들이 마지막으로 만난 게 1년 7개월 24일 전인데, 문정은 그보다 39일 전에 그 얘기를 했다. 지나가는 말로 해본 소리였다.

사진을 배워서 찍고 싶어.

그럼 찍어요, 하고 관주가 말했다. 내가 카메라 좋은 걸로 하나 사줄게요. 우리 같이 배워서 찍어요. 그 말에 문정은 어림없다는 표정을 지었다. 카메라 값이 얼마나 어마어마한데. 그가 그녀의 어깨를 가볍게 두드렸다. 이 갈지 마세요, 문정씨. 그의 말대로 그녀는 어느새 턱을 내밀고 앞니를 좌우로 천천히 갈아대고 있었다. 다음 학기엔 조교가 될 거고, 그럼 월급도 받게 될 거니까. 교육공무원이라서 교사 월급만큼 나온대요. 어마어마하죠?

그러나 관주가 조교가 되고 어마어마한 월급을 받기 전에 그들은 헤어졌다. 오늘 오후에 문정은 그때 그에게서 받았어야 할 카메라를 택배로 받았다. 관희가 보내준 것이다. 도대체 관희는 지난주 목요일 언제쯤, 자신의 어떤 얘기에서 관주와의 관계를 눈치챈 걸까. 그리고 왜 끝까지 알은체를 하지 않았던 걸까. 그러나 그런 건 이제 하나도 중요하지 않다.

지난주 수요일에 박아나가 전화를 걸어 목요일 모임이 저녁이 아니라 점심때라고 알려주었다. 시험이 얼마 남지 않아 갈까 말까 망설이던 문정은 가겠다고 했다. 점심 먹고 자리를 옮겨 차를 마신다고 해도 두세시간이면 충분할 것이다.

"관희씨도 온댔어요."

박아나가 생각난 듯 말했다.

"한동안 안 나왔잖아요?"

문정이 놀라서 물었다.

"그러니까요. 그동안 어떻게 지냈나 몰라."

박아나는 하나도 궁금하지 않다는 투로 말하고 전화를 끊었다. 아나운서들의 공통점은 직접 듣는 것보다 기계장치를 통해 듣는 목소리가 더 좋다는 점이었다. 관희씨를 보겠구나, 생각하니 문정은 기분이 묘했다. 헤어진 애인의 누나, 하지만 그쪽은 전혀 그런 줄도 모르는.

폐지된 지 2년이 넘은 라디오 프로그램의 팀원들이 이렇게 오랫동안 만나오는 일은 흔치 않았다. 목요일의 모임은 그 당시 프로그램을 진행했던 남자 뮤지션과 낭독자였던 박아나가 결혼을 앞두고 마련한 것이었다. 어쩌면 이 모임이 지금껏 지속되었던 건 그들 커플 때문이었는지 모른다. 당시 팀원으로는 그들 외에 장피디와 구성작가였던 문정, 그리고 관희가 있었다. 관희가 하는 일은 특별히 정해져 있지 않았다. 그녀는 음료와 간식을 챙기고 게스트를 스튜디오로 안내하고 서류를 작성하고 주차권을 발급하는 등의 허드렛일을 했다. 프로그램이 폐지된 후 관희와 문정은 다른 프로그램에 투입되지 못했다. 관희는 모임 초창기에만 잠깐 나오다 언제부턴가 나오지 않았는데, 박아나의 말로는 전화를 해도 받지 않고 문자를 보내도 답장이 없거나 짧게 불참을 통보하는 식이라고 했다. 같이 일할 땐 몰랐는데 괜히 기분 나빠, 하고 박아나는 물방울이 통통 튀는 듯한 목소리로 투덜거리곤 했다.

목요일의 모임은 문정의 예상보다 훨씬 일찍 끝났다. 강남에 있는 파스타 집에서 만나 점심을 먹고 자리도 옮기지 않은 채 앉은 자리에서 후식으로 제공되는 커피를 마셨다. 결혼을 앞둔 커플에게서 둘이 교제하게 된 계기와 과정을 간단히 듣고 청첩장을 받는 걸로 끝이었다. 예비 신랑 신부는 결혼 준비로 눈코 뜰 새 없이 바뻔지 서둘러 주차장으로 내려갔고, 장피디도 급한 약속이 있다며 택시를 타고 가버렸다.

오후 두시가 조금 넘은 시간에 문정과 관희만 강남 대로변에 우두커니 남았다. 하늘은 맑고 가을볕은 바삭했다. 길가의 가로수 잎은 도토리 빛깔로 물들어 있었다. 문정이 어디서 차라도 한잔 더 마시고 가자고 얘기하려는데 관희가 말했다.

"어디로 가세요? 나는 전철 타고 갈 건데."

"나도 전철 탈 거예요."

"아, 네."

관희의 태도가 왠지 무심해 보여 문정은 차 마시자는 얘기를 꺼내지 않았다. 관희는 점심을 먹을 때도 억지로 끌려나온 듯 말없이 앉아 있더니 청첩장을 받고는 미안한데 난 못 가겠네요, 하고 말해서 분위기를 서먹하게 만들었다. 그럴 거면 왜 나왔지, 하는 얼굴들이었다.

그들은 전철역을 향해 걸었다. 역 개찰구를 통과하고 나서 관희가 문정에게 어디서 내리느냐고 물었다. 문정이 내릴 역을 말하자 관희가 걸음을 멈추었다.

"네?"

문정은 자신이 내릴 역을 한번 더 말해주었다. 관희는 낮은 목소리로 그 역의 이름을 되뇌었다. 잘 모르는 역인가 싶어 문정은 이전 역과 다음 역의 이름도 말해주었다.

"알아요, 거기."

이렇게 말하고 관희는 무거운 걸음을 떼놓았다. 문정도 예의상 관희에게 어디서 내리느냐고 물어보았다.

"네?"

관희가 얼빠진 얼굴로 물었다.

"어디서 내리냐고요?"

"아, 저는 거기서 한참 지나서 내려요."

무슨 대답이 이런가 싶었지만 문정은 더 묻지 않았다. 박아나의 말대로 같이 일할 때는 몰랐는데 괜히 기분이 나빠지려고 했다.

관희는 전철을 타고 가는 내내 컴컴한 유리창만 바라보고 있었다. 내릴 역이 가까워서 문정이 잘 가라고 인사를 하자 관희는 어리둥절한 표정이 되었다. 문정이 옆에 있었다는 사실마저 까맣게 잊은 모양이었다. 문정은 몸을 돌려 내리는 사람들 뒤에 붙어 섰고 열차가 멈추자 내렸다. 관희가 자신을 보고 있지 않을 것 같아 문정도 돌아보지 않았다.

전철이 떠나는 굉음이 울리고 잠시 뒤에 문정은 누군가 자기를 부르는 소리를 들었다. 설마하고 돌아보니 관희였다.

"왜 여기서 내렸어요?"

"그게……"

관희는 머뭇거렸다.

"이 동네에 볼일 있어요?"

"그건 아니에요."

"그럼 왜요?"

"그러니까, 잘 모르겠어요."

문정은 관희의 작은 눈을 유심히 들여다보았다. 일단 겉으로 보기에 눈이 홱 풀렸거나 광기에 번득이거나 하는 건 아니었다. 문정이 뭘 의심하는지 알아차린 관희가 희미하게 웃었다.

"나 아직은 안 미쳤어요."

문정도 싱겁게 웃었다.

"문정씨, 나하고 술 한잔 안할래요?"

문정이 놀라 술이오, 하고 되묻자, 관희는 혼자 마시기가 무서워서요, 했다.

"왜요?"

"그냥 이 동네가요."

관희는 막막한 얼굴로 주변을 돌아보았다. 그저 평범한 전철역일 뿐이었다.

"이 동네가 왜요?"

"아는 술집도 없고."

문정은 짓궂은 마음이 되었다.

"그럼 내가 괜찮은 술집 알려줄까요? 치킨도 잘하고 맥주도 맛있는 데로?"

"그게 아니라요."

관희는 빚을 얻으러 온 사람처럼 양손을 번갈아 만지며 땀을 닦는 동작을 했다.

“내가 살게요, 문정씨. 마시기 싫으면 잠깐만이라도 같이 앉아 있어줘요. 내가 이 동네 어딜 가봐야 하는데, 아니, 안 갈지도 모르고, 가보고 싶기도 하고, 어떻게 해야 할지 몰라서 그래요. 잠깐만 같이 있어줘요, 문정씨.”

이 동네에 볼일 없다면서요, 하려다 문정은 그만두었다.

관희가 아무거나 괜찮다고 해서 문정은 골뱅이무침과 생맥주를 시켰다. 치킨을 아주 잘하는 집이었지만 점심을 먹은 지가 얼마 안 되었고, 관주가 이 집 치킨을 좋아했다는 생각이 문정의 마음을 쓸쓸하게 했다.

“이 동네에서 쭉 살았어요?”

관희가 물었다.

“3년 좀 넘었어요.”

문정이 말했다.

“몰랐어요.”

“우리, 그렇게까지 친하진 않았나보죠.”

“그랬던가요?”

이렇게 말하고 관희는 웃는 시늉을 했다. 작은 눈, 작은 코, 작은 입에 광대뼈가 조금 도드라져 작은 언덕 사이에 있는 작은 마을 같은 느낌을 주는 얼굴이었다.

골뱅이무침과 생맥주가 왔다. 그들은 잔을 부딪치고 맥주를 마셨다. 문정은 그동안 자신이 맥주를 무척 마시고 싶어했다는 걸 깨달았다. 관희가 양손에 포크를 쥐고 골뱅이무침과 국수를 섞기 시작했다. 예전에도 술자리에서 수저를 챙기고 음식을 나누고 계산을 처리하는 일은 관희가 다 맡아 했다. 문정이 업무도 끝났는데 제발 그러지 말라고 해도 괜찮다면서, 그냥 하던 사람이 하는 게 편해요, 했다. 문정이 요즘 무슨 일을 하느냐고 묻자 관희는 원룸텔을 관리하는 총무 일을 한다고 했다. 관희가 무슨 일을 하느냐고 물어서 문정은 임용고사를 준비한다고 대답했다. 붙기만 하면 당신 동생만큼이나 어마어마한 월급을 받게 될 거라는 말은 하지 않았다.

"그 시험이 그렇게 어렵다는데."

관희가 포크를 내려놓으며 말했다.

"시험이 다 어렵죠."

"맞아요."

탁자 왼편에 가을 오후의 햇살이 널찍한 직사각형의 넓이로 펼쳐져 있었다. 맥주잔에 햇살이 비치면서 거품이 눈부시게 반짝였고, 골뱅이무침 접시에서 짙푸른 오이 껍질이 싱그럽게 빛났다. 같이 라디오 프로그램 일을 하던 2년 전만 해도 문정은 스물여덟이었고 관희는 스물아홉이었다. 관희와 두살 터울인 관주는 스물일곱이었다. 아직도 이십대인 사람은 그밖에 없구나, 하고 문정은 생각했다. 유리창 밖에 노란 소국이 모래시계처럼 허리가 잘록한 화분 위에 반원형으로 소담스레 피어 있었다.

문정이 포크로 빨갛게 무쳐진 국숫가락을 말아올리는데 관희가 불쑥 말했다.

"나는 급속도로 나쁜 사람이 되어가고 있어요."

문정이 가볍게 대꾸했다.

"누구나 나빠져요."

"그럴까요?"

문정은 국수를 호로록 빨아들이고 말했다.

"나이가 드니까요."

"그런 거 아닌 거 알면서. 문정씨도 느꼈을 거면서."

국수를 씹다 말고 문정이 물었다.

"내가 뭘……?"

관희는 문정의 말을 가로막고 뜬금없는 얘기를 꺼냈다.

"우리 원룸텔 현관문 번호가 3366 샵이에요."

관희는 치통을 앓는 사람처럼 얼굴 한쪽을 찌푸린 채 말했다.

"이렇게 간단한 조합인데도 한번도 제대로 누르고 들어오지 못하는 남자가 있어요. 외국인인데 불법체류자 같아요. 매번 삑삑 에러를 내요. 어떤 땐 두번, 어떤 땐 세번 만에 겨우 들어오고 안 그러면 내가 열어줘야 해요. 언젠가는 몇번 만에 겨우 들어오면서 3366이 어쩌고 해요. 그래서 뭐라는 거냐고 물었더니 번호는 잘 눌렀는데 이번엔 샵 대신 별을 눌렀다는 거예요. 그래서 내가 문 모양을 생각하라고 했어요. 문 모양이 별보다는 샵 하고 더 비슷하잖아요?"

문정은 고개를 끄덕였다.

"그렇네요."

"그런데도 또 별을 눌러요. 그럴 때마다 문 모양을 생각하라고 얘기해주는데도 그냥 흐흐 웃고 그만이에요."

"머리가 지독히 나쁜 남잔가봐요."

"모르겠어요! 모르겠어요! 모르겠어요!"

관희가 고개를 마구 내저었다. 문정은 그런 돌발적인 행동에서 관희의 상태가 정말 좋지 않다는 걸 느꼈다. 관희는 맥주를 마시더니 또다른 얘기를 시작했다.

"뉴스에도 잠깐 나온 얘긴데요, 이런 일이 있었대요. 어떤 사람이 밤에 길을 가는데 어떤 사람이 골목에서 뭘 하고 있더래요. 그래서 이 사람이 그 사람을 사진으로 찍었대요."

문정은 관희의 어수선한 얘기를 잘 알아들을 수가 없었다. 도대체 누가 누구를 찍었다는 건지 이해가 되지 않았다. 절이나 고시원 같은 곳에 혼자 오래 틀어박혀 지낸 사람들이 그렇듯, 문정은 혹시 관희씨가 문제인 게 아니라 자신이 계속 어떤 소통에 실패하고 있는 건가, 생각했다.

"골목에 있던 사람이 나와서 자기를 찍었냐고 물었대요. 이 사람이 안 찍었다고 했대요. 그 사람이 자기 찍는 소리 들었다면서 빨리 지우라고 했대요. 이 사람이 정말 안 찍었다고 하고 그냥 지나갔대요."

관희는 맥주를 마시고 나서 누가 훼방이라도 놓을까 두려운 듯 빠르게 말을 이었다.

“그 사람이 골목에서 단단한 걸 갖고 나와서 이 사람 등을 후려쳤대요. 이 사람이 쓰러지니까 카메라를 빼앗아갔대요.”

“세상 무섭네요.”

문정이 대꾸했다.

“그 사람도 불법체류자였대요. 그래서 그랬대요. 사진 찍혀서 붙잡혀갈까봐. 모자도 쓰고 있었으면서.”

관희는 맥주를 마시고 잠시 숨을 고르더니 차분한 목소리로 말했다.

“총무니까 나는 방 열쇠를 다 갖고 있어요.”

어느정도 얘기에 집중하게 된 문정이 긴장하여 귀를 기울였다.

“어느날 불법체류자들 방에 몰래 들어가서 냉장고 문을 열고 음료수에 약을 타는 상상을 해요. 무슨 약을 탈지, 그 약을 어디서 구할지, 그런 건 모르겠는데 아무튼 약을 타는 거예요.”

“……관희씨.”

“그 생각이 너무 간절해서 밤에 잠도 안 와요.”

문정은 자기도 모르게 물었다.

“동생은요?”

관희는 그 말을 못 들은 체했다.

“여기저기 불법체류자들 천지예요. 우리 원룸텔에도 그런 인간들이 득시글거려요.”

문정은 득시글거린다는 말에 살짝 소름이 끼쳤다.

"다음 달에 이 일을 그만둘 거예요. 이사도 갈 거고요. 이러다간 내가 미치고 말겠어요."

"관희씨."

"왜요?"

관희가 포크로 샐러드를 뒤적였다.

"동생하고 같이 안 살아요?"

"동생요?"

관희는 악몽에서 깬 사람처럼 뚱한 얼굴로 문정을 노려보았다.

"남동생요. 요즘은 둘이 같이 안 살아요? 결혼했나요?"

관희가 샐러드를 뒤적이던 포크를 내려놓았다. 내려놓은 포크 끝에 묻은 드레싱이 당근 빛으로 반짝였다.

"문정씨."

문정은 어색하게 팔을 문지르며 관희를 보았다. 관희는 화가 난 것 같기도 하고 어디가 아픈 것 같기도 했다. 문정은 관희의 입에서 그가 결혼했다는 얘기가 나와도 침착하리라 다짐했다.

"예전에 내가 문정씨한테 내 동생 얘기 한 적 있어요?"

"네?"

"우리, 그렇게까지 친하진 않았다면서요? 나 아무한테나 동생 얘기 안하는 사람이에요. 그런데 내가 문정씨한테 동생 얘기 한 적 있냐고요?"

"한번 봤잖아요."

문정이 말했다.

"네? 누구를요? 우리 관주를요? 문정씨가요?"

관희가 정말 깜짝 놀란 것 같아 문정도 깜짝 놀랐다.

"기억 안 나요?"

"뭐가요?"

"개편 때 우리 프로 없어질 거라고, 어디서 장피디가 얘기 듣고 온 날요."

"그날 뭐요?"

"다들 분개해서 술 마시다 이차 끝나고 가고 우리 둘만 남았잖아요. 오늘처럼."

관희는 생각이 날 듯 말 듯한 얼굴로 문정의 말을 듣고 있었다.

"관희씨가 나보고 한잔만 더하자고 해서. 그러고 보니까 오늘도 관희씨가 먼저 한잔하자고 했네요."

"그래서요?"

"그래서 우리 둘이 곱창집 갔잖아요?"

"아, 생각났어요."

관희가 환하게 웃었다. 예전에는 이렇게 잘 웃던 여자였는데, 하고 문정은 생각했다.

"맞아요. 되게 추운 날이었죠? 우리 둘이 어딘가 더 가긴 갔었는데 거기가 곱창집이었구나."

"또……"

문정은 잠시 망설였다. 관희가 흥미를 느낀 듯 재촉했다.

"또 뭐요?"

"그날이 관희씨 동생 제대하던 날이었잖아요?"

관희의 표정이 굳었다.

"관희씨가 그거 까먹고 많이 취했잖아요? 그래서 남동생이 데리러 왔었잖아요."

관희는 멍한 얼굴로 앉아 있다가 갑자기 탁자 쪽으로 몸을 기울이고 손으로 눈가를 짚었다. 탁자 왼편의 햇살은 어느새 반짝이는 얇은 끈의 두께로 줄어 있었다. 문정은 여기까지만 얘기하자고 생각했다. 그후에 그와 더 만난 건 얘기하지 말자고 생각했다. 어차피 헤어졌으니까.

문정은 그를 관주야, 하고 불렀고, 그는 처음엔 누나라고 하다 세 번째 만났을 때부터 문정씨라고 불렀다. 문정이 말하지 말라고 했고 그도 동의했으므로 관희는 둘의 교제를 알지 못했다. 굳이 숨길 이유는 없었는데, 그때는 아직 때가 아니다 하는 생각이었다. 같이 일했던 동료의 동생, 또는 누나와 같이 일했던 동료와 사귄다는 게 좀 계면쩍었고, 사귄 지 얼마 되지 않아서 더 그랬다. 계속 만났더라면 관희에게 말했을 것이다.

그들이 마지막으로 만난 곳은 영화관이었다. 그러니 그들이 헤어진 곳도 영화관이었다. 1년 7개월 24일 전, 그들은 복합쇼핑몰 옥상 주차장에 나란히 서서 옥상 난간 너머로 펼쳐진 검게 휘어진 철도와 상가의 불빛들을 바라보고 있었다. 그는 관희가 사준 봄 점퍼를 입고 있었는데 짙은 갈색에 부직포 모양의 가는 골이 들어간 고급 점퍼였다.

문정이 옥상 화단에 걸터앉자 그가 점퍼를 벗어서 건넸다.

깔고 앉아요.

됐어. 괜찮아.

깔고 앉으라니까요.

그가 점퍼를 그녀 손에 쥐여주었다.

됐어, 정말.

그녀는 점퍼를 그의 팔에 도로 얹었다.

깔고 앉아요. 바지 더러워져요.

그가 점퍼를 그녀 옆자리에 깔았다. 그녀가 얼른 점퍼를 집어 탁탁 털어 그에게 주었다.

점퍼 더러워지잖아!

그녀는 화단에 앉은 채로 그는 선 채로, 말없이 담배를 피웠다. 그가 담배를 끄고 점퍼를 입으면서 말했다.

문정씨, 참 고집 세다.

그러는 너는,이라고 말하려다 문정은 그만두었다.

그들은 영화를 보러 들어갔고 영화를 보는 내내 아무 말도 하지 않았다. 영화를 보고 나와서 담배를 피우면서도 한마디도 하지 않았다. 그들은 말없이 몸짓만으로 헤어지는 인사를 나누었다. 그게 끝이었다. 문정도 연락하지 않았고 그에게서도 연락이 오지 않았다. 그는 그녀의 청바지를 더럽히지 않으려 했고, 그녀는 관희가 사준 그의 새 점퍼를 더럽히지 않으려 했다. 그뿐이었다. 가슴 떨리게 시작된 그들의 연애는 두달도 못되어 그토록 사소하게 끝이 났다.

그후 문정은 앞니를 가는 버릇을 고치려고 노력했다. 이를 갈 때마다 이 갈지 마세요 문정씨, 하는 목소리가 들려오는 듯했고, 그럴 때마다 또 자신이 그를 기다리고 있는 것 같았다. 두달 뒤에 병원에서 수술을 받고 나서부터 그 버릇은 싹 없어졌다.

관희가 고개를 들고 가라앉은 목소리로 말했다.

"우리 관주를 한번 봤었군요."

"네. 한번 봤었죠."

문정은 한번,에 힘을 주어 말했다.

"그날 내가 우리 관주 제대하는 것도 잊어버릴 만큼 술을 퍼마셨네요."

관희는 양손으로 맥주잔을 쥐고 물끄러미 들여다보았다.

"난 그때 우리 팀이 참 좋았어요. 장피디님도 좋았지만 문정씨가 제일 좋았어요. 오늘도 사실 문정씨 보러 나온 건데."

"그랬어요?"

문정은 공연히 슬퍼졌다. 부디 관희씨가 더 나빠지지 않았으면 하고 바라는 마음이었다.

"적절하게 대접받는다는 느낌. 그런 거 문정씨한테 처음 느꼈어요. 근데 문정씨한테도 내가 우리 관주 얘기를 안했네요."

"왜 안했어요?"

관희는 잠시 생각하더니 말했다.

“비밀.”

“아, 비밀이에요?”

문정은 관희가 이유를 밝히기 싫다는 뜻으로 들었는데 아니었다.

“내 동생은 아무도 모르는 나 혼자만의 비밀이었어요.”

“아, 그 비밀?”

“유치하죠?”

“하나도 안 유치해요.”

“가만히 생각해보니까 그런 것만도 아니었어요.”

“그럼요?”

관희가 짧게 한숨을 쉬었다.

“솔직히 말하면 옮을까봐 그랬을 거예요.”

“옮아요?”

“나한테 그런 동생이 있다는 걸 알면 사람들은 나하고 동생을 포개놓고 생각할 거 아니에요? 그러면 내 상황이나 조건이나 이런 게 동생한테 옮아갈 것 같았어요. 내 말 이해돼요?”

“아, 조금은요.”

“그러니까 우리 관주는 나하고 달라도 너무 다른데, 같은 수준에서 포개져서 생각될까봐. 그래서 병이 옮듯이 내 기운이 그애한테 옮아갈까봐. 미신 같은 생각이죠?”

“글쎄요.”

문정은 조금 혼란스러워져서 물었다.

“관희씨하고 동생하고 그렇게 다른가요?”

"다르죠. 달라요."

"뭐가 그렇게 달라요?"

"그앤 믿을 수가 있으니까요."

"믿을 수가 있다?"

문정은 그 말에 조금 회의적이었다. 관주가 믿을 수 있는 사람인지 문정은 확신할 수 없었다.

"우리 관주가 대학은 좋은 델 못 갔어요."

관희는 이렇게 말하고 서글프게 웃었다.

"근데 대학 가면서 자기하고 약속을 했대요. 그때부터 얼마나 책을 읽어대던지, 도서관에서 잔뜩 대출해가지고 와서 반납하기 전까지 다 읽어야 된다고 밤을 꼴딱 새우고. 사람이 어떻게 그렇게 미친 듯이 공부만 할 수 있을까요? 대학원 좋은 데로 가더니 더 열심히 하더군요. 자기가 많이 부족하다면서. 난 잘 모르지만 석사논문도 잘 썼다고 칭찬받았대요."

"그랬을 거 같아요."

"문정씨도 그런 것 느꼈구나. 문정씨 보기에 우리 관주 어땠나요?"

문정은 처음 그를 보았을 때 어땠던가 생각해보았다.

"잘생긴 배 같았어요."

"배요? 먹는 배요?"

"아뇨. 바다에 떠가는 배요."

"돛단배 같은 거요?"

"네. 돛단배 같은 거요."

"왜요?"

"보기만 해도 기분 좋잖아요. 미끈하고 반듯하고 부드럽고."

"아, 정말 그래요. 미끈하고 반듯하고, 또?"

"부드럽고."

"부드럽고. 문정씨는 우리 관주를 한번 보고도 딱 알아봤군요."

막아두었던 봇물이 터진 듯 관희는 동생에 대해 자꾸 얘기하고 싶어했다.

"우리 관주는 군대 갈 때도 그랬고 휴가 나와서도 그랬고 공부 못해서 뒤처질까봐 늘 불안해했어요. 근데 나는 하나도 걱정하지 않았어요. 그애를 믿었으니까요. 난 나는 안 믿어요. 하지만 우리 관주는 믿었어요. 제대하고 복학하면서 바로 조교도 됐잖아요?"

"네, 그랬죠."

문정은 얼떨결에 이렇게 대꾸하고 멈칫하여 관희를 보았다. 다행히 관희는 그녀의 맞장구를 의례적인 것으로 받아들인 듯했다.

"조교 되는 게 그렇게 어렵다고 하더라고요. 월급도 교사만큼 받는다고 하고. 첫 월급 탔을 때 관주가 이번 달 것만 자기가 쓰면 안 되겠느냐고 묻더라고요. 그래서 다음 달 것도 계속 쓰라고 했어요. 난 무조건 그앨 믿었으니까요. 근데 아니라고, 딱 첫달만 자기가 쓰겠다고 하더군요."

"다음 달부터는 주던가요?"

관희가 씁쓸하게 웃었다.

"아니요."

“못된 동생이네요.”

“못된 동생이죠. 그렇게 못됐을 줄은 몰랐어요.”

믿을 수 있다더니요, 하고 물으려다 문정은 그만두었다. 관희의 눈가에 눈물이 맺혀 있었다. 남매 사이에 불화가 있었으리라는 짐작은 드는데, 그게 어떤 종류의 불화일지 문정은 알 듯도 모를 듯도 했다.

“그래도 우리 관주, 정말 열심히 살았던 애예요.”

문정은 관희의 과거형 어법에 조금 화가 났다. 그건 지금은 열심히 안 산다는 뜻이었다.

“이제 관희씨하고 같이 안 살죠?”

“이제 같이 안 살아요. 우리가 같이 산 게 관주 대학 들어가면서부터니까 십년 가까이 같이 살았네요.”

관희가 생각났다는 듯 옆자리에 놓아둔 가방을 들어 보였다.

“이거 우리 관주가 첫 월급으로 사준 거예요.”

가죽으로 된 진갈색 가방이었다. 작년 봄에 관희가 사준 그의 점퍼 색깔과 비슷했다. 이 남매는 도토리색을 좋아하는군, 하고 문정은 생각했다.

“그리고 자기 카메라를 샀어요.”

“카메라요?”

그네를 탄 것처럼 문정의 눈앞이 흔들, 했다.

“좀 비싼 거였나봐요. 친구하고 같이 사진 배워서 찍기로 했다고 그러더군요. 카메라 사온 날 매뉴얼 읽고 기능 익히느라 방에서도 찍고 나가서도 찍고. 바람 나오는 고무공같이 생긴 게 있어요. 에어블로어라고 하는 건데 그걸 렌즈에 대고 폭폭 누르면 먼지가 날아간대요. 그걸 얼마나 폭폭폭폭 눌러대던지. 융으로 된 천이 있어요. 그걸로 렌즈는 또 얼마나 정성껏 닦던지. 꼭 개구쟁이 소년이 갖고 싶던 장난감을 얻은 것 같았어요. 우리 관주가 그렇게 행복해하는 건 처음 봤어요. 근데 문정씨 취했어요? 갑자기 얼굴이 빨개졌어요."

문정은 급히 자리에서 일어나 화장실에 다녀오겠다고 말했다. 화장실 거울에 비친 그녀의 얼굴은 몹시 빨갰다. 그녀는 한동안 숨을 쉴 수 없었다.

그들은 각자 500cc 다섯잔째를 마시고 있었다. 면이 불어터진 골뱅이무침 접시를 치우고 새로 치킨을 시켰지만 둘 다 손대지 않았다.

"아까 뉴스에 나왔다는 얘기요."

문정이 힘겹게 말을 꺼냈다.

"그때 카메라 뺏긴 사람은 어떻게 됐어요?"

"알고 싶어요?"

"모르겠어요."

"알고 싶지 않으면 묻지 말아요."

"알고 싶어요."

관희가 문정을 빤히 바라보았다. 문정은 그토록 이상한 눈빛을 누구에게서도 본 적이 없었다. 작은 언덕이 있는 작은 마을에는 이제 아무도 살지 않아요, 하고 말하는 눈빛이었다. 그 텅 빈 마을의 버려진 창고처럼 적막하고 공허한 눈빛이었다.

"죽었어요."

관희의 말이 너무 간단해서 문정은 실감이 나지 않았다.

"왜요?"

"운이 나빴죠. 거기 길이 주먹만 한 돌을 박아놓은 돌길이었대요. 카메라를 안 놓치려고 꽉 쥐고 있다가 손으로 바닥을 못 짚고 그대로 넘어가면서 돌에 정통으로 머리를 찧었대요."

"돌길."

문정이 중얼거렸다.

"돌길."

관희가 중얼거렸다. 문정은 자신이 내릴 역의 이름을 되뇌던 관희의 낮은 목소리를 생각했다.

"불법체류자가 그 사람의 꽉 쥔 손가락을 하나하나 펴고 카메라를 빼앗아갔대요. 벌벌 떨면서도요."

문정은 음식물 모형처럼 진한 갈색으로 굳어버린 닭튀김을 노려보았다. 이런 빛깔, 이런 빛깔 하고 생각했다. 이런 남매, 이런 남매, 도토리……만…… 했을…… 아이…… 어느 순간 문정의 상체가 풀썩 경련을 일으켰다.

"문정씨는 남동생 없어요?"

관희가 물었다. 문정은 몸을 덜덜 떨면서 고개를 저었다.

"있었으면 이름이 뭐였을까요?"

문정은 관희의 말을 이해할 수 없었다.

"문기. 김문기. 김문정. 김문기."

관희가 비밀을 알려주듯 또박또박 말했다.

"우리 관주 휴대폰에 그런 친구가 있었어요. 김문기."

문정은 탁자 위에 엎드렸다. 관희가 자리에서 일어났다. 문정은 관희가 가버릴까봐 무서웠지만 꼼짝도 하지 않았다. 이 동네에서 혼자 술 마시기가 무섭다고 한 관희의 말이 생각났다. 관희가 문정의 옆자리로 와서 그녀의 등에 손을 얹었다. 축축한 손이었다.

해는 이미 졌고 맥줏집은 제법 북적이기 시작했다. 그들은 멍하니 마주 앉아 생각나면 잔을 들어 맥주를 마시고 말없이 화장실에 다녀오고 맥주가 떨어지면 맥주를 시켰다. 한번은 문정이 나가서 담배를 피우고 돌아왔다. 시간이 얼마나 되었는지 얼마나 마셨는지 둘 다 알지 못했다. 그들은 뭔가 꼭 해야 할 일을 미루느라 필사적으로 딴청을 피우는 사람들 같았다.

"우리 관주는 내가 누나인 게 부끄러웠을까요?"

관희가 혀 꼬부라진 소리로 물었다.

"그렇지 않았어요."

관희가 약간 나무라는 눈빛을 해서 문정은 말을 바꾸었다.

"그렇진 않았을 거예요."

"문정씨 생각에도 그렇진 않았을 것 같죠?"

"네. 그렇진 않았을 것 같아요."

왠지 모르지만 관희는 아무것도 모르는 사람처럼, 아무 일도 겪지 않은 사람처럼 말하고 있었고, 문정에게도 그러기를 요구하는 듯했다. 잠시 뒤에 관희가 또 물었다.

“문기라는 친구도 괴로워했을까요?”

문정은 고개를 끄덕였다.

“휴대폰 번호도 못 바꿨을 거예요.”

“그랬겠군요.”

“이사도 못 갔을 거예요.”

“그랬겠군요.”

이 가는 버릇도 고치고,까지 생각하다 문정은 생각을 그만두었다. 지금 이런 생각을 하는 건 위험했다.

“나는요, 문정씨, 가난하고 못 배우고 생각 없는 사람들이 미워요. 3366 샵도 제대로 못 누르고, 문 모양이 샵인지 별인지도 모르는 사람들.”

관희는 이렇게 말하고 픽 웃었다. 그들은 한참 동안 말없이 맥주만 마셨다. 관희가 문정을 쳐다보았다.

“눈이 많이 부었어요.”

문정은 말없이 고개를 흔들었다.

“예전에 우리 관주가 술에 취해서 그랬어요. 누나는 나쁜 사람이 될 능력이 없는 사람이야, 하고. 꼭 착한 사람이어서가 아니라 악에 대해서 무능한 사람이야, 하고. 그땐 그게 무슨 말인지 잘 몰랐는데 이젠 알 것 같아요.”

"나는 모르겠는데요."

문정은 젖은 냅킨을 꼬기작꼬기작 만지면서 말했다.

"내가 무능해서 그런지 몰라도,"

관희가 고개를 옆으로 늘어뜨렸다.

"나쁜 사람이 되는 건 참 힘이 드는 일이에요, 문정씨."

취한 와중에도 문정은 관희가 고맙다는 생각이 들었다. 관희가 이런 빤한 연극을 고집하는 건 문정도 그녀처럼 나빠질까봐 그런 거였다. 비록 거짓이지만, 문정에게 한뼘이라도 허구의 간격을 만들어주려는 거였다. 문정은 거절당할 줄 알면서도 물었다.

"언니라고 부르면 안돼요?"

"안돼요."

"왜요?"

"그건…… 안 좋아요."

누구한테요, 하고 물으려다 문정은 그만두었다.

그들은 비틀거리며 맥줏집을 나왔고 약속한 듯이 돌길을 향해 걸어갔다. 멀리서 보면 돌길은 검은 줄이 그어진 잿빛 바둑판 같았다.

"누가 이런 길을 만들 생각을 했을까요?"

관희가 돌길에 발을 들여놓다 비틀거렸다. 문정이 관희의 팔꿈치를 잡았다.

"동네에서도 원성이 자자한 길이에요."

"넘어지는 사람도 많겠어요."

"많죠. 여자들이 특히 싫어해요. 굽 높은 신발 신고 발목 삔 사람도 많고, 하이힐이 돌 사이에 껴서 굽이 부러진 경우도 있어요."

관희가 가로등을 지나 멈춰 섰다. 문정은 여기구나 생각했다. 그녀의 집에서 백 미터도 떨어지지 않은 곳이었다.

"그 사람 가족들은 맨손으로라도 이 돌들을 몽땅 파내고 싶지 않았을까요? 손톱이 깨지고 손가락이 부러지더라도."

이렇게 말하고 관희는 울퉁불퉁한 돌길에 쪼그리고 앉아 포석 하나를 노려보았다. 문정도 쪼그리고 앉았다. 포석의 표면은 거칠었고 핏자국 같은 것은 없었다. 관희가 그 위에 손을 얹었다. 문정도 그 위에 손을 포갰다.

"옮을까요?"

문정이 속삭이듯 물었다.

"옮지 않을 거예요."

관희가 말했다.

"옮으면 좋겠어요."

"아니, 옮지 않아요."

그들은 오랫동안 그렇게 앉아 있었다. 세상의 모든 시간이 멈추고 그들 둘만 돛단배를 타고 캄캄한 강물에 실려 떠내려가는 것 같았다. 관희가 무릎 위에 얹힌 문정의 주먹 쥔 손을 살며시 펴주며 말했다.

"그렇게 꽉 쥐지 말아요, 문정씨. 놓아야 살 수 있어요."

그러는 언니는, 하려다 문정은 그만두었다. 대신 턱을 내밀고 앞니를 천천히 좌우로 갈면서 시장 쪽으로 통하는 좁은 골목을 들여다보았다.

그것은 어쩌면 10년 전에 지자체에서 그 길을 다시 포장하면서 돌길을 깔았기 때문일 수도 있지만, 그보다는 1년 9개월 3일 전에 문정이 지나가는 말로 사진을 찍고 싶다고 말했기 때문일 것이다. 삶에서 취소할 수 있는 건 단 한가지도 없다. 지나가는 말이든 무심코 한 행동이든, 일단 튀어나온 이상 돌처럼 단단한 필연이 된다.

그날 관주는 기분이 좋았다. 돌길 오른쪽으로 꺾이는 골목 안은 어두웠다. 어둠속에 종이박스를 묶어놓은 더미들이 쌓여 있었다. 모자를 쓴 작은 체구의 남자가 허리를 구부리고 뭔가를 묶고 있었다. 그는 카메라 액정을 통해 그 모습을 들여다보았다. 프레임 속에서 남자가 움직일 때마다 누런 바지 주름이 어렴풋한 빛과 그늘의 윤곽선을 만들었다. 그는 무심코 셔터를 눌렀다. 그 소리에 남자가 돌아보았다. 모자 그늘에 가려 남자의 얼굴은 보이지 않았다. 돌출한 코끝과 둥근 턱선이 안개 낀 밤바다에 뜬 돛단배처럼 흐릿했다. 남자는 어눌한 말투로 사진을 찍었느냐고 물었다. 그는 아니라고 했다. 남자가 지워, 지워, 했다. 그는 아니라며 손을 흔들고 돌아섰다.

남자가 가느다란 파이프를 쥐고 다가와 그의 등을 내리쳤다. 죽일 생각은 아니었고 그저 무서웠을 뿐이다. 남자는 덜덜 떨면서 그의 꽉 쥔 손에서 카메라를 빼냈다. 남자가 두리번거리며 돌아서는 모습이 돌길 오른편 가로등에 매달린 감시카메라에 소리 없이 찍혔다. 남자는 카메라를 팔기도 전에 붙잡혔다. 남자는 자기가 파이프로 내리친 사람이 죽었다는 걸 붙잡힌 후에야 알았다.

관희의 말대로 관주는 믿을 수 있는 사람이었다. 그가 작년에 어마어마한 돈을 주고 산 캐논 600D 카메라는 돌고 돌아 오늘 오후에 문정에게 도착했다. 문정은 카메라를 조심스레 집어들었다. 돌길의 포석만 한 크기지만 무게는 그보다 훨씬 가벼웠다. 흔적도 없이 지워진 그들의 아이와 달리 카메라는 흠집 하나 없이 말짱했다. 메모리는 아무도 살지 않는 작은 마을의 버려진 헛간처럼 텅 비어 있었다.

역광

그녀가 시외버스 터미널에 도착해 터미널 앞 정류장에서 버스를 기다릴 때부터 안개비가 뿌리기 시작하더니, 버스를 타고 한시간가량 달려 산마을 입구에 도착했을 때는 빗줄기가 제법 굵어져 있었다. 숲속에 있는 예술인 숙소까지 1킬로미터 넘게 걷는 동안 그녀는 비에 흠뻑 젖었다. 그녀는 보름 전에 예술인 숙소에 입주했고, 이틀 전에 꼭 참석해야 할 신인작가 좌담 때문에 도시로 나갔다 하룻밤을 자고 돌아오는 길이었다. 그래서 그녀의 우산은 숙소의 신발장 서랍에 있었다.

비가 와서인지 숙소 안마당에는 아무도 없었다. 그녀는 비에 젖어 더 붉게 번들거리는 벽돌 담장을 따라 걸어 건물 현관에 도착했다. 현관 정면에는 문이 있고 왼편엔 계단이 있었다. 문을 열고 들어가면 사무실과 식당, 운동실과 도서실로 통하는 1층 로비가 나왔다. 그녀는 사무실에 맡겨둔 열쇠를 찾아 나와 계단으로 향했다. 비가 들이치는 실외 계단을 올라가 2층 9호 처마 밑에서 열쇠로 문을 열려다 그녀는 등 뒤에 어떤 기척을 느끼고 돌아보았다. 맞은편 공용 발코니에 누군가 앉아 있었다.

방 안은 따뜻했고 희미한 먼지 냄새가 났다. 그녀는 젖은 옷과 양말을 벗고 실내복으로 갈아입었다. 컵에 담긴 양초에 불을 붙이자 길쭉한 심지가 타들어가면서 타닥타닥 소리를 냈다. 그 소리는 장작 타는 소리 같기도 하고 아득히 먼 곳에서 터지는 폭죽 소리 같기도 했다. 그녀는 침대에 앉아 마른 수건으로 젖은 머리카락을 문질렀다. 찬비가 끝없이 내리는 낯선 숲속에 누구의 방해도 받지 않고 열쇠로 문을 따고 들어와 쉴 수 있는 그녀만의 따뜻하고 보송한 공간이 있다는 게, 그래, 나쁘지만은 않아, 하고 그녀는 중얼거렸다.

그녀는 가방을 열어 옷과 책을 정리하고 커피잔에 소주를 부어 천천히 마셨다. 소주를 다 마시고 침대에 누워 책을 읽다 두어 페이지도 못 읽고 잠에 빠져들었다. 자세를 바꾸느라 잠시 깨었을 때 그녀는 한두시간 뒤면 식당에서 따뜻한 저녁을 먹을 수 있다는 생각을 했고 그러자 휘진 몸에 따스한 쾌감이 온천수처럼 잔잔하게 퍼져나가는 걸 느꼈다. 그러나 얼마 지나지 않아 그녀는 몹시 땀을 흘리며 잠에서 깨어났다. 깨어났다기보다 난폭하게 깨워진 느낌이었다. 자면서 흐느껴 울었는지 눈가가 젖어 있었다. 머릿속에서는 낯선 사람들의 뒷모습과 옆모습, 거대하게 확대된 코의 잔상들이 급류처럼 소용돌이쳤다. 또 그 꿈이었다.

발코니의 너른 통유리 밖으로는 여전히 비가 내리고 있었다. 바람이 세차게 불면 어두워지는 잿빛 숲을 배경으로 빗줄기가 희뿌옇게 몰리면서 긴 사변형 무늬를 만들었다. 그녀는 땀에 젖은 두 손을 무릎 위에 펼쳐놓고 바람과 빗줄기가 허공에 희고 얇은 비단 주렴을 드리웠다 거두는 모습을 오랫동안 바라보았다. 그 무늬는 어떤 규칙성도 없으면서 그녀를 기다리게 만들었고 어느 찰나에 오랜 기다림에 값하는 환상의 드레스자락을 펼쳐 보였다.

시간이 얼마나 흘렀는지 알 수 없었다. 갑자기 스피커에서 저녁 식사 시간을 알리는 음악이 울려나왔다. 그녀는 두 손을 들어 귀를 막았다. 땀이 식은 뒤라 손끝이 찼다. 날씨와 풍경, 꿈이나 사물 등에 오래 압도당하고 난 뒤면 그녀는 잠깐 동안 자신으로 되돌아오는 일에 어려움을 겪었다. 되돌아오는 게 두려운지 되돌아오지 못할까 두려운지 알 수 없었다.

식당에 내려가자 얼굴을 익힌 몇몇 사람들이 잘 다녀왔느냐고 물었고 그녀도 그들에게 잘 지냈느냐고 물었다. 서로 적당한 성의를 담아 오오, 별일 없었다니 다행이라는 식의 인사와 몸짓을 교환했다.

그녀는 작년에 등단한 신인소설가로 예술인 레지던스가 처음이었다. 낯선 이들과의 공동생활은 생각보다 쉽지 않았다. 그들은 때로 거인처럼 다가왔고 때로는 속물처럼 여겨졌다. 가끔은 착한 영웅일 때도 있었고 드물게는 정신병자 이웃이기도 했다. 무엇보다 그녀는 이곳 숙소에 입주한 뒤부터 끈질기게 반복되는 꿈 때문에 녹초가 되었는데, 오후에 꾼 악몽과 같은 종류였다. 그건 어떤 사람의 직립한 키와 씰루엣에 그 사람의 코를 연관시키는 꿈이었다. 어떤 이의 늘씬한 키와 씰루엣에는 잘생기고 미끈한 코를, 어떤 이의 굽은 어깨와 허리에는 콧날이 꺾인 매부리코를, 엉덩이가 큰 이의 옆모습에는 주먹코를, 엉덩이가 반짝 들린 이의 뒷모습에는 들창코를 갖다 붙이는 식이었다. 일주일 넘게 계속해서 밤마다 낯선 사람들의 키와 몸체의 윤곽과 형태를 그들의 얼굴 중앙에 있는 코에 연결하거나 겹쳐놓는 식의 작업을 수행하다보니 잠에서 깨고 나면 미간과 코 부분에 기분 나쁜 피로감을 느꼈고, 심할 때는 목을 졸리거나 얼굴을 정통으로 얻어맞은 듯한 아찔한 고통에 시달리기도 했다. 중간에 레지던스를 포기할까 하는 생각도 했지만, 모든 건 그녀만의 문제일 뿐이었다. 이곳에 입주한 예술가들의 죄는 없었다. 그들은 전체적으로는 견딜 수 없이 고집 세고 지루한 인물들의 진열장이었지만 개별적으로는 각자 고귀해 보였다. 그 고귀함은 시간을 감내하는 고독의 능력으로 빛이 났다. 그러니 그녀도 그렇게 고독하게 견뎌야만 했다.

식당에는 새로 입주한 예술인 두명이 와 있었는데, 한 사람은 그녀가 방송과 영화에서 자주 본 적이 있는 여배우 달이었고, 다른

한 사람은 처음 보는 남자였는데 그녀는 그의 이름을 알고 있었다. 그녀는 종종 사무실의 화이트보드에 적힌 입주자 명단에서 아직 오지 않은 예술가의 이름을 보고 그 사람의 나이와 외모, 작업의 종류를 상상하곤 했는데, 유감스럽게도 이제까지 어느 누구도 그녀의 상상과 일치한 적은 없었다. 위현이라는 남자도 그랬다. 그녀는 그가 키가 작고 몸이 통통하며 아기돼지처럼 분홍빛 피부를 가진 육십대 정도의 은발 시인일 거라고 상상했는데 실제의 위현은 어두운 얼굴에 검은 뿔테 안경을 끼고 키가 크고 비쩍 마른 사십대 초반의 남자였다.

달의 존재에 대해서는 이미 알고 있었으므로 그녀는 굳이 상상력을 발휘하지 않았다. 그럼에도 직접 본 달은 약간의 놀라움을 주었다. 인도 여자처럼 아름다운 달은 보랏빛 고어텍스 점퍼에 반짝이가 섞인 검은 레깅스를 입고 있었는데 도저히 마흔을 넘긴 나이로는 보이지 않았다. 배식을 위해 줄을 서 있던 송이 달을 발견하고 화들짝 놀라, 혹시 배우 달씨가 아니냐고 물었다. 달이 그렇다고 하자 송은 얼떨결에 수수께끼를 맞힌 어린애처럼 흥분하여 자기소개를 하는 것도 까맣게 잊고, 달씨는 텔레비전 화면에서 본 것과 똑같군요, 정말 텔레비전에 나온 것과 똑같이 생기셨어요, 하며 마치 사람이 화면 속의 모습과 똑같이 생기기가 불가능하기라도 한 듯이 외쳐댔다. 그녀도 속으로 정말 똑같군, 똑같아, 하고 감탄했다.

위현은 이곳 규칙을 몰라 그런지 배식을 위해 줄을 서지 않고 맨 끝 테이블에 고개를 조금 숙인 자세로 앉아 있었다. 그 모습이 오후에 그녀가 공용 발코니에서 본 뒷모습과 비슷했다. 사람들의 배식이 모두 끝나자 주방 직원이 식판에 음식을 담아 위현에게 날라다주었다. 그는 고개를 번쩍 들어 직원에게 활짝 웃어 보이며 고맙다고 말했다. 다리가 불편해서 일어서지 못하는가 싶었지만 어디에도 그의 것으로 보이는 목발이나 휠체어는 없었다.

그녀는 달과 송과 같은 테이블에 앉아 밥을 먹었다. 식단은 잡채와 생선조림, 으깬 두부가 섞인 쑥갓나물과 콩나물국이었다. 그녀가 달에게 자기소개를 하자 그럴 필요가 없는데 달도 자기소개를 했다. 그제야 송도 정신을 차리고 자기소개를 했다. 송은 사납고 무서운 인상에 파들파들 떨리는 해괴한 목소리를 가진 화가로, 그녀로서는 처음엔 피하고 싶은 마음뿐이었지만 자꾸 보다보니 미친 사람일 수는 있어도 나쁜 사람일 수는 없겠다는 가여운 느낌이 드는 여자였다.

식사를 마치고 그들이 정수기 앞에서 물을 마시고 있을 때 위현이 자리에서 일어나 식판을 들고 배식대를 향해 걸어갔다. 걸음이 조금 이상했는데 어디가 이상한지 정확히 집어낼 수 없었다. 다리가 불편한 건 아니었다. 무릎도 발목도 잘 구부러졌고 절름거리지도 않았다. 그런데 느릿느릿하면서 서두르는 듯도 하고, 극도로 신중하면서 그만큼 부주의해 보이기도 하는, 묘하게 모순적인 걸음이었다. 그따위 걸음으로 배식대에서 정수기를 향해 걸어오다 위현은 물컵을 내려놓고 돌아서는 달과 부딪쳤다. 달은 약간 불쾌한 표정으로 위현을 쳐다보곤 이내 놀란 표정이 되었다. 달은 그녀에게 위현을 눈짓으로 가리키며 속삭이듯 말했다.

"위현 소설가와 너무 똑같이 생기지 않았어요?"

그녀는 달의 말을 이해할 수 없었다. 이건 또 무슨 새로운 방식의 조크인가. 배우가 화면 속 모습과 똑같이 생기기 어렵듯이 위현이 위현과 똑같이 생기기도 어렵다는 뜻의 유머인가, 아니면 이 남자가 위현이 아니라는 뜻인가. 그녀가 뭐라고 대답하기도 전에 위현이 달에게 고개를 돌렸다.

"달씨인가요?"

"네."

"반갑습니다."

"세상에 이럴 수가! 목소리마저 똑같군요. 당신은 정말 위현 소설가와 똑같아요."

위현은 어리둥절한 표정으로 자신이 위현이 아니라 위현과 똑같은 사람인가 잠시 고민하는 기색이더니 슬쩍 미소를 지으며 두 손을 맞잡았다.

"그건 제가 안경을 끼어서 그런가봅니다, 달씨."

달이 그의 팔을 붙들었다.

"그럼 당신이 정말 위현이 맞아요?"

위현은 죄를 고백하듯이 그렇다고 하면서 증거물을 제시하듯 도수가 높은 검은 뿔테 안경을 가리켰다.

"아무래도 이 녀석 때문이에요."

위현의 말에 달은 오 하고 외마디소리를 지르더니 그를 가까운 테이블로 이끌었다. 그들이 그곳에 남아 얘기를 더 나누려는 것 같아 그녀는 먼저 식당을 나왔다. 대부분의 사람들이 운동실로 몰려가고 일부는 도서실로 들어갔지만 그녀는 곧장 자기 방으로 돌아왔다.

그녀는 커피잔에 소주를 부어 천천히 마시며 새로운 인물인 달과 위현에 대해 생각했다. 그들이 식당에서 나눈 대화와 몸짓을 되풀이 곱씹으며 둘이 어떻게 아는 사이인지, 사지가 멀쩡한 위현이 왜 스스로 배식을 받지 않고 직원에게 시켰는지, 그의 걸음걸이 어디가 그토록 기묘했는지를 생각했다. 또 위현이 왜 오후에 비가 들이치는 발코니에 앉아 있었는지, 위현과 달이 원래 알던 사이라면 달은 안경 때문에 위현을 알아보지 못했다 쳐도 위현은 왜 달을 알아보지 못했는지, 송의 말대로 방송 화면과 똑같이 생긴 달을, 거의 늙지도 않고 여전히 아름다운 달을, 설마 위현은 모른 척하고 싶었던 것인지, 아니면 달이 먼저 자기를 알아보도록 일부러 와서 부딪친 것인지.

이미 밤이 되어 발코니 통유리 너머로는 깜깜한 어둠 외에 아무것도 보이지 않았다. 유리문을 조금 열자 밤공기에서 축축한 박하 냄새가 났다. 그녀는 지난 보름 내내 새로 도착한 예술인들에게 탐욕에 가까운 관심을 보였다. 그들의 어법과 목소리, 걸음걸이, 인사를 하는 제스처와 식사를 하는 속도에 이르기까지 낱낱의 특징을 관찰하고 탐색했다. 그건 그녀가 레지던스에서, 아니 이 세계에서 살아남기 위한 노력의 일환이었다. 정글에서 살아남으려는 생존의 감각이 자연과학적 지식을 낳듯이, 그녀는 뉴페이스들이 내비친 인색한 단서를 통해 그들이 그녀에게 신인지 악마인지 알아내려 했고, 자신이 상상한 내용의 오류와 적중률을 계산하면 어떤 식으로든 인간학의 지식이 수립되리라고 믿었다.

아무튼 위현의 나이와 외모에 대한 그녀의 상상은 일찌감치 어긋난데다 혹시 시인이 아닐까 했던 예측마저 보기 좋게 빗나가고 말았다. 그녀는 잠깐 망설이다 컵에 소주를 다시 붓고, 어떻게 소설가 이름이 위현일 수 있는가, 원망하듯 생각했다.

며칠 상간에 예술인 숙소에 영국인 소설가와 러시아인 화가가 입주했다. 그녀는 이번에도 자기 상상을 배반한 그들의 용모와 나이, 예술장르에 관심을 쏟느라 위현에 대해서는 잊고 있었다. 그러다 다시 그의 존재를 깨닫게 된 것은 점심을 먹은 후 달과 함께 2층의 공용 발코니에서 잠깐 얘기를 나눌 때였다. 그녀는 커피잔에 따라온 소주를 마셨고 달은 홍차를 마셨다.

"정말 당신은 위현을 모른다고요?"

달이 놀라서 그녀에게 물었다.

"네, 선생님."

달은 그녀의 무지에 충격을 받은 것 같았다. 그녀는 조금 수치를 느끼면서 발코니 너머의 풍경을 바라보았다. 그곳에서 내다보이는 전망은 숲으로 막혀 있는 그녀의 방 발코니와는 사뭇 달라 널찍하고 시원했다. 멀리 보이는 산은 구름 낀 하늘에 접하여 짙은 쑥색으로 어둡고 흐린데, 그 앞으로 겹겹이 다가오는 산들의 능선은 청록색으로 차차 선명해졌다. 동글동글한 나무들의 윤곽까지 볼 수 있는 아주 가까운 숲 아래에는 예술인 숙소 사람들이 즐겨 산책하는 호수로 향하는 오솔길이 구부러져 있었다.

이내 마음을 가라앉힌 달이 입을 열었다.

"당신 나이가 젊다는 걸 생각하면 그럴 수도 있겠군요. 나도 번역가 위현을 먼저 알지 못했다면 그가 재작년에 소설로 등단했다는 것을 몰랐을 수 있으니까요."

"아, 위현 선생님은 원래 번역가셨군요."

그녀는 자기 무지에 대한 알리바이가 생겨 약간의 자신감을 회복했다.

"훌륭한 번역가였죠. 특히 조이스와 베케트 번역은 최고였어요."

달은 오른손엔 찻잔을 들고, 왼손으로 자신의 머리카락을 천천히 쓸어내리며 말했다.

"나는 그에게 참기 힘든 질투를 느꼈지요. 그가 조이스와 베케트를 그 정도로 사랑할 수 있다는 사실 때문에, 그가 그들을 그토록 정확히 이해하고 번역함으로써, 그리하여 그들을 한국어로 정확히 반복함으로써 그들에 대한 사랑을 그렇게 구구절절이 구체적으로 실현하고 있다는 사실로 인해, 나는 미증유의 선망을 품었습니다. 얼마나 그들을 사랑하면 그 사랑이 그렇게 고스란히 그들과 완전히 합동인 정신의 언어로 실현될 수 있을까요? 불행히도 나는 아직 그런 사랑의 대상을 발견한 적이 없답니다."

달은 머리를 쓸어내리던 왼손을 목덜미에 얹고 생각에 잠겼다. 그녀는 한번도 가본 적 없는, 호수로 통하는 오솔길을 눈으로 더듬으며, 아무리 위대한 번역가여도 소설로 치면 그녀보다 고작 1년 먼저 등단한 선배일 뿐이라고, 또 달의 말을 모두 믿을 필요는 없다고 생각했다. 오솔길 이편에는 예술인 숙소에서 채소를 심어 먹는 널찍한 밭이 있었는데, 길게 덮어씌운 검은 비닐 속에 적당한 간격으로 모종이 심겨 있었다. 텃밭 이편의 경사진 숲은 발코니 앞의 단풍나무에 반쯤 가려져 있었다.

"많이 변했어. 아주 많이. 그럴 수밖에 없었겠지만, 결국 이렇게 되고 말 것을……"

달이 방백을 하듯 말했다. 그녀는 무슨 뜻인지 몰라 달을 힐끗 보았다. 달은 왼손을 목에서 떼어내 두 손으로 찻잔을 감싸며 의자에서 몸을 일으켰다.

"이를 어쩌면 좋아. 3년 전부터 시작된 약시 증상 때문에 불행히도 그는 곧 눈이 멀게 된다더군요."

"아, 그래서……"

그녀는 목이 잠겨 말을 멈췄다. 그래서 식당 직원이 그에게 식판을 가져다주었고, 그래서 그가 처음에 달을 알아보지 못했구나 생각하는데, 달이 바로 그거라는 듯 그녀를 내려다보며 말했다.

"그래요. 그래서 번역을 중단하고 소설을 쓰기로 한 거죠. 그 눈으로 번역은 도저히 불가능하니까요. 이제 조이스고 베케트고 다 끝장난 거죠. 어찌나 글자를 키우는지 모니터에 채 석줄도 못 띄운다더군요."

달은 꽃묶음을 쥐듯 양손으로 찻잔을 맞잡아 가슴께에 붙이고 가벼운 미소를 지었다.

"그런 지경이면 소설보다 시가 더 낫지 않나?"

달은 공용 발코니를 떠났고 그녀는 커피잔에 남은 소주를 홀짝 다 마셨다. 자기는 정확히 그렇게 한 줄 알겠지만 달은 결코 자기 감정을 격조 있게 표현하지 못했다. 누군가에게 질투나 원한을 품을 수 있고 그에게 닥친 불행에 쾌감을 느낄 수도 있지만 그것을 그토록 천하게 표현하는 것만은 용납할 수 없다고, 예술가로서 절대 용서하지 않겠다고 그녀는 무력하게 다짐했다.

흐린 하늘과 그 아래 펼쳐진 멀고 가까운 산의 능선들, 아직은 덜 우거져 듬성한 봄 숲의 연한 잎들이 바람에 미세하게 흔들리며 바삭거리는 소리, 검은 비닐과 주황빛 흙의 이랑과 고랑이 만들어 내는 교차가 땅의 파도를 보는 듯 현기증을 일으키는 밭들…… 어느 순간 그녀의 의식은 또 길을 잃었다. 호수로 통하는 희끗한 가르마 같은 오솔길, 모든 작별의 불가피성을 안다는 듯 손바닥 모양의 잎을 은밀하게 반짝거리는 발코니 앞의 단풍나무…… 이 모든 것들이 그녀 속으로 차곡차곡 흘러들어와 그녀와 동일한 분량으로 희석되었다. 풍경과 사물은 그녀의 절반을 차지하고 기저에서부터 그녀를 뒤흔들었다. 그녀는 까닭 모를 슬픔에 사로잡혀 격랑에 흔들리는 작은 배에 탄 듯 양손으로 의자의 팔걸이를 꽉 붙들었다. 이를 어쩌면 좋아. 발성이 좋은 달의 목소리가 그녀의 귀에 쟁

쟁 울렸다. 불행히도 그는 곧 눈이 멀게 된다더군요.

그날 숲을 산책하기로 결정한 것이 달의 얘기 때문인지 우연히 발견한 메모 때문인지 그녀는 알 수 없었다. 그전에는 사람들이 식사 후에 산책을 하자고 권유해도 번번이 겁에 질린 토끼처럼 눈을 동그랗게 뜨고 고개를 저어 거절하곤 했다. 그런데 그날 2층 발코니에서 그녀는 무심코 점퍼 주머니에 손을 넣었다가 구겨진 메모지 한장을 발견했다. 그것은 그녀가 며칠 전 심한 불면과 숙취에 시달리다 격렬한 필체로 휘갈겨놓은 것으로, 더 많은 햇빛 산책 햇빛 산책,이라는 단순한 내용이었다. 어찌나 크고 기괴하게 써놓았는지 글자 하나하나가 각기 다른 화투짝처럼 보일 정도로, 아무리 눈이 먼 위현이라도 주의 깊게만 읽으면 알아볼 수 있을 성싶었다. 글자들 아래에는 메모지가 찢길 만큼 진한 밑줄이 그어져 있고 끝에는 부들부들 떨리는 세개의 느낌표가 찍혀 있었는데, 어느 쪽이든 녹슨 칼로 팔목을 마구 그어대는 듯한 살의와 파괴력으로 충만했다.

오후 내내 발코니에 앉아 숲만 바라보던 그녀는 그 메모를 읽는 순간 여전사처럼 피가 끓어올라 어디로든 달려나가지 않고는 견딜 수 없었다. 저녁을 먹기까지 두시간 정도 남아 있었는데 그녀는 그동안 오래오래 숲속을 헤매다 돌아올 생각이었다. 아무 준비 없이, 날씨에 대한 아무 정보도 없이 그녀는 발코니에서 내려와 화난 사람처럼 빠른 걸음으로 숲속을 향해 걸어갔다.

흐린 날의 숲에서는 나무와 풀과 흙이 이겨진 듯한 싸하고 비린 냄새가 짙게 풍겼다. 겨울의 매서움이 남아 있었지만 정신없이 걷느라 그녀의 몸엔 은근한 땀이 배었다. 한참을 걷다가 그녀는 어디선가 개 짖는 소리를 들었다. 이렇게 깊은 숲속에 개가 있다는 게 이해되지 않았다. 그러나 개는 있었고, 그것도 아주 커다란 개가 숲길 오른편 언덕 위에서 그녀를 내려다보며 사납게 짖어대고 있었다. 빛을 등지고 있어 말뚝에 묶인 개도, 그 옆에 놓인 개집도 검은 덩어리로만 보였다. 개가 있는 걸 보면 언덕 너머에 개 주인이 사는 집도 있을 텐데 그녀가 선 자리에서는 보이지 않았다. 고개를 쳐들고 주둥이를 딱딱 벌려 짖어대는 검은 개의 씰루엣이 꼭 늑대 같았다. 개는 죽을힘을 다해 짖으며 그녀를 공격하고 싶어했는데 그럴 때마다 개가 묶인 말뚝이 흔들거렸다. 금방이라도 말뚝을 뽑고 달려들 기세여서 그녀는 뛰다시피 그곳을 벗어났다. 개는 뒤에서 오랫동안 짖었다.

개 소리가 잦아들고 얼마 안되어 그녀의 귀에 다른 소리들이 들려왔다. 먼 곳에서 짐승이 우는 듯한 웅웅거리는 소리와 무엇인가 잡목을 스치며 지나가는 스스슷 하는 소리들이었다. 이제 그만 돌아갈까 생각했지만 무서운 개가 있는 언덕을 지나야 한다는 사실이 내키지 않아 그녀는 계속 숲속으로 올라갔다. 웅웅거리는 소리와 스스슷 하는 소리가 점점 커지더니 어느 순간 그녀의 몸을 후려치는 듯한 거센 바람이 불어닥쳤다. 나중에야 그녀는 웅웅거리는 소리와 스스슷 하는 소리가 돌풍이 다가오는 소리였다는 걸 알았다. 어떤 다스림도 거부하는 숲의 폭풍이 시작되었다.

그녀는 즉시 몸을 돌려 뛰어내려오기 시작했다. 청신한 물질들의 공간으로 여겨졌던 숲이 그녀를 위협하고 공격하는 살아 움직이는 생물처럼 느껴졌다. 휘휘한 숲은 이상한 소리들로 가득했고 돌풍에 날리는 흙과 티끌과 나뭇잎 때문에 그녀는 눈도 제대로 뜰 수 없었다. 그녀는 두 손을 오목하게 만들어 눈가를 가리고 전속력으로 달려 내려왔다. 주변을 돌아볼 수 없었으므로 얼마큼 왔는지 알 수 없었다. 오직 개 짖는 소리가 들려오기만을 기다리다 지치고 절망한 그녀가 거의 미친 사람처럼 헉헉거리며 주변을 돌아보았을 때 멀지 않은 곳에 신기루처럼 예술인 숙소의 붉은 벽돌 담장이 보였다. 개가 있는 언덕을 지나지 않았는데 어떻게 숙소에 도착할 수 있었는지 불가사의했다. 다른 길로 내려온 건지, 아니면 개 주인이 개를 언덕에서 다른 곳으로 옮겼는지, 어찌된 일인지 몰랐지만 그녀는 숙소 앞마당에 수줍게 봉오리 진, 크고 작은 진주알을 매단 듯한 매화나무를 보는 순간 희열에 찬 안도감을 느꼈다. 그때만큼 사람들이 사무치게 그리운 적이 없었다.

건물 현관에 들어서자 1층으로 통하는 문 안쪽에서 와하는 환호성이 들려왔다. 그녀는 문을 열고 들어갔다. 숙소 사람들은 바깥에 숲이 흔들릴 정도의 돌풍이 부는 것도 모르고 명랑하고 상기된 얼굴로 운동실에 모여 있었다. 뜻밖에도 거기에는 위현도 있었다. 위현은 김과 추, 남과 송이 조를 이루어 복식으로 탁구를 치는 탁구대 옆 스코어보드 테이블에 앉아 점수를 매기는 역할을 했다. 그녀는 경기를 구경하는 것처럼 근처를 어슬렁거리다 위현의 맞은편에 섰다. 그가 그녀의 전체 윤곽을 보기는 하겠지만 그녀의 시선이 어디로 향하는지는 보지 못할 것이므로 그녀는 그를 마음껏 관찰할 수 있었다.

위현은 식당의 맨 끝 테이블에 앉아 있을 때처럼 뭔가를 기다리듯 집중하고 있었다. 안경과 머리가 고정되어 있는 것으로 보아 탁구대 위를 날아다니는 살굿빛 탁구공을 보지 못하는 게 분명했다. 대신 그는 예민한 청각으로 공의 움직임을 가늠하고 있다가 결정적인 공격이 성공하거나 실패하여 사람들의 탄성과 환호가 엇갈리는 순간 소리의 방향을 정확히 감지해 점수를 알아냈다. 마침 왼쪽에서 남의 공격이 성공해 남과 송이 환호성을 올리자 그는 작동이 개시된 기계처럼 왼쪽 스코어보드를 활기차게 넘기며 외쳤다.

"8 대 8, 동점입니다!"

그건 마치 주방 직원이 식판을 가져다주었을 때 돌연히 고개를 번쩍 들고 활짝 웃던 모습과 흡사했다. 그녀는 그를 지켜보았고, 아무리 지켜보아도 지루하지 않았고, 지켜볼수록 좀더 지켜보고 싶은 조바심을 느꼈다.

저녁식사 시간을 알리는 음악이 운동실에 울려퍼졌다. 경기가 끝나지 않았지만 탁구 치던 사람들은 미련 없이 탁구공과 탁구채를 보관함에 넣고 식당으로 몰려갔다. 위현도 자리에서 일어나 식당으로 향했다. 그녀는 그의 뒤를 따르면서 그의 걸음걸이를 지켜보았다. 조약돌이 깔린 시냇물을 건너는 사람처럼, 푹 꺼지거나 툭

튀어나온 곳을 딛더라도 넘어지지 않으려는 조심과 불안이 그의 긴장한 발목 근처에서 은사슬처럼 찰랑거리고 있었다. 그는 중간에 걸음을 멈추고 무엇을 기다리는 듯 아니면 뭔가를 음미하는 듯 잠시 서 있다가 다시 걸음을 내디뎠다. 식당으로 들어가자 늘 그랬듯 맨 끝 테이블로 가서 앉았다. 두 다리를 조금 벌리고 두 손은 잘 간추린 카드 패를 쥐고 있는 모양으로 마주 보게 다리 위에 올려놓고, 맞은편에 누가 앉았다면 그 가슴께쯤이 될 허공을 응시하며 그는 주방 직원이 자기 몫의 식사를 가져다주기를 기다리고 있었다.

그날의 반찬은 취나물과 소불고기, 겉절이와 미역국이었다. 그녀가 배식 받은 식판을 들고 맨 끝 테이블로 향하는데 그녀보다 먼저 배식을 받은 에드워드와 남, 드미뜨리가 그리로 몰려가 자리를 모두 차지했다. 그녀는 그 옆 테이블에 앉았다. 위현은 정확한 영어로 에드워드와 얘기했고, 영어가 서툰 드미뜨리와는 쉬운 영어로 얘기했다. 영어를 거의 못 알아듣는 남에게는 둘이 얘기한 내용을 한국어로 말해주었다. 그 테이블에서 그는 관계의 중심이자 소통의 매개자였다. 듣고 이해하고 말할 수는 있지만 상대방의 표정을 잘 볼 수는 없기 때문에 그의 매개성은 더 중립적이고 완벽한 듯 보였다. 의외로 사람들과 잘 어울리고 쾌활하기까지 한 그의 모습에서 그녀는 씁쓸한 배신감을 느꼈다.

방으로 돌아와 커피잔에 소주를 따라 마시며 그녀는 이번에도 이내 배반당하고 말 상상을 하느라 오후 내내 발코니에서, 그리고 무서운 바람이 부는 숲속에서 시간만 허송했다는 것을 깨달았다.

그리고 자기가 달을 용서하고 말고 할 계제가 못되는 애송이 소설가에 불과하다는 것과 자신이 때로 낯선 이들의 삶에 깜짝 놀라곤 하지만 낯선 눈으로 보면 허구한 날 술만 마시는 그녀 자신의 삶이야말로 가장 경악할 만한 것인지 모른다는 생각도 했다.

그녀는 매일 안마당의 매화나무가 꽃을 피우길 기다렸으며, 하지 않던 화장을 하고 옷을 어울리게 맞춰 입었다. 점심식사 후에는 사람들과 산책도 했다. 그녀의 꾸밈과 단장은 위현이 그걸 보지 못하기 때문에 더 가치 있는 것으로 여겨졌다. 위현은 점심에만 산책을 했고 그녀는 항상 그보다 서너 발짝 뒤에서 걸었다. 어느날 그녀는 그가 왜 저녁산책을 하지 않는지 추에게 말하는 걸 들었다.

맑은 봄날이었고 사람들은 숲 쪽보다 호수를 돌아 산마을로 내려가는 산책 코스를 잡았다. 호수에서 물수제비를 몇번 뜨고 마을로 접어들었을 때 좁은 공터를 낀 마을 길목에 차 세대가 멈춰 있었다. 차들은 삼각형의 꼭짓점에서 무게중심을 향해 그은 세개의 직선들처럼 중앙을 향해 머리를 맞댄 모양으로 정차해 있었다. 차문이 열리고 사람들이 내렸다. 그들 바로 앞의 SUV 차량에는 남자들이 꽉 차게 타고 있었는지 네개의 문이 동시에 열리고 시커먼 복장의 험상궂은 남자 넷이 내렸다. 그들은 적을 응징하려는 조직원들처럼 일사분란하게 한곳을 향해 갔는데 그곳에는 흰색 승용차가 있었다. 싸움이 나려는 건 아니었고, 좁은 길목에서 차를 비키려다 흰색 승용차의 오른쪽 앞바퀴가 길 아래 밭두렁으로 빠져버린 모양이었다.

“사고가 났나요?”

위현이 물었다. 곁에 있던 추가 사고가 난 건 아니고 차의 바퀴가 빠졌다고 말해주었다.

세대의 차에서 내린 도합 여덟명의 남자들이 재미난 일이라도 벌어진 듯 담배를 피우거나 껌을 씹으며 밭두렁 쪽으로 빠진 흰색 승용차의 앞바퀴를 둘러싸고 뭐라뭐라 떠들어댔다. 추가 정차된 차를 피해 위현을 길 가장자리로 안내했다. 송이 갑자기 어머, 하고 새된 소리를 질러 돌아보니 여덟명의 남자들이 흰색 승용차에 달려들어 차체를 들어올리고 있었다.

“또 무슨 일인가요?”

위현이 묻자 이번엔 송이 높은 톤으로, 사람들이 차를 번쩍 들어서 올려놓고 있다고 대답했다. 그리고 아쉽다는 듯, 그래도 명색이 차라는 물건인데 너무 쉽게 들린다고 빠르게 덧붙였다. 송의 말대로 기우뚱하던 차는 가볍게 들려 흔들흔들 방향을 틀더니 길 위에 놓이면서 편평하게 되었다. 그걸 본 그녀는 어린애처럼 신이 나서 박수라도 치고 싶은 심정이었다. 여덟명의 남자들은 그까짓것 하는 투로 손을 털고 각자의 차로 돌아갔다.

“이제 어떻게 됐습니까?”

위현이 물었다. 추가 상황 종료라고, 다들 자기 차로 돌아갔다고 말했다.

“이대로 그냥들 갑니까? 바퀴 빠진 차의 주인이 막걸리라도 사서 한잔씩 돌려야 하는 거 아닌가요? 이렇게 고마울 데가 없을 텐데요."

위현의 말을 듣는 순간 그녀는 자기 생각도 바로 그렇다고 말하고 싶은 걸 꾹 눌러 참았다. 그러나 추는 그렇게 고마워할 일만은 아니라고, 그 차가 안 빠지면 결국 나머지 두 차도 못 지나간다고 말했다. 위현이 웃었다.

"그럼 사리사욕에서 도와준 거군요."

뭐 사리사욕까지는, 하고 추도 웃었다. 차 두대가 지나가면서 그들에게 뿌연 흙먼지를 날렸다. 위현이 잠시 걸음을 멈추는 바람에 그녀도 뒤에서 덩달아 멈췄다. 그는 무엇을 기다리는 듯 아니면 뭔가를 음미하는 듯 잠시 서 있었다. 추가 돌아보며 왜 그러느냐고 물었다.

"아니, 아닙니다. 갑자기 술 생각이 나서요."

위현이 다시 걸음을 떼놓으며 말했다.

"추선생님, 저는 조금 전에 저 사람들이 차바퀴를 올려놓고 나서 어디 경치 좋은 정자 밑으로 몰려가 막걸리를 한잔씩 마시면서, 지나가던 우리도 같이 불러 한잔씩 돌리면서, 다들 뭐하는 사람들이고 어디에서 와서 어디로 가는지 묻고 답하는 광경을 상상했습니다. 저는 이런 우연한 조우, 스치듯 지나가는 길 위에서의 인연을 무척 좋아합니다. 지나가는 여인에게 연정을 느낀 보들레르처럼 말이지요."

아, 정 그러시면, 하더니 추는, 이따 저녁산책 때 막걸리를 가져

와서 정자에서 한잔씩 마시자고 말했다. 그녀는 추의 말에 분노를 느꼈다. 위현의 말은 그런 얘기가 아니지 않은가. 그러나 위현은 진지하게 대꾸했다.

"그건 아무래도 어렵겠습니다, 추선생님."

추가 까닭을 물었다.

"저는 저녁에는 산책을 하지 않습니다."

아니, 하고 놀라며 추는 이곳의 저녁 숲이 얼마나 멋진지에 대해 얘기했고, 자기가 안내할 테니 같이 산책을 하자고 권했다. 추가 그냥 해보는 말이라는 걸 아는지 모르는지 위현은 가장 맛있는 케이크 조각을 권유받았을 때처럼 정중히 사양하며 깊은 속내까지 털어놓았다.

"유감입니다, 추선생님. 글쎄요, 뭐라고 할까요…… 날이 저물 때면 제 내부에서는 눈앞이 점점 더 어두워지리라는 공포와 마침내 모든 것이 어둠속에 파묻히고 말리라는 환희가 격렬하게 교차합니다. 그럴 때는 아무래도…… 가만히 있는 편이 좋지요."

아, 그럼 그러시는 편이 좋겠네요,라고 추가 말했다.

그녀는 이를 지그시 깨물었다. 추의 마지막 말 속에 추의 모든 것이 들어 있다고 그녀는 생각했다. 추는 누가 오늘밤 안에 죽어버리는 편이 낫겠다고 말해도, 아, 그럼 그러는 편이 낫겠네요,라고 말할 사람 같았다. 그러나 이런 자신의 추측도 완전히 틀린 것일지 모른다는 생각에 그녀는 문득 시무룩해졌다.

그녀는 위현과 단둘이 술 마실 기회를 얻은 것이 오로지 우연 때문이라고 생각했지만, 어쩌면 이 생각 또한 틀린 것일 수 있었다. 그날은 며칠 새 기온이 급속히 올라 모든 꽃들이 서수적 시간에 항거하듯 일시에 꽃망울을 터뜨린 날이었다. 절기의 경계가 흐려지고 미리 폭발한 생명들로 천지에 다디단 향기가 가득했다.

점심시간에 활짝 열어놓은 식당 창문으로 우연히 새가 한마리 날아들어왔다. 연갈색 계란 빛깔의 깃털을 가진 계란만 한 크기의 새였는데, 그 때문에 식당 안은 순식간에 아수라장이 되었다. 새는 들어온 곳을 찾지 못해 반대편 벽과 천장에 부딪치고 크게 회전을 하며 식당을 낮게 가로지르다 열리지 않은 유리창에 다시 부딪쳤다. 사람들은 비명을 지르며 새를 피해 도망쳤다. 쏜살같이 저공비행을 하는 새를 피하느라 드미뜨리는 식판을 떨어뜨렸고 송은 새보다 높은 소리를 지르며 물컵을 쏟았다. 주방 직원과 몇몇 사람들이 얇은 옷이나 방석을 들고 새가 밖으로 나갈 수 있도록 몰았지만 놀란 새는 파닥거리며 주방 안쪽으로 깊숙이 들어가버렸다. 식기들이 떨어지는 소리와 의자들이 뒤로 넘어가는 소리가 요란했다.

그녀는 반사적으로 위현을 돌아보았다. 그는 좁은 곽 속에 꽂혀버린 사람처럼 양어깨를 잔뜩 추켜올린 자세로 굳어 있었다. 그녀는 서둘러 그의 테이블로 달려갔다.

"아아, 무슨 일이지…… 무슨 일이야……"

공포에 사로잡힌 그는 질문을 한다기보다 속삭이듯 중얼거리고 있었다. 엄청난 소음에 파묻혀 그의 목소리는 거의 들리지 않았다.

“괜찮아요, 선생님. 새예요.”

그녀는 자기도 모르게 위현의 양어깨를 살짝 눌렀다. 그의 몸이 움찔했다.

“작은 새가 들어왔어요.”

“아, 새! 새군요.”

새는 잠시도 쉬지 않고 실내를 날아다니며 여기저기 부딪치다 어느 순간 들어올 때처럼 날쌔게 창문을 통해 빠져나갔다. 사람들이 안도의 환호성을 질렀다.

“이제 나갔어요.”

“나갔군요.”

“다치지 않고 무사히 나갔어요.”

그가 나지막이 한숨을 내쉬었다.

“다행입니다.”

경직됐던 자세가 조금씩 풀리면서 치켜들었던 턱도 천천히 아래로 내려왔는데, 그럴 리는 없지만 흡사 허공에서 거미줄을 뽑으며 내려오는 작은 거미를 바라보는 듯한 속도였다. 그녀가 이제 그만 갈까 생각하는데 그가 그녀 쪽으로 고개를 돌렸다. 두꺼운 렌즈 속 두 눈이 그녀의 얼굴 언저리를 향했다. 무슨 말을 하려나 기다렸지만 그는 오랫동안 잊고 있었던 뭔가를 기억해내려는 사람처럼 골똘한 얼굴로 침묵을 지켰다. 잠시 걸음을 멈추고 무엇을 기다리는 듯 아니면 뭔가를 음미하는 듯 서 있을 때의 표정이었다. 그녀는 어떻게 해야 좋을지 몰랐다.

"죄송하지만," 이윽고 그가 말을 꺼냈다. "저와 함께 낮술 한잔 하시겠습니까, 선생님?"

그녀는 그가 우연히 날아들어온 새 때문에 빚어진 자신과의 인연을 다시는 못 볼 찰나의 스침으로 여기고 보들레르처럼 거기에 미혹되려 한다고 생각했다. 그러나 아무래도 좋았다. 어차피 그녀는 점식식사 후에 소주를 마실 참이었다. 그녀는 떨리는 목소리로 대답했다.

"저는 아무래도 좋습니다."

정말 이래도 저래도 아무래도 좋았다.

그들은 소풍을 온 연인들처럼 점심식사를 2층 공용 발코니로 가져가 술과 함께 먹기로 했다. 그날의 반찬은 안주로 손색이 없었다. 그녀는 김치전과 두부조림과 돼지불고기를 넉넉히 담고 국과 밥과 열무김치는 적당히 담았다. 그녀가 식판과 수저를 들고 2층 발코니로 올라갔을 때 위현은 큼직한 푸른색 아이스박스를 테이블 옆에 놓고 앉아 있었다. 그녀가 식판을 테이블에 내려놓자 위현이 물었다.

"새삼스러울 것도 없지만 제가 앞을 잘 볼 수 없다는 건 알고 계시죠?"

그녀는 낯을 붉히며 그렇다고 대답했다.

"물론 나는 뒤도 잘 볼 수 없습니다."

그의 농담에 그녀는 억지로 웃었다.

"처음엔 다리가 불편하신가 했어요."

그녀의 말에 그는 가만히 생각하더니 고개를 끄덕였다.

"배식 때문이군요. 제가 반찬을 흘리거나 헤집어놓을 수 있어서 미리 사무실에 부탁을 드렸지요. 그런데 글쎄요, 차라리 다리라면 어땠을까요? 이렇게 되고 보면 신체의 위계에 대해 생각하지 않을 수 없습니다. 장애의 등급이라고 해야 할까요? 뇌가 맏이라면 다리는 막내랄까 하는 식이지요. 눈이 몇번째인지는 확정할 수 없지만 막내 쪽에 가깝지는 않아요."

그래서 그는 그녀에게 미리 양해를 구한다고, 각자 술을 따라 마시기로 하자고 말했다. 그는 다른 사람의 술잔이 빈 것을 알지 못하고 설사 알더라도 잔의 적당한 높이에 맞춰 따라줄 수 없다고 했다.

"괜히 술을 낭비할 필요는 없지요. 처음엔 어떨지 몰라도 이렇게 마시는 데 익숙해지면 오히려 자기 속도를 유지할 수 있어서 자유롭고 편하다고들 합니다."

그리고 식판을 가리켰다.

"뭔가 부침개도 있고 고기도 있는 것 같군요. 잔칫집 냄새가 나요."

"김치전과 돼지불고기가 있습니다, 선생님."

"그래서 말인데요, 안주에 대한 예의로 일단 소주나 막걸리로 시작하는 게 어떨까요? 선생님은 뭘로 하시겠습니까?"

그녀는 소주를 먹겠다고 했다. 그가 아이스박스의 뚜껑을 열고 손으로 더듬어 소주 두병과 소주잔 두개를 꺼냈다. 그들은 각자 한 병씩 옆에 놓고 자기 잔에 따라 마셨다. 그가 젓가락으로 두부를 집었다.

“저는 직접 먹어보기 전엔 이게 뭔지 모릅니다. 후각이 예민해져서 냄새로 맞히는 경우도 있지만 또 전혀 아닌 경우도 있어요. 아무튼 이걸 입에 집어넣기 전까지 저는 계속 이 맛을 모르고 있는 중이지요. 모두 알고 있는데 저만 모르고 궁금해하는 그 짧은 시간이 그리 나쁘지는 않아요. 이건 두부군요.”

“네, 두부조림이에요.”

위현은 음식을 집어 맛을 볼 때마다 단어 공부를 하는 어린애처럼 그것의 이름을 말했다.

“이건 돼지고기군요.”

그녀는 단어 공부를 돕는 교사처럼 구체적인 설명을 덧붙였다.

“고추장 양념을 해서 볶은 돼지불고기입니다, 선생님.”

“이건 열무군요.”

“네, 오이도 섞인 열무김치예요.”

“좀 덜 익었네요.”

“네, 덜 익었어요.”

“이를테면 이런 적이 있었습니다.”

그날 오후 내내 위현은 이런 식으로 말을 시작했다.

“이를테면 이런 적이 있었습니다. 저는 여름이면 보리밥에 짜고 맵게 졸인 강된장과 연한 줄기의 열무김치를 넣고 비벼 먹는 걸 좋아합니다. 그런데 어느날 그렇게 비빈 밥을 먹다가 문득 입이 짜서 접시에 놓인 오이로 입가심을 했는데, 그때 뜬금없이 입안에 온통 은은한 버터의 맛이 퍼지는 게 아니겠습니까? 정말 오이에서 버터의 고소하고 느끼한 맛이 났습니다. 그 유사성을 저는 납득할 수 없었어요. 어쩌면 그건 단순한 유사성이 아니라, 유사와 인접이 협조하여 만들어낸 복합적 결과인지도 모릅니다. 입속에 남은 된장의 짠맛과 보리의 구수함, 오이 속씨의 달착지근함의 콤비네이션이 어느 경계에서 버터의 맛과 겹쳐진 것인지도요."

잠시 뒤 그는 자문하듯 물었다.

"유사성과 인접성, 어느 쪽이 우리에게 더 큰 기쁨을 주는 것일까요?"

그녀는 잠자코 있었다. 발코니 앞 단풍나무 우듬지에 새가 날아와 앉는 바람에 가지가 휘청했다. 식당에 들어온 새와 유사하지는 않았다. 새는 돌발적이고 방정맞은 고갯짓을 쉼 없이 반복하다 어느 순간 누가 쫓기라도 한 듯 휘딱 날아가버렸다. 휘었던 가지가 가볍게 퉁겨 올라왔다. 그가 말했다.

"어느 쪽이든 간에 분명한 건, 시각을 잃게 되면 두 우주 모두에서 참으로 넓은 기쁨의 영토를 잃게 된다는 것이지요."

그녀는 아마 그럴 것이라고 말하려다 그만두었다. 그런 대꾸는 어쩌면 추의 방식이었다. 그는 새도 나뭇가지도 보지 못했고, 그래서 아마 그가 보았다면 발견하고 향유했을지 모를 유사도 인접도 결코 발생하지 못했다. 그녀는 그게 가장 가슴 아팠다.

머리를 느슨히 묶고 실내복을 입은 달이 공용 발코니에 들어섰다. 달은 그들을 보고 깜짝 놀란 제스처를 취했다. 달이 그녀에게 묻는 눈짓을 했지만 그녀는 무엇을 묻는지 알 수 없었다.

"오늘 같은 날씨에 낮술이라니, 너무 위험하지 않나요, 위현씨?"

나직하고 유연한 목소리의 흐름 속에 위험과 위현을 고의로 겹쳐놓으려는 의도가 낮달처럼 은은히 도드라졌다. 위현은 갑작스레 들려온 달의 목소리에 별로 놀란 기색도 없이 그쪽으로 고개를 돌렸다.

"달씨, 이런 날은 뭘 해도 위험하고 뭘 해도 달콤하지요. 이리 와서 같이 한잔합시다."

"안돼요. 난 세탁실에서 빨래를 돌릴 거예요. 빨래는 조금도 위험하거나 달콤하지 않죠."

"세탁실이 아니라 냇가의 빨래터라면 위험하고 달콤할걸요. 빨래는 다음에 하고 어서 이리 와요."

"공연히 그런 말 하지 마세요. 내가 취해서 아무렇게나 입을 놀리면 당신 어쩌시려고."

위현이 말없이 미소를 짓자 달은 조금 흥분했다.

"잔인한 인간! 당신은 지금 예전에 당신이 던진 걸 고스란히 돌려받고 있는 거예요. 공평하잖아요? 뭐 잘못된 거 있나요?"

그녀는 달이 진심으로 분노하고 있는지 아니면 그런 연기를 하는지 판단할 수 없었다.

"잘못된 게 뭐 있겠어, 달? 다만 자비가 좀 부족하지. 그렇게 잔인했던 인간이 이렇게 한심해졌는데 운명은 나를 조금도 가엾게 여기질 않으니."

"가엾다고? 당신이 가엾다고? 드디어 미쳤는가보군. 당신 이제 미쳤는가봐. 미쳤다고!"

달은 머리와 팔을 활달히 내젓다 새가 날아가듯 휘딱 발코니를 나가버렸다. 복도에 끌리는 싯싯거리는 슬리퍼 소리가 칼을 가는 소리처럼 들렸다. 순간 위현의 왼쪽 뺨이 실쭉 일그러졌다. 왼쪽 눈 아래의 얇은 피부에서 시작된 경련은 불수의적인 것이라 그로서도 어찌할 수 없는 듯했다. 그녀는 얼굴을 발코니 쪽으로 향하고 눈만 힐끗 돌려, 바람이 불면 허공에 생기던 비의 레이스 무늬처럼 그의 왼쪽 뺨에 불규칙적으로 접혔다 펼쳐지곤 하는 섬세한 경련의 주름무늬들을 오래 지켜보았다.

"이를테면 과거라는 건 말입니다."

마침내 경련이 잦아들자 그가 말했다.

"무서운 타자이고 이방인입니다. 과거는 말입니다, 어떻게 해도 수정이 안되는 끔찍한 오탈자, 씻을 수 없는 얼룩, 아무리 발버둥쳐도 제거할 수 없는 요지부동의 이물질입니다. 그래서 인간의 기억이 그렇게 엄청난 융통성을 발휘하도록 진화했는지 모릅니다. 부동의 과거를 조금이라도 유동적이게 만들 수 있도록, 육중한 과거를 흔들바위처럼 이리저리 기우뚱기우뚱 흔들 수 있도록, 이것과 저것을 뒤섞거나 숨기거나 심지어 무화시킬 수 있도록, 그렇게 우리의 기억은 정확성과는 어긋난 방향으로, 그렇다고 완전한 부정확성은 아닌 방향으로 기괴하게 진화해온 것일 수 있어요."

해가 한낮의 쨍한 높이에서 서쪽으로 기우는 속도로 숲은 조금씩 어두워졌다. 그들은 주종을 소주에서 맥주로 바꾸었고 안주로는 에스프레소에 가까운 진한 커피를 음미하듯 입에 물고 있다 마셨다. 아주 가까이에서 새 우는 소리가 들렸다.

"이런 새소리는 처음인데 어떤 새인가요?"

새소리는 거의 귓가에서 우는 듯 선명했지만 아무리 둘러봐도 새의 모습은 보이지 않았다. 그녀가 울상이 되어 말했다.

"새를 못 찾겠어요, 선생님."

"숨었군요. 그럼 찾지 말아요."

그가 위로하듯 말했다. 새는 살뜰하게 뭔가를 속닥거리듯 계속 호로로로록 호로로록 울었다.

"눈동자 같은 소리군요."

그녀는 달이 발코니 앞을 두어번 오고 가는 것을 보았다. 혹시 들어오려나 했지만 들어오지 않았다. 그가 그것에 대해 알지 못하는 게 다행인지 유감인지 그녀는 알 수 없었다.

"이를테면 이런 적이 있었습니다."

그가 말했다.

"시력이 급격히 저하되던 시기였어요. 저는 주택가의 작은 사거리에 서 있다가 길 한복판에 서 있는 개와 눈이 마주쳤습니다. 개는 트럭이 다가오는데도 비킬 생각을 하지 않고 나만 물끄러미 보고 있었어요. 트럭 운전사가 어이가 없는지 경적을 몇번 울리자 개는 여전히 나를 보면서 천천히 옆으로 비켰습니다. 그 개는 흰 털이 복슬복슬하고 목에 두겹의 사슬을 감고 왼쪽 앞발을 한사코 기역자 모양으로 들고 있었습니다. 목에 둘러진 사슬 끝에는 다른 사슬과 연결하는 열쇠고리 모양의 장치가 달려 있었어요. 왜 목에 두겹이나 되는 사슬을 감고 있어야 하는지, 왼쪽 앞발은 왜 계속 들고 있어야 하는지 스스로도 알지 못하는 얼굴로 개는 나를 말갛게 올려다보았죠. 묶이지 않았지만 두겹의 사슬을 목에 두르고 있어 심하게 묶여 있다는 느낌을 주었고, 들고 있는 동그랗고 하얀 앞발은 뼈에 문제가 있는 것처럼 보였어요. 그 개는 내게 다가올까 말까 망설이는 기색이었는데 내가 그대로 지나가자 따라오지는 않더군요. 하지만 내가 사라질 때까지 까맣고 동그란 눈으로 계속 나를 응시하고 있었어요. 가다 돌아보면 여전히 나를 보고 있는 그 개를 볼 수 있었으니까요. 며칠이 지나도록 앞발을 들고 말갛게 나를 올려다보던 흰 개의 모습이 떠올라 사라지지 않았어요. 왠지 모르지만 나는 그 개도 눈이 멀고 있다고 느꼈어요. 이상하게 들리겠지만 그런 교감은 전적으로 믿을 만한 것입니다. 그후 나는 다시는 볼 수 없었지요. 개든 사람이든, 까맣고 동그란 눈동자라는 것을요. 그러니까 나와 마지막으로 눈이 마주친 존재가 바로 그 흰 개였던 셈이지요. 그 개에게도 내가 그런 존재였으리라고 나는 지금도 확신하고 있어요."

그가 얘기하는 동안 호로로록 하는 새소리가 그쳤다. 그리고 그녀는 그가 언제부턴가 자기 자신을 '저'가 아닌 '나'로 칭하는 걸 느꼈고 그것만으로도 그와의 거리가 좁혀진 듯한 느낌이 들어 기뻤다.

"나는 심지어 나하고도 눈을 마주칠 수 없습니다. 거울을 봐도 내 얼굴에서 분간할 수 있는 게 거의 없죠. 눈동자는커녕 표정, 눈매, 주름 그 어느 것도. 누군가와 눈을 마주칠 수 없는 세상에서는 아무 일도 일어나지 않습니다. 아무것도 발생하지 않아요. 아무도 오지 않습니다. 해가 지면 드리우는 땅거미처럼 자체의 엄격한 가속도로 내 눈에 그물을 찬찬히 드리우는, 도래할 어둠의 시간 외에는 그 어느 것도."

그가 그녀에게 위스키를 마셔도 좋을 만큼 충분히 어두워진 것 같지 않느냐고 물었을 때 그녀는 그렇다고 대답했다. 그는 변압기처럼 아주 적절한 순간에 술의 종류와 도수를 바꾸었고 그녀는 기꺼이 그의 제안에 따랐다. 그가 자신의 방에서 아이스버킷을 가져왔다. 복도 끝 세탁실 앞에 서 있던 달이 물끄러미 그를 바라보다 자기 방으로 들어가는 게 보였다. 어쩌면 그가 달의 슬리퍼 소리를 들었을지도 모른다고 그녀는 생각했다. 그들은 각자의 잔에 위스키를 따르고 얼음을 채웠다. 그녀는 위스키를 마시면서 이런 황혼 무렵이면 그의 내부에서 격렬하게 교차한다는 공포와 환희에 대해 생각했다. 그래서 저녁산책을 할 수 없게 만드는 그 무력함에 대해.

“이를테면 이 정도 전작을 한 후에 위스키를 마시게 되면 말입니다.”

그가 얼음을 채운 잔을 살짝 흔들었다.

“매초 매초 알코올의 메시아가 들어오는 게 느껴집니다.”

그녀는 그후 오랫동안, 술기운이 오를 때마다 그의 이 말을 입속에서 굴려보곤 했다. 매초 매초 알코올의 메시아가 들어오는 게 느껴집니다. 그럴 때면 각각의 음절 하나하나가 작게 각진 얼음 큐브처럼 차갑게 달그락거리는 것 같았다. 매.초.매.초.알.코.올.의.메.시.아.가……

“나는 점점 비인칭이 되어가고 있습니다. 내가 보지 못한다고 아무도 나를 주체로 여기지 않아요. 그걸 받아들이는 게 아직도 때로는 분하고 힘이 들어요. 하지만 가끔은 여전히 명랑한 주체인 양 거울을 보고 명령합니다. 내 안의 장님이여, 시체여, 진군하라!”

그는 씩씩한 소년처럼 한쪽 팔을 쭉 들어올렸다 내렸다.

그들은 그날 저녁을 먹으러 식당에 내려가지 않고 계속 공용 발코니에 머물러 있었다. 달은 저녁을 먹으러 가면서도, 먹고 오면서도 그들이 있는 발코니 쪽을 그냥 지나쳤다. 숲 전체에 깜깜한 어둠이 내릴 때쯤 그들의 정신은 물에 풀린 물감처럼 아득해졌고 그들의 육체는 완전한 모호함 속에 잠겨버렸다. 그날 밤 위현은 자신의 두 손으로 그녀의 두 손을 한참 동안 깍지 끼고 있었다. 손에 땀이 배어 축축해졌다.

“당신은 누굽니까?”

그가 물었다.

"강도처럼 내게서 차분한 체념과 적요를 빼앗으려는 당신은 누굽니까? 은은한 알코올 냄새를 풍기면서 내 곁을 맴돌고 내 뒤를 따르는, 새파랗게 젊은 주정뱅이 아가씨는 대체 누굽니까?"

놀란 그녀가 손을 빼내려 했지만 그는 놓아주지 않았다.

"신도 없는데 이런 나쁜 친절은 어디서 온 겁니까?"

그리고 그는 무엇을 기다리는 듯 아니면 뭔가를 음미하는 듯 잠시 그녀의 냄새를 맡았다.

비에 흠뻑 젖은 그녀의 모습을 보고 사무실 여직원이 놀라 자리에서 일어났다.

"선생님, 왜 이렇게 젖으셨어요? 전화를 주셨으면 모시러 갔을 텐데요."

그녀는 여직원이 내미는 수건을 사양하고 그가 언제 오는지를 물었다.

"어느 분이시라고요?"

그녀가 그의 이름을 말하자 여직원은 벽에 걸린 화이트보드를 보고 고개를 갸웃했다.

"그런 분은 안 오시는데요."

그녀는 그의 이름이 적히지 않은 화이트보드를 뚫어져라 보았다. 여직원이 책상 서랍에서 서류철을 꺼내 뒤적였다.

"그런 분은 올해 아예 입주 신청도 안하셨어요."

그녀는 열쇠를 받아 사무실을 나왔다. 1층 로비를 지나 문을 열고 나와 계단으로 향했다. 비가 들이치는 실외 계단을 올라가 2층 9호 처마 밑에서 열쇠로 문을 열려다 그녀는 등 뒤에 어떤 기척을 느끼고 돌아보았다. 맞은편 공용 발코니에는 아무도 없었다. 발코니 앞 단풍나무가 영원한 작별의 불가피성을 안다는 듯 젖은 손바닥 모양의 나뭇잎을 은밀하게 반짝이고 있었다. 그녀는 문을 열고 비틀거리며 방으로 들어갔다.

실내화 한켤레

오래전에 그들은 같은 여고에 입학했고 2학년 때 같은 반이 되었다. 그들이란 혜련과 선미, 경안, 이렇게 셋이다. 혜련의 원시(遠視) 때문에 그들은 14년이 지난 후에 다시 만날 수 있었다. 그때 그들은 서른두살이었는데 그것 또한 제법 오래된 일이다.

그 만남이 행인지 불행이었는지는 아무도 모른다. 어떤 불행은 아주 가까운 거리에서만 감지되고 어떤 불행은 지독한 원시의 눈으로만 볼 수 있으며 또 어떤 불행은 어느 각도와 시점에서도 보이지 않는다. 그리고 어떤 불행은 눈만 돌리면 바로 보이는 곳에 있지만 결코 보고 싶지가 않은 것이다.

혜련은 거울에 비친 32인치 텔레비전 화면에 경안의 얼굴이 동전만 하게 나온 것을 알아보았다. 혜련은 미용사가 머리의 세트 하나를 풀려고 하는 줄도 모르고 고개를 돌렸다. 텔레비전 화면 왼쪽에는 여성 리포터가 몸을 틀고 앉아 있었고, 그 오른편으로 나이 든 남자 둘과 경안이 카메라를 향해 정면으로 앉아 있었다. 소리를 죽여놓아 리포터가 뭐라고 떠드는지 알 수 없었지만 두 남자와 경안이 동시에 고개를 숙였다 들었다. 리포터가 얘기하는 동안 화면 속의 경안은 눈을 조금 내리깔고 있었다. 화면 아래에 영화 제목과 세 사람에 대한 소개 자막이 떴다. 혜련은 그 자잘한 글자까지도 모조리 읽을 수 있었다. 화면이 바뀌어 카메라가 첫번째 남자의 얼굴을 비추었고 그가 뭐라고 얘기를 했다. 혜련은 뚫어져라 화면을 바라보다 입술을 깨물었다.

"재 나 아는 앤데."

"아시는 분이세요? 유명한 분이신가봐요?"

미용사가 텔레비전을 힐끔 보고 물었다. 혜련은 말없이 고개를 바로 하고 상체를 뒤로 기댔다. 미용사가 세트를 다시 풀기 시작했다. 혜련은 거울에 비친 텔레비전을 계속 지켜보았지만 경안은 더 이상 나오지 않았다. 미용사가 세트를 다 풀었을 즈음에 혜련은 중얼거렸다.

"작가가 됐구나."

"네?"

미용사가 물었다.

"아니에요."

숱이 풍성해 컬이 아주 잘 나왔다고 미용사가 말했다. 혜련은 거울을 보았다. 그날 오전 압구정동 미용실에서는 양쪽 벽면을 빈틈없이 메운 거울들이 맞은편 거울들을 반사하고 있었고, 그 사이를 마치 수족관의 관상용 물고기들처럼 갖가지 색으로 머리카락을 염색한 젊은 미용사들이 길고 투명한 앞치마를 반짝거리며 바삐 흘러다니고 있었다.

혜련이 전화했을 때 선미는 청소를 끝내고 물휴지로 쌍둥이 아들의 축구화를 닦고 있었다. 혜련은 텔레비전에서 경안을 봤다고 얘기했다.

"경안이를?"

—그래, 2학년 때 우리 반이었던 경안이.

"걔가 텔레비전에 나왔다고?"

처음에 선미는 놀랐지만 혜련에게서 대충의 상황을 전해 듣고 흥미를 잃었다. 선미는 귀와 어깨 사이에 무선전화기를 끼우고 다시 축구화를 닦기 시작했다. 쌍둥이는 축구를 좋아했다. 남편은 쌍둥이가 유능한 스트라이커와 미드필더가 될 수 있을 거라고 말했지만 선미는 그 말을 믿지 않았다.

—걔가 시나리오 작가가 됐나봐. 이번에 개봉하는 영화래.

"그래?"

선미는 의례적인 대꾸로 들리지 않도록 목소리 톤을 적당히 조절했다.

—제목이 뭐라더라? 송사리 어쩌고 한 것 같은데.

선미는 매일 닦아 새것처럼 보이는 앙증맞은 축구화 두켤레를 현관에 가지런히 놓고 거실에 깔린 방석 위에 앉았다. 먼지 한톨 없이 깨끗한 22평형 아파트의 작은 거실에는 방석 외엔 아무것도 없었다. 장식장도 소파도, 텔레비전도 오디오도 없었다. 다만 맞은편 벽면에 장롱 한짝만 한 크기로 확대된 그녀의 독사진이 하나 걸려 있을 뿐이었다. 공들여 화장을 하고 진보랏빛 드레스를 빌려 입고 전문 스튜디오에서 찍은 것이라 사진 속의 그녀는 영화배우 못지않게 아름다웠다. 저 때가 언제였더라, 선미는 기억을 더듬었다. 쌍둥이가 두살 때였나, 세살 때였나.

—걔가 수학 잘했잖아? 대학도 좋은 데 가고.

"그랬지."

선미는 생각했다. 그럼 저 때 나는 스물일곱이나 여덟이었나.

—국문과 갔던가?

"아마 그럴걸."

—어쩐지! 그래서 작가가 됐구나. 그럴 거면 수학은 왜 그렇게 잘한 거지?

혜련은 혼자 이런저런 얘기를 떠들었고 선미는 선미대로 자기만의 생각에 빠져 있었다.

—너 잠깐 우리 집에 올래?

혜련의 말에 선미는 정신을 차렸다.

"응, 금방 갈게."

선미는 전화를 끊고 생각해보았다. 예전에 혜련과 경안이 그렇게 친했나. 별로 그런 것 같지는 않았다. 그런데 갑자기 웬 호들갑인가. 작가가 뭐라고. 선미는 자리에서 일어나 거울을 보듯 실물 크기의 자기 사진 앞에 섰다. 남편도 쌍둥이도 없이 찍은 독사진을 보고 있노라면 남편도 쌍둥이도 없던 미혼 시절로 되돌아간 듯한 느낌이 들곤 했다.

선미는 거실에 가족사진을 걸어두는 여자들의 마음을 이해할 수 없었다. 그렇다고 그녀가 남편과 쌍둥이를 사랑하지 않는 건 아니었다. 그저 자기 삶이 두칸의 차량처럼 그들이 존재조차 하지 않았던 시간과 그들이 자기 삶에 끼어든 이후의 시간, 이렇게 둘로만 명확히 분리된다는 생각에 한없이 억울하고 서글플 뿐이었다.

경안은 전화벨 소리에 잠이 깼지만 그대로 누워 있었다. 경안의 집전화는 당시에 유행하던 자동응답 기능이 있는 전화로 그녀는 집에 있거나 없거나 항상 응답기를 켜두었다.

—저는 지금 부재중이니 용건을 남겨주십시오.

메시지가 끝나자 전화가 끊어졌다. 한사코 부재중 메시지를 남기지 않으려는 사람들이 더러 있었지만 경안은 별로 개의치 않았다. 자기 취향에 충실할 때 사람들은 그만큼 한가한 것이고, 부고나 채무, 마감 같은 긴급성이 앞서면 누구라도 메시지를 남기지 않을 수 없는 것이다. 자리에서 일어나 물을 마시고 담배를 피우려는데 다시 전화벨이 울렸다. 경안은 멈춰 서서 부재중 메시지가 끝나기를 기다렸다. 이번에는 전화가 끊어지지 않았다.

—저…… 거기 김경안이네 집 맞나요?

경안은 전화기 앞으로 다가갔다.

—나…… 서혜련인데…… 기억할지 모르겠네. 고등학교 2학년 때 같은 반이었는데.

너무 뜻밖이라 경안은 자기도 모르게 수화기를 들었다.

"여보세요?"

—어머! 놀래라!

"나 경안이야. 너 혜련이라고?"

—그래, 경안이 맞구나. 나 혜련이야.

경안은 잠시 숨을 고르고 말했다.

"오랜만이다."

—그래, 오랜만이야. 내가 오늘 아침에, 그게 몇시쯤이더라, 네가 텔레비전에 나오는 거 봤거든.

"내가?"

—무슨 영화 개봉하는 거 때문에 나온 것 같던데.

그제야 경안은 며칠 전에 영화사 사무실로 케이블TV 프로그램 제작진이 찾아온 걸 기억해냈다. 그때 예의상 감독과 촬영감독 옆에 앉아 있기는 했지만 한마디도 하지 않아서 화면에 나올 줄은 몰랐다. 더구나 그 프로그램을 보고 여고 동창이 14년 만에 연락을 해올 거라고는 꿈에도 생각하지 못했다. 경안은 새삼스레 방송의 위력을 실감했다. 혜련은 방송국과 영화사에 전화해서 경안의 전화번호를 알아내느라 오전 내내 전화기를 붙들고 있었다는 얘기를 했다.

"그랬구나. 정말 반갑다."

—나 지금 누구랑 같이 있는지 아니?

"누구?"

—선미랑 같이 있어.

"박선미?"

—그래.

"둘이 여전히 친한가보구나."

—아니야. 우리도 그동안 연락 끊겼는데 같은 아파트 단지에 살다 우연히 만났어. 한달쯤 됐나? 4월쯤이었지, 선미야? 응, 그때 만났는데 선미는 여기 5년째 살고 있었대 글쎄. 나는 그때쯤에 바로 이사 왔고.

"세상에 그런 우연이 다 있니?"

—그러니까.

"다들 보고 싶다. 너희들 아직도 그렇게 예쁘니?"

혜련이 하하 웃으며 그 말을 선미에게 전해주는 것 같았다. 경안은 조금 불길한 느낌에 사로잡혔는데 아니나 다를까 혜련이 선미를 바꿔주겠다고 했다.

—경안아, 나 선미.

"그래, 선미야, 오랜만이다."

—진짜 오랜만이지? 어떻게 이런 우연이 다 있니?

“그러니까.”

경안은 혜련과 불과 1분 전에 했던 대화를 비슷하게 변주하면서 맞장구를 쳤다. 이럴 때면 시간만 잡아먹는 재미없는 대사를 끝도 없이 쓰고 있는 느낌이었다.

—혜련이가 미용실에 가서 머리하다가 널 봤단다.

“그래.”

—괜히 오늘 아무 일도 없는데 머리가 하고 싶더란다.

“그랬구나.”

—그게 다 너 보려고 그런 거 아니겠니?

“그러게.”

—잠깐만. 혜련이가 바꿔달래.

혜련이 전화를 다시 받더니 물었다.

—경안이 너 오늘 뭐하니?

“나? 오늘 글쎄……”

—너 일 없으면 지금 보자.

“지금? 나 지금 막 일어났는데?”

—지금 막 일어났다고? 세상에, 선미야, 얘는 지금 막 일어났대. 작가라서 다르다. 우리 어떡할까?

그러더니 혜련은 선미의 대답도 듣지 않고 이렇게 말했다.

—보고 싶어 죽겠어. 이따 저녁때 만날까도 생각했는데 도저히 못 기다리겠어.

성질이 급한 건 여전하구나, 경안은 생각했다.

"나 씻어야 하는데."

—너 씻어. 우리가 너희 집으로 갈게. 근데 너 결혼했니?

"아니."

—그럴 줄 알았어. 주소 불러. 찾아갈게.

경안은 엉겁결에 주소를 불렀다.

—여기서 그렇게 멀지도 않네. 우리 택시 타고 한시간 안에 갈 테니까 그동안 대충 씻고 있어. 먹을 것도 사가지고 갈게. 너무 재밌지 않니?

전화를 끊고 나자 경안은 기분이 이상했다. 그들을 만나고 싶은지 아닌지 알 수 없었다. 그리고 혜련이 왜 자기가 결혼하지 않았을 줄 알았다는 건지도 알 수 없었다. 경안은 창문을 열고 담배를 피웠다. 그들이 이렇게 제멋대로인 게 불쾌하기도 하고 유쾌하기도 했다. 어쨌든, 하고 경안은 담배를 눌러 껐다. 셋의 만남은 자기 손을 떠난 문제였다.

고등학교 2학년 때 같은 반이 되었을 때 경안은 그들과 자신이 다르다고 느꼈다. 친하지도 않았고 친해질 가망도 없었기 때문에 굳이 그들과 자신을 일일이 비교하여 쓸데없는 열등감에 빠지지는 않았다. 적당한 거리감을 두고 바라본 그들은 언제 어디서 마주쳐도 싱그럽고 은은한 행복감을 주는 꽃이나 노을 같은 존재였다.

혜련은 학교에서 제일 예쁘다고 소문이 자자한 애였다. 미에 대한 기준이 좀 색다른 애들도 혜련이 제일 예쁜지 어떤지는 몰라도 최소한 세 손가락 안에 든다는 사실만은 인정했다. 혜련은 청담동 개인주택에 살았는데 그 동네는 강남의 큰손으로 물의를 일으켰던 장여인이 살던 동네였다. 나중에 친해진 후에 경안은 딱 한번 혜련의 집에 가보았는데 상상했던 것보다 마당도 그리 넓지 않고 집 안도 왠지 어둡고 어수선해 살림을 틀어잡고 사는 여자가 없는 집이라는 느낌을 받았다. 실제로 그랬는지도 모른다. 혜련은 오빠와 언니가 많은 집 막내딸이었는데, 부모님과 그 많은 언니 오빠들이 뭘 하는지 경안은 알지 못했다. 다만 혜련의 바로 위 언니가 그녀보다 훨씬 예뻐서 음료수 광고에 나온다는 건 알았다. 그건 학교 애들이라면 누구나 알고 있는 사실이었다.

혜련은 원시가 심해 멀리 있는 것은 놀라울 정도로 잘 보는 반면에 가까운 것은 잘 보지 못했다. 그래서 책을 읽거나 필기를 할 때면 안경을 찾아 끼었다. 언젠가 한번은 레스토랑에서 안경을 꺼내기 귀찮아 선미에게 대신 메뉴판을 읽어달라고 했다가 주문 받으러 온 종업원에게 문맹 취급을 받았다는 얘기도 들렸다. 하지만 혜련의 원시는 규모가 큰 디스코텍에 가면 완전히 그 진가를 발휘한다고 했다. 멀리 있는 남자의 좁쌀만 한 얼굴의 수려한 이목구비나 그 옆에 있는 여자의 개미만 한 장신구도 정확히 알아볼 수 있다고 했다. 운동장 조회를 할 때 훈화를 하는 교장의 흰머리에 붙은 파리도 보인다고 했을 정도니 말이다. 혜련은 성질이 좀 급한 편이었는데, 경안은 그녀가 원시라서 그런 게 아닐까 생각했다. 멀리 있는 게 손에 잡힐 듯 가깝게 보이면 아무래도 그 사이의 거리감이 지워지고 단번에라도 관통 가능하게 생각되니까, 시간에 대해서도 그런 것 아닐까.

혜련과 단짝으로 붙어 다녔던 선미에 대해서는 경안이 별로 아는 게 없었다. 선미 또한 예쁜 얼굴임에는 분명했다. 갸름한 얼굴 한가운데 일직선으로 곧게 뻗은 코가 인상적이었는데, 콧대는 곧은데 콧방울이 동그래서 귀엽고 복스러운 느낌을 주었다. 상대적으로 혜련의 코는 오똑하긴 해도 좀 긴 편이었다. 자기 얼굴에서 코의 길이가 가장 불만이었던 혜련은 선미의 귀여운 코를 자주 칭찬했다. 선미는 한때 피부 트러블이 심해 여드름이 이마와 양 볼을 뒤덮기도 했는데, 그것만 아니었다면 굉장히 예쁘게 다듬어놓은 신사임당의 초상과 흡사할 고전적인 동양 미인의 얼굴이었다.

경안은 둘이 항상 등하교도 같이 하고 디스코텍도 같이 다닌다기에 선미도 청담동에 사는 줄 알았다. 언젠가 혜련에게 그런 얘길 했더니 혜련은 골똘한 얼굴로 같은 동네는 안 살고, 하더니 잠시 뒤에, 선미는 주로 압구정동에서 놀아, 하고 말했다. 경안은 그 말을 잘 이해할 수 없었다. 그건 선미가 청담동에도 압구정동에도 안 산다는 말로 들렸다. 뭐 그래봤자 강남이겠지만, 그래도 당시에는 청담동과 양재동이 달랐고 압구정동과 잠실이 달랐다. 경안은 끝내 선미가 어디에 사는지 알아내지 못했고, 그 때문인지 선미는 어딘가 비밀이 많은 아이처럼 보였다.

그들은 각자 커다란 비닐 쇼핑백 하나씩을 들고 경안의 원룸에 들어섰다. 그들은 일단 경안과 호들갑스러운 인사를 나눈 뒤 비닐 쇼핑백 안에 든 것을 부엌의 1인용 식탁 위에 꺼내놓았는데 경안의 눈에 그 품목들은 어떤 일관성도 없는 것처럼 보였다.

술의 경우 와인과 위스키, 캔맥주와 소주가 다 있었다. 안주는 키위와 딸기 같은 과일이 있는가 하면, 햄과 치즈와 견과류도 있었고, 생뚱맞게 감자 양파 호박 고추 마늘 같은 채소도 있었고, 떡심이 박힌 두꺼운 소고기 등심과 찌개용 돼지고기에 갓김치와 깻잎김치가 있었다. 이 모든 주류와 안주류의 비일관성은 알고 보니 일부는 혜련의 집에서 마구잡이로 집어온 것들이고 나머지는 돼지고기 고추장찌개를 끓이겠다는 의도로 그들이 백화점 식품매장에서 사온 것들이어서 그랬다. 갓김치와 깻잎김치는 경안이 냉장고에 넣어두고 먹으라는 그들의 배려였다.

그들은 여전히 예쁘고 늘씬했다. 혜련은 세트를 만 길고 풍성한 까만 머리에 흑백 바둑판무늬 재킷을 입고 허벅지 중간까지 오는 슬림한 흰 반바지에 발목까지 둘둘 감기는 검정 가죽끈 샌들을 신었다. 선미는 밝은 갈색으로 염색한 단발머리에 차이나칼라의 은회색 블라우스를 입고 진회색 플레어스커트에 회색 구두를 신었다. 둘 다 키는 예전부터 컸으니 말할 것도 없고, 혜련은 한눈에도 더 아름다워진 게 느껴졌고 선미는 귀엽던 태를 벗고 우아해졌다. 경안이 그렇게 말하자 혜련이 자기 코를 가리키며 말했다.

"너 귀신이다. 나 코 수술했잖니?"

"코를……?"

당황한 쪽은 경안이었다.

혜련이 하하 웃는 동안 선미가 대신 설명했다. 어느날 혜련이 자고 일어나 거울을 보았는데 갑자기 자기 코가 더 길어진 느낌을 받았다고 했다. 피노키오도 아닌데 코가 자랄 리는 없지만 혜련은 하루 종일 안절부절못하고 틈만 나면 거울을 보았다. 다음 날도, 그다음 날도 잠에서 깨면 거울부터 보았고 그럴 때마다 영락없이 코가 더 길어진 느낌이었다. 일주일 내내 코가 자라는 환각에 시달리다 마침내 코뼈의 길이를 깎기로 결심하고 그날로 성형외과에 가서 수술을 받았다는 것이다. 그런 얘기를 듣고 나서도 경안은 혜련의 코에서 큰 변화를 찾을 수 없었다. 그리고 코 길이가 짧아져서 혜련이 더 아름다워졌다고 느낀 것도 아니었다.

"잘 모르겠는데."

경안의 말에 이번에는 혜련이 직접 나서서 자기 코를 가리키며 말했다.

"처음엔 이것보다 짧았는데, 이게 말이지, 뼈를 깎으면 자란대요. 그걸 염두에 두고 훨씬 짧게 깎았어야 하는데 내가 겁이 나서 조금만 깎았거든. 그랬더니 지금은 거의 원래대로 돌아온 것 같아. 기분 좋을 때 보면 1밀리라도 짧아진 것 같고 기분 나쁠 때 보면 1밀리가 더 길어진 것 같고. 결국 달라진 건 하나도 없는데 내가 그때 그 고생 한 거 생각하면 진짜!"

그들은 경안에게 이 모든 얘기를 해주면서도 좁은 부엌에서 팔을 걷어붙이고 바삐 움직였다. 아무리 부엌이 좁기로서니 그들은 경안에게 뭘 묻지도 않고 척척 냄비며 도마며 칼이며 가위 등을 꺼내 씻고 썰고 잘랐고, 아무리 냉장고가 작기로서니 냉동실 한번 냉장고 한번 쭉 훑어보고는 자기들이 가져온 것을 척척 채워넣고 척척 꺼내다 썼다. 그들이 경안에게 뭔가를 물어본 것은 옷장 옆에 두줄로 쌓아올린 가로세로 60센티미터가량의 목재 수납함 여섯개 중 두개를 바닥에 내려놓아도 괜찮겠냐는 것이었다.

"괜찮긴 한데, 왜?"

"식탁은 너무 좁고, 저거라도 내려놓고 술상 하려고."

그것 참 좋은 생각이었다. 그때까지 경안은 친구들이 오면 바닥에 신문지를 깔고 마셨는데 왜 미처 그런 생각을 못했는지 안타까울 따름이었다. 선미와 경안이 양말과 속옷 등속이 든 수납함 두개를 원룸 한가운데로 들어 옮기자 혜련이 걸레를 가져와 윗면을 닦았다. 선미가 부엌 씽크대 서랍에서 주인으로서는 그런 게 있는 줄도 몰랐던 베이지색 보자기를 꺼내와 술상보로 깔자 혜련이 책상에 놓인 스테이플러로 보자기 네 모서리를 박아 고정했다.

경안은 놀라웠다. 고등학교 때 누가 자신에게 그들이 14년 뒤에 이런 짓을 할 거라고 말해주었다면 도저히 믿지 못했을 것이다. 단언컨대 그들은 그때 부엌칼로 두부 한모 썰어본 적이 없는 소녀들이었다. 평생 그렇게 살 것처럼 보였던 그들이 갑자기 자신의 원룸에 들이닥쳐 감자를 깎고 돼지고기 포장육을 풀고 전기밥솥 뚜껑을 분리해 세척하는 모습이 낯설었다. 물론 그들은 여전히 나비처럼 화사하고 아름다웠지만 14년이라는 시간이 그들의 어딘가를 붙잡아 어딘지 모를 함정에 반쯤 파묻어버린 것 같았다.

경안이 그들과 친해진 계기는 새로 부임해온 수학선생 때문이었다. 작고 늙은 수학이 그만두고 얼굴이 붉고 덩치가 크고 목소리가 걸걸한 중년의 수학이 왔다. 그는 학원에서 잘나가던 단과반 수학 강사였는데 과외금지 조치가 떨어지자 더러워서 학원을 때려치웠다고 했다. 그때 마침 전국수학경시대회에서 학생들이 몹시 저조한 성적을 받아 충격에 빠져 있던 학교 이사회가 수소문 끝에 단과반 수학의 전설인 그를 찾아내어 특별채용 하게 되었다는 게 떠도는 소문의 내용이었다.

산도적처럼 생긴데다 항상 찌든 담배 냄새를 풍기는 수학은 수업을 매우 특별한 방식으로 진행했다. 그는 첫날 들어오자마자 25개의 문제가 출제된 프린트물을 나눠주고 다음 시간까지 풀어오라고 했다. 그가 내준 문제는 어느 참고서나 문제집에도 없는 난이도가 꽤 높은 문제였기에 공부 잘하는 애들이 몇문제씩 나누어 풀고 나머지 애들은 그 답을 베껴 썼다. 그가 다음 시간에 들어와 문제 못 푼 사람은 일어나라고 했을 때 아무도 일어나지 않았다. 그럼 다 풀어왔냐고 그가 물었을 때 아이들은 네, 하고 힘차게 대답했다. 그러지 말았어야 했다. 그 순간 그의 붉고 기름진 얼굴에 떠오른 즐겁고 천진한 미소를 아이들은 졸업할 때까지 잊지 못했다.

수학은 창가 쪽 줄을 가리키며, 여기부터 말이야, 한명씩 나와서 칠판에 문제를 풀어보란 말이야, 했다. 창가 쪽 애들은 사색이 되었다. 그것이 시작이었다. 문제를 전혀 이해하지 못한 첫번째 아이가 문제 풀기를 포기하자 그는 잔인하게 입가를 올리며, 아까는 다 풀었다면서 말이야, 응, 응, 하고 분필가루가 하얗게 묻은 지우개로 그 아이의 머리를 쿵쿵 때렸다. 곳곳에서 놀란 비명이 터져나왔다. 수학은 머리가 하얗게 된 아이에게 책과 소지품을 가방에 가득 채워넣고 뒤로 나가서 가방을 번쩍 들고 있으라고 했다. 다음 아이도, 다음 아이도 지우개로 얻어맞고 머리가 하얗게 되어 가방을 들고 나갔다. 창가 쪽 줄이 초토화되고 그 옆줄 차례가 되었다. 마침내 한 아이가 칠판에 나가 1번 문제의 풀이와 답을 썼다. 제자리로 돌아가려는 아이에게 수학이, 그럼 이제 설명을 해보란 말이야, 했다. 그 아이는 설명을 하려고 했지만 수학은 풀이의 어떤 작은 빈틈도 놓치지 않았다. 여기서 왜 이렇게 되느냔 말이야, 하는 수학의 질문에 아이는 그냥요, 했다가 그 자리에서 지우개로 얻어맞고 가방을 들고 뒤로 나갔다. 수학은 얼굴이 붉으락푸르락해서 게거품을 물었다.

그냥이 어딨냐 말이야, 그냥이? 수학만 그런 게 아니라 이 세상천지에 그냥이 어딨냐 말이야, 그냥이?

아이들은 굳이 문제를 풀고 설명을 하려다 수학의 화를 돋우느니보다는 곧바로 자신의 무능을 실토하고 횡액을 당하는 쪽을 선택했다. 혜련과 선미처럼 예쁜 아이들도 예외가 아니었다. 수업이 끝나갈 즈음 교실 안은 기괴한 풍경으로 변했다. 제자리에 앉아 있는 아이들은 1번과 2번을 가까스로 푼 두명과 경안을 포함해 복도

쪽 끝줄에 앉은 아이들뿐이었다. 교실 뒤편에는 머리에 하얀 분필가루를 뒤집어쓰고 검은 동복을 입고 땀을 흘리며 무거운 가방을 치켜들고 있는 아이들로 발 디딜 틈이 없었다. 마치 흰머리독수리 떼가 깃을 펼치고 날아가려는 장관과도 흡사했다. 경안의 앞에 앉아 있던 아이들도 차례로 지우개로 얻어맞고 그 떼에 합류했다. 자기 차례가 되었을 때 경안은 부들부들 떨면서 앞으로 나가 칠판에 3번 문제의 풀이를 적고 간신히 수학이 만족할 만한 설명을 하는 데 성공했다. 수학이 경안에게 이름을 물었고 어디 김가냐고도 물었다. 경안의 대답에 그는 씨익 웃으며 말했다.

이거 보란 말이야, 우리 김가는 이렇단 말이야.

불행히도 수학과 경안은 동성동본이었다. 그날부터 시작된 경안에 대한 수학의 편애는 졸업할 때까지 계속되었다. 경안은 고등학교 2학년과 3학년 내내 분필가루를 하얗게 덮어쓰는 악몽에 시달리며 수학이 내준 프린트 문제를 푸느라 머리를 싸매야 했다. 그가 그렇게도 가문의 영광으로 내세웠던 자신이 그를 실망시켰을 때 그의 분노가 얼마만 할지 경안은 상상하고 싶지도 않았다. 사정이야 어떻든 자꾸 공부하다보니 실력도 늘어 심지어 수학이 경안을 '미스 매스(Miss math)'라는 애칭으로 부르는 끔찍한 일까지 생겨났다.

누구나 그랬듯이 혜련과 선미도 수학시간이면 공포에 떨었다. 처음에 칠판지우개로 얻어맞고 뒤로 나가 가방을 들고 있었던 날 이후로 혜련은 수학이 있는 날 연달아 결석을 했다. 혜련은 그런 대접을 평생 받아본 적이 없었고 받으리라고 상상해본 적도 없었다. 그러나 언제까지나 계속 결석을 할 수는 없었다. 어느날 혜련은 경안을 찾아와 같이 수학 프린트 문제를 풀면서 자기가 모르는 부분을 좀 가르쳐주면 안되겠느냐고 물었다. 경안은 당연히 그 부탁을 거절할 수 없었다. 그래서 그들은 일주일에 두번 화요일과 금요일에 수업이 끝나면 '하트'로 가서 수학 문제를 풀었다. 그들이란 혜련과 선미, 경안, 이렇게 셋이었고 '하트'는 그들 둘, 혜련과 선미가 자주 가는 레스토랑이었다.

아마 당시에 과외가 허용되었다면 혜련이 경안에게 그런 부탁을 하는 일은 없었을 것이다. 아니, 그랬다면 산도적이 그들의 학교에 부임하는 일도 없었을 것이다. 그리고 그들이 서른두살에 다시 만나는 일도 없었을 것이다. 그러니 이 모든 일은 과외금지 조치 때문이었다고도 할 수 있다.

오후 세시도 안되었으므로 그들은 등심과 마늘을 구워 레드와인을 마시기로 했다. 올리브유와 레몬즙과 허브에 마리네이드했던 고기라 소금 외에 다른 쏘스는 필요하지 않았다. 그들은 와인을 마시면서 그동안 어떻게 살아왔는가 하는 얘기를 했다. 가스레인지에서는 큼직하게 썬 감자와 호박과 양파가 들어간 돼지고기 고추장찌개가 끓고 있었다.

경안은 별로 이렇다 할 만한 사연이 없었다. 대학을 졸업하고 이런저런 아르바이트를 하다 아는 선배를 만나 영화판에 엮여들면서 시나리오를 쓰게 되었고 이번 영화 「송사리 가는 길」이 영화화된 첫번째 시나리오다, 하는 정도였다.

선미의 얘기 또한 그다지 드라마틱하지 않았다. 대학을 졸업하고 명품 브랜드 매장에서 일하다 지금 남편을 만나 결혼했고 일곱 살 된 아들 쌍둥이가 있다고 했다. 남편이 항공기 조종사여서 오랫동안 집을 비우는 일이 많고 쌍둥이를 돌봐주는 아주머니가 있어서 외출이 자유로운 편이라고 했다. 그런데 이상하게도 남편과 쌍둥이 얘기를 할 때 선미의 얼굴에는 오래전에 죽은 가족 얘기를 할 때와 같은 불가해한 회한이 스쳐 지나갔다. 공연히 비밀이 많은 척하는 건 여전하다고 경안은 생각했다.

경안의 기대와 달리 혜련의 이력 또한 특별한 게 없었다. 혜련은 전문대를 간 탓에 학교도 대충 다니다 말았다고 했다. 고3 때 반이 갈렸기 때문에 경안은 혜련이 전문대에 간 줄 몰랐다. 물론 선미가 어느 대학에 갔는지도 몰랐다. 둘에게 수학을 가르쳐본 바로는 선미가 혜련보다 더 나은 대학에 갔을 가능성은 높지 않았지만, 그건 뭐 알 수 없는 일이었다. 혜련은 전문대를 그만두고부터는 그냥 쭉 놀았다고 했다.

"나 노는 거 무지 좋아하잖아?"

그렇게 놀다 누군가의 소개로 지금 남편을 만나 결혼했고, 2년 동안 대전에 살다 남편이 서울로 직장을 옮기면서 지난 3월에 압구정동으로 이사 왔고, 그러다 우연히 선미도 만나게 되었다고 했다. 남편은 의사고 아직 아이는 없다고 했다. 잠시 침묵이 흘렀다.

혜련이 남은 와인을 비우더니 불쑥 이렇게 말했다.

"우리 남편 싸이코인 건 얘가 잘 알아."

선미가 그건 그렇지 하는 표정을 지었다.

"배불러서 이제 위스키 마셔야겠다."

혜련이 와인잔을 내려놓자 선미가 일어났다.

"그럴래?"

선미는 부엌으로 가 찌개 냄비를 열어보고 식탁에서 양주병을 가져왔다.

"고추장찌개 다 돼간다."

"그럼 소주 마셔야 되는 거 아냐?"

경안의 말에 혜련이 하하 웃었다.

"얘는 아직 아줌마가 아니어서 모른다."

"그러게."

선미도 미소를 지었다.

"왜?"

경안은 자기가 뭘 모르는지 몰랐다.

"우리 아줌마들은 그런 거 없어. 위스키에 고추장찌개가 어때서? 우리 저번에는 위스키에다 뭐 먹었더라, 선미야? 되게 이상한 거였는데?"

"멍게였나? 낙지였나?"

"낙지! 산낙지였다, 산낙지. 포장마차에서 산낙지 사가지고 와서 위스키랑 먹었잖아."

"그런 것 같네. 저번엔 또 왜 계란찜에다 꼬냑도 먹었잖아?"

"맞아. 근데 은근 맛있었어. 그치?"

"괜찮았지."

둘의 대화를 들으며 경안은 말없이 레드와인을 마셨다. 혜련이 등심 한조각을 집어 경안의 코앞에 내밀었다. 경안이 어색하게 입을 벌리자 혜련이 윙크를 하고 등심을 입에 넣어주었다. 등심을 씹자 육즙 사이로 레몬과 허브향이 화하게 퍼졌다. 순간 경안의 기억 속에서 주황색 바탕에 흰 물방울무늬가 찍힌 우산이 활짝 펼쳐졌다. 어쩌면 그 기억 때문에 이들을 만나고 싶지 않았는지도 모른다는 생각이 들었다.

어느 비 오는 날 수업이 끝난 뒤였다. 수학을 공부하기로 한 날이라 경안은 그들 뒤를 따라 교실을 나왔다. 그들은 웃고 떠들며 계단을 내려갔다. 현관에 도착했을 때 선미가 경안을 보더니 난감한 표정을 지으며 혜련을 살짝 쳤다. 혜련이 돌아보자 선미가 눈짓을 했다. 혜련이 뭔지 모르겠다는 얼굴로 선미와 경안을 번갈아 보았다. 그러자 선미가 혜련을 한쪽 구석으로 데려가 귓속말을 했다. 둘은 잠시 소곤거렸다. 그동안 경안은 실내화를 벗고 구두로 갈아 신었다. 잠시 후 선미가 와서 자기들은 오늘 약속이 있어서 수학을 못하게 됐다고 말했다. 경안은 그러냐고, 알았다고 했다. 그 옆에서 혜련이 굳은 얼굴로 그럼 여기서 헤어져, 하고 말했다. 선미가 웃으면서 내일 보자고 손을 흔들었고 경안도 손을 흔들었다. 혜련은 계속 경안을 외면한 채 말없이 신을 갈아 신었다. 그들은 주황색 바탕에 흰 물방울무늬가 있는 우산을 같이 쓰고 갔다. 백팩을 메고 춘추용 교복인 흰 블라우스에 검정 스커트, 흰 양말에 까만 단화를 신고 막대기처럼 늘씬한 종아리로 빗속을 걸어가는 그들의 뒷모습을 경안은 안 보는 척 지켜보았다. 춤추러 가는구나. 그들의 모습이 사라지자 경안은 차가운 공기를 뿜어내는 시멘트 벽으로 둘러싸인 넓고 휑뎅그렁한 현관에서 자신이 벗어놓은 실내화 한켤레를 오랫동안 가만히 내려다보며 서 있었다.

그들은 돼지고기 고추장찌개에 위스키를 마시며 주로 학교 때 일을 얘기했다. 그중 가장 흥미진진한 얘기는 수학에 관련된 얘기였고 그다음은 담임 얘기였다.

"십계명 사건 생각나?"

혜련이 물었다.

"생각나지 그럼."

선미가 말했다. 경안도 고개를 끄덕였다. 잊으려야 잊을 수 없는 사건이었다.

언제부턴가 반에서 도난사고가 자주 발생하자 담임은 도둑 잡기에 혈안이 되었다. 그러다 모종의 확신을 얻게 된 담임은 어느날 종례시간에 들어와 도둑으로 의심되는 아이를 일으켜세워 십계명 중 일곱번째 계명을 외워보라고 말했다. 자기가 도둑으로 의심받는 줄 까맣게 몰랐던 그 아이는 광신도인 담임이 자기를 테스트하려는 줄로 알고 자기가 얼마나 성경 공부를 열심히 했는지를 증명하기 위해 큰 소리로 대답했다. 간음하지 말라입니다! 그때 그 순간은 언제 돌이켜 생각해도 너무나 숨 막히고 그로테스크했다.

"담임이 그때 막 말 더듬으면서, 아니, 그거 말고 다른 거, 그거 그거 몇번째지, 그거, 하면서 얼굴이 새빨개졌지."

"그랬지."

"근데 도둑질하지 말라가 몇번째 계명이었던 거야?"

"간음하지 말라 바로 앞인가 뒤였어."

"걔 학교 그만뒀지?"

"다음 날부터 안 나왔지."

"걔가 진짜 도둑이었을까?"

혜련의 말에 선미가 침착하게 대답했다.

"아마도."

얘기는 더 오래전으로 거슬러올라가 혜련과 선미는 중학교 다닐 때 자신들의 우상이었으며 중3 때 내한공연을 했던 미소년 싱어 레이프 개럿에 대한 얘기를 했다. 같은 중학교를 나온 그들은 수업이 끝난 후 공연장에 못 간 한을 푸느라 교실에서 공연 실황 테이프를 틀어놓고 오른손목에 손수건을 묶고 춤을 추었다고 했다. 얼른 커서 디스코텍에 가서 마음껏 춤추고 노는 게 유일한 소원이었던 소녀들로 넘쳐나던 80년 6월의 강남을 생각하자 경안은 기분이 이상해졌다.

혜련과 선미는 생각난 김에 그때처럼 손수건을 오른손목에 묶고 신나게 「아이 워즈 메이드 포 댄싱」과 「써핀 유에스에이」를 불렀고 충동적으로 오늘밤에 춤을 추러 가자고 경안에게 제의했다. 경안은 좋다고 했다. 그러려면 너무 취해선 안되므로 그들은 당장 주종을 캔맥주로 바꿨다. 그들은 경안의 옷장을 뒤져 나이트클럽에 입고 가도 좋을 만한 옷들을 찾아냈다. 경안의 복장은 흰 탱크톱에 푸른 카디건, 짧은 진 반바지로 결정되었다. 경안은 알딸딸한 채 눈을 감고 그들이 짙은 화장을 해주고 머리에 젤과 무스를 발라주는 대로 앉아 있었다. 마지막으로 혜련이 가방에서 커다란 링 귀고리를 꺼내 경안에게 걸어주었다.

혜련과 선미는 너무 애들 판도 아니고 늙은이 판도 아닌 적당한 물의 나이트클럽을 고르느라 고심했고 마침내 R호텔 나이트에 가기로 결정했다. 그들은 저녁 여덟시쯤 콜택시를 불러 타고 R호텔로 갔다. 택시비도 나이트 입장료도 술값도 모조리 혜련이 냈다. 옛날에 '하트'에서 수학 공부 할 때도 밥값이며 맥줏값을 모두 혜련이 냈던 걸 경안은 기억했다.

경안은 나이트에서의 일을 반 정도밖에 기억할 수 없었다. 처음 입장했을 때 도를 넘는 굉음에 깜짝 놀랐던 것과 빠바로띠를 닮은 외국인 남자가 몇번이나 그들 자리로 와서 혜련에게 수작을 부리던 일, 당시 유행하던 노래가 나오자 사람들이 열광적으로 노래를 따라 부르면서 그에 맞는 춤동작을 일사불란하게 하는 모습이 번갯불 같은 싸이키 조명 아래 드러나던 것과 노래가 끝나면 일제히 질러대던 비명인지 함성인지 모를 왁 하는 소리들이었다. 경안은 춤을 많이 추지는 않았지만 그래도 가끔씩 무대에 끌려나가 격렬하게 몸을 흔들어댄 덕분에 한시간쯤 지나자 술이 많이 깼다.

녹초가 된 경안과 혜련은 테이블에서 맥주를 마셨고 선미는 조금도 피곤하지 않은 얼굴과 몸짓으로 무대에 춤을 추러 나갔다. 혜련이 이렇게 만나서 너무 좋다고 고래고함을 질렀다. 경안도 맞받아 나도 좋다고 고함을 질렀다. 둘은 고함을 지르며 대화를 나누었다. 그때도 이렇게 같이 왔으면 좋았지 않냐고 혜련이 말했고 경안이 언제 말이냐고 물었다. 고등학교 때지 언제야? 경안은 잠자코 맥주를 마셨다. 한번도 같이 가자고 권유한 적도 없으면서 이런 말을 하는 혜련을 이해할 수 없었다. 무대 조명이 파파파팟 소리를 내며 좁은 원뿔 형태로 갈라지는 틈새로 선미가 빠바로띠와 같이 춤추는 모습이 보였다. 혜련이 다시 소리를 질렀다. 넌 어쩜 그렇게 수학을 잘할 수가 있니? 경안은 웃었다. 우리 되게 한심했지? 응? 넌 공부 잘했으니까 우리처럼 놀고 텍이나 다니는 애들 한심했을 거 아냐? 아니야. 아니긴 뭐가 아니야? 진짜 아니야. 다 알아. 경안은 아닌데, 하고 말했다. 혜련이 새빨갛게 칠한 입술을 삐쭉거렸다. 그래서 안 간다고 했던 거잖아? 경안은 멀뚱히 혜련을 보았다. 너 다 까먹었구나. 뭘? 그때 비 온 날 기억 안 나지? 경안은 혜련 옆으로 다가앉아 귀에 대고 소리쳤다. 너랑 선미랑 주황색 바탕에 흰 물방울무늬 있는 우산 같이 쓰고 간 날? 혜련이 눈을 크게 떴다. 엄청나게 눈화장을 한데다 원래 큰 눈을 더 크게 뜨니 얼굴의 반이 눈이었다. 「베티 블루」에 나오는 베아트리스 달과 닮았다고 경안은 생각했다. 그 우산 참 예뻤는데 누구 거였어? 내 거. 그랬구나. 혜련이 경안의 손을 잡았다. 너 진짜 우리 무시 안했어? 경안이 꽥 소리를 질렀다. 난 니들이 부러웠어! 혜련이 경안을 껴안았다. 오늘 너를 만나서 너무 좋아!

클럽에서 나오자마자 혜련은 술이 다 깼다며 경안에게 집에 가서 남은 술을 더 마시자고 소리를 질렀다. 경안은 좋다고 했다. 그런데 선미가 망설이는 기색을 보였다. 혜련이 경안의 귀에 대고 아마 남편과 쌍둥이 때문일 거라고 소리를 질렀다. 그러나 그건 오해였다. 선미는 경안의 원룸에 가는 걸 망설인 게 아니라 거기 가기 전에 밖에서 좀더 놀다 가기를 원하고 있었다. 그래서 그들은 선미가 잘 아는 언니가 하는 방배동 까페에 가서 한잔 더 하기로 했다. 혜련은 선미가 얼마나 발이 넓은지 모른다고 경안의 귀에 대고 소리를 질렀다. 경안은 혜련이 술이 다 깬 게 맞는지, 아직도 시끄러운 나이트클럽에 있는 걸로 착각하고 있는 건 아닌지 의심스러웠다.

방배동 까페에서 보드카를 마시기 시작하면서부터 경안의 기억은 다시 끊겼다. 처음에는 혜련과 경안, 선미, 이렇게 셋이 술을 마셨다. 혜련은 수학에 대한 트라우마가 컸는지 계속 경안의 수학 실력을 칭찬했고 선미도 고개를 끄덕였다. 혜련이 이렇게 자주 만나서 놀자고 하자 선미도 적극적으로 동의했다. 까페 언니가 합류하면서, 까페 언니와 선미, 혜련과 경안, 이렇게 두패로 나뉘어 얘기를 했다. 혜련은 경안에게 자기 남편이 얼마나 싸이코인지를 증명하기 위해 남편이 저지른 갖가지 기행을 나열했는데, 경안으로서는 그가 싸이코라기보다 알코올중독이 아닌가 의심되었다. 그가 저지른 몹쓸 짓은 언제나 취해서 한 짓이었고, 경안은 영화판에서 만취하면 그보다 서너배는 더 지독한 짓을 하는 사람을 열명쯤은 너끈히 댈 수 있었다. 그런 경안의 생각에 혜련은 놀라워하면서, 선미도 그랬는데, 우리 남편처럼 이상한 싸이코는 처음 본다고, 하고 말했다.

언제 나타났는지 까페 하는 언니의 애인이라는 남자가 합류했다. 그는 얼굴이 거무스레하고 덩치가 큰 삼십대 중반의 남자였는데, 혼혈이 아닐까 싶을 정도로 이국적인 마스크였다. 그가 술자리에 끼자 여자들만 있던 때와는 다른 흥취가 끓어올랐다. 보드카 두 병을 마신 뒤 혜련이 계산을 했고, 그들은 까페 문을 닫고 경안의 원룸으로 몰려갔다. 그 와중에 언니의 애인이라는 남자가 어디서 회까지 떠왔으므로 그들은 원룸에 남아 있던 소주병을 줄줄이 땄다. 그런데 어쩐 일인지 까페 하는 언니의 모습은 보이지 않았다. 경안은 언제 쓰러졌는지도 모르고 쓰러졌다.

경안은 정오가 다 되어갈 즈음 일어났다. 남자는 가고 없었고, 그녀와 혜련과 선미, 이렇게 셋만 남아 있었다. 술을 섞어 마신 탓에 머리가 아팠다. 경안은 뜨거운 물에 커피가루만 넣고 타서 훌훌 마시며 담배를 피웠다. 담배 냄새 때문인지 혜련과 선미도 자리에서 일어났다. 짙은 화장을 하고 잔 탓에 둘 다 팬더 같은 얼굴이었다. 혜련은 물을 마시고 다시 드러누웠고 선미는 주섬주섬 주변을 치우기 시작했다.

"내버려둬."

경안의 말에 선미도 손을 놓았다.

"커피가루밖에 없는데, 그거라도 타줄까?"

그 말에 혜련이 끙 소리를 내며 일어나 앉았다.

"그래, 일단 그거라도 마시고 우리 해장하러 나가자."

경안이 커피 두잔을 끓여왔다. 그들 셋은 회와 초장과 쌈들이 흩어져 있는 어지러운 빨레뜨 같은 술상에 둘러앉아 커피를 마셨다.

"어제 어떻게 된 거니? 난 막판에 기억이 하나도 안 나."

혜련이 말했다.

"나도 잘 기억이 안 나."

경안이 말했다.

"나는 다 기억 나."

선미가 야무지게 말했다.

"대단하다, 박선미!"

혜련이 감탄했다.

"근데 그 남자는 왜 여기까지 따라온 거니?"

선미가 물었지만 아무도 대답하지 않았다. 그건 기억이 생생한 선미가 더 잘 알 일이었다.

"그보다 그 언니는 언제 간 거야?"

경안이 물었다.

"그 언니는 처음부터 그냥 가겠다고 했어. 근데 그 남자만 우리를 따라온 거야."

선미는 이렇게 말하고 입을 꼭 다물었다. 혜련은 머리가 아픈지 손을 들어 이마를 꾹꾹 눌렀다.

"커피 더 줄까?"

둘이 됐다고 해서 경안은 자기가 마실 것만 더 타왔다. 해갈을 하려면 다섯잔은 더 마셔야 할 것 같았다.

"이런 얘기 해도 되나?"

선미가 조심스럽게 입을 열었다.

"무슨 얘기?"

"나 어제 그 언니한테 기막힌 얘기를 들었거든."

"해봐."

혜련이 심드렁하게 말했다.

"그 남자, 엄청 지독한 성병에 걸렸대."

"뭐?"

경안은 깜짝 놀랐다. 혜련도 눈을 크게 떴다. 눈화장이 번져 더 베티 블루처럼 보였다.

"처음엔 그 언니도 몰랐다나봐. 그러다 밑이 너무 이상해서 병원에 가봤더니 그 병이 옮았더래."

"하, 참."

"더 기막힌 건," 하면서 선미가 혜련을 보았다. 혜련은 아름답고 멍한 눈으로 선미를 보고 있었다.

"그게 너무 지독한 균이라서 그 언니가 결국 자궁까지 다 들어내버렸다는 거야."

"자궁까지?"

경안은 술이 확 깨는 것 같았다.

"자궁이 다 녹아내릴 정도로 무서운 성병이었대."

"아, 미친놈!"

경안은 그런 놈을 집에 들여놓은 게 화가 났다. 그놈이 집 안 구석구석에 그 몹쓸 병균을 점점이 떨어뜨려놓은 게 아닐까 싶어 불안했다.

"그런 얘길 왜 지금 해?"

"그럼 그 남자가 안 가고 계속 버티고 있는데 어떻게 해?"

"커피 마시고 변기부터 닦아야겠다."

선미가 고개를 끄덕였다.

"그래, 그러는 게 좋겠다."

"그 언니라는 여자는 왜 아직도 그따위 놈을 만나고 있는 거야?"

"글쎄……"

경안은 선미가 뭔가 더 말해줄 줄 알았지만 그냥 그러고 그만이었다. 혜련은 말없이 커피잔을 돌리면서 커피잔 속을 들여다보고 있었는데, 그렇게 가까운 것을 본다는 건 혜련이 아무것도 보고 있지 않다는 뜻이었다. 그들에게야 이 정도 일이 대수롭지 않은지 몰라도 경안은 점점 신경이 곤두서는 걸 느꼈다. 그 남자가 마신 술잔, 젓가락, 앉았던 자리, 누웠던 자리, 덮었던 이불까지를 생각하자 경안은 참지 못하고 자리에서 벌떡 일어나 욕실로 달려들어갔다. 고무장갑을 끼고 락스를 풀어 변기를 닦았다. 바닥도 락스를 풀어 닦고 샤워기의 뜨거운 물로 벽까지 씻어내렸다. 그 남자가 썼을지도 모르는 수건은 쓰레기통에 버렸다. 경안이 땀을 흘리며 나왔을 때 거실에는 선미 혼자 앉아 있었다.

"혜련이는?"

"갔어."

"어딜?"

"집에."

경안은 어리둥절했다.

"혼자?"

"응. 너 변기 닦으러 가자마자 가겠다고 일어나더라."

"해장하자더니."

"그럴 기분 아니래."

"그래?"

그들은 잠시 동안 잠자코 앉아 있었다. 혜련이 왜 말도 없이 가버렸는지, 선미는 또 왜 같이 가버리지 않았는지 경안은 이해할 수 없었다. 머리가 지끈지끈 아팠고 세상이 지겨워졌다. 경안은 문득 이물감을 느끼고 귀에 걸려 있던 커다란 링 귀고리를 뺐다.

"오늘 새벽에," 하고 선미가 경안을 힐끔 보았다.

"새벽에 뭐?"

"무슨 소리 못 들었니?"

"무슨 소리?"

"아니야."

"무슨 소리?"

선미는 말없이 앉아 있다 자리에서 일어났다.

"나도 그만 가볼게."

경안은 선미를 올려다보았다.

"덕분에 잘 놀았어, 경안아."

선미는 가방을 메고 현관에서 회색 구두를 신었다. 경안이 일어나 현관 쪽으로 가자 선미가 문을 열려다 말고 뒤를 돌아보았다.

"혜련이가 너무 걱정돼, 경안아. 아직 애도 없는데."

이렇게 낮게 속삭이듯 말하고 선미는 돌아서서 문을 열고 나갔다. 블라우스와 치마가 심하게 구겨져 있었다. 그것이 그나마 선미에 대한 경안의 참을 수 없는 경멸감을 다소 누그러뜨려주었다.

그후로 혜련에게서는 아무 연락이 없었다. 선미는 경안에게 서너번쯤 전화를 걸어 자기 집에 한번 놀러 오라고 했다. 그래서 경안은 압구정동을 지나는 길에 선미네 아파트에 들러 잠깐 커피를 마신 적이 있었다.

선미네 집은 그 단지 내에서 가장 작은 평형의 아파트였고 건물 외관도 깨끗하지 못했다. 하지만 집 내부는 병실처럼 청결했다. 거실에는 방석 두개 말고는 아무것도 없었다. 선미가 쟁반에 찻주전자와 찻잔을 받쳐와 허브차를 만들어주었다. 경안이 차의 향이 좋다고 말하자 선미가 방배동에서 까페 하는 언니가 준 것이라고 했다. 그 언니는 아직도 거기서 까페를 하느냐고 묻자 아마 그럴 거라고 했다. 경안이 그 언니와 그 남자는 헤어졌느냐고 물었더니 그건 잘 모르겠다고 했다. 경안은 선미가 혜련에 대해 뭔가 얘기하고 싶어한다는 느낌을 받았다. 하지만 어쩐 일인지 경안이 먼저 묻지 않으면 절대 먼저 얘기하지 않을 듯한 태도를 취하고 있었다. 사소한 것을 두고 오기를 부리는 소녀들처럼 경안도 혜련에 대해 묻지 않았고 선미도 혜련의 얘기를 꺼내지 않았다.

"네가 작가라니까 하는 말인데,"

선미가 뜬금없이 말했다.

"나 어렸을 때 오빠 둘이 한꺼번에 죽었어."

"그래?"

큰오빠는 고등학생, 작은오빠는 중학생이었다고 했다. 어떻게 죽었는지는 말하지 않았다. 경안도 묻지 않았다. 사람들이 작가 앞에서는 왜 이런 얘기를 털어놓아야 한다고 생각하는지 경안은 의아했다. 말없이 선미의 얼굴을 바라보던 경안은 불현듯 이상한 느낌에 사로잡혔다. 자신의 원룸에서 레드와인을 마시며 남편과 쌍둥이 얘기를 할 때도 선미는 지금과 비슷한 표정이었던 것 같았다.

경안은 급히 허브차를 마시고 자리에서 일어났다. 실물 크기로 확대된 선미의 독사진이 섬뜩하게 경안을 마주 보고 서 있었다.

"예쁘게 나왔다."

경안의 말에 선미도 사진 속의 자신을 물끄러미 바라보았다. 경안은 혜련도 이 집에 와봤을까 궁금했다. 둘이 우연히 만난 지 한달쯤밖에 안됐다니 못 와봤을 수도 있다. 설사 혜련이 이 집에 와봤다 해도 이렇게 가까운 거리에서라면 선미의 사진이 예쁘게 나왔는지 섬뜩하게 나왔는지 도무지 알아볼 수 없었을 거라는 생각도 들었다.

현관에서 신을 신을 때 경안은 한쪽에 가지런히 놓여 있는 두켤레의 축구화를 보았다. 모래알 하나 묻지 않은 축구화는 일곱살 아이들이 신기에는 너무 작은 크기였다.

"잘 가."

선미가 말했다. 경안은 돌아서서 뭔가를 물어보려다 그대로 현관문을 열고 나왔다. 드디어 14년 만에 선미가 압구정동에 산다는 걸 알아냈지만, 그녀가 그 집에서 누구와 함께 살고 있는지를 알아내는 데는 끝내 실패했다. 단지 그 때문은 아니겠지만, 경안은 압구정동 아파트 단지를 도망치듯 빠져나오면서 선미를 휘감고 있는 묘한 분위기가 비밀스러운 안개라기보다 치명적인 가스에 가깝다는 생각을 했다.

그후로 가끔 경안은 서랍을 열다 커다란 링 귀고리를 발견하면 한번씩 걸어보곤 했다. 혜련이라면 아무리 먼 거리에서도 이게 자기 귀고리라는 걸 알아볼 텐데. 하지만 바로 눈앞에서 달랑거리면 전혀 알아보지 못할 것이다. 스스로도 그렇다고 경안은 생각했다. 선미가 자기를 집으로 불러 하려던 얘기는 어쩌면 혜련의 얘기가 아니었을지도 모른다고, 그러나 자기는 끝내 그게 무엇인지 묻지 않았고 그녀가 뭔가를 얘기하려 했는데도 끝내 들으려 하지 않았다고.

이 모든 일은 오래전에 있었던 일이고 이제 귀고리도 어디론가 사라지고 없으며 지금까지 경안, 혜련, 선미, 이렇게 셋은 다시 만난 적이 없다.

총

그는 인태초밥의 문을 열고 청소를 시작했다. 바닥과 바와 테이블을 닦고 수저통과 술잔, 냅킨박스를 적당한 자리에 놓았다. 바의 왼쪽 끝자리에서 낯선 휴대폰을 발견했다. 켜보려 했으나 방전되었는지 켜지지 않았다. 그는 휴대폰을 카운터 서랍에 넣고 손을 씻고 횟감을 손질했다. 이 회를 숙성시켜 만든 초밥을 팔고 나면 그는 가게를 닫을 것이다. 마지막 횟감이 될 재료들을 그는 깨끗한 수건에 말아 랩으로 감싸 차곡차곡 냉장고에 넣었다. 다시마를 넣어 밥을 짓고 계란말이를 하여 틀을 잡고 연어에 얹을 쏘스를 만들고 문어를 삶아 썰고 한우 살치살에 후추와 올리브유를 발라두었다.

일을 마치고 그는 바 안쪽에 서서 5년 동안 해온 가게를 둘러보았다. 인태초밥은 그가 두번째 차린 가게였다. 첫번째 이자까야를 열 때도 지금처럼 조그만 가게로 시작했다. 최고급 재료를 썼고 모든 걸 직접 만들었다. 단무지와 생강절임조차도 납품받지 않았다. 대신 가격은 비싸게 받았다. 처음엔 고전을 했다. 1년 만에 몸무게가 10킬로그램 넘게 찌고 근육이 다 녹았다. 매일 새벽 집에 들어가면 라면을 두개 끓여 먹고 커다란 빵을 끝도 없이 뜯어 먹으며 어디를 여행할까 궁리하다 잠이 들곤 했다. 5년의 임대계약이 끝난 뒤 그는 제법 돈을 벌었다. 그는 1년 동안 운동만 하면서 국내 곳곳을 여행했다. 몸무게와 근육량이 예전으로 돌아왔다. 다시 인태초밥을 연 것이 5년 전이었다. 초밥만 파는 게 한결 손이 덜 가고 자리 회전율이 높았지만 술 매상은 적었다. 그는 국산 소주는 팔지 않고 일본 맥주와 사께만 팔았다. 그래도 올 사람은 왔다. 이제 가게를 접고 나면 그는 세계 곳곳을 여행 다닐 생각이었다. 오래 걷고 하루 종일 수영하고 며칠씩 산에 오를 수 있는 곳에 갈 것이다.

가게 유리로 초가을 저녁의 햇살이 깊숙이 비쳐 들었다. 허공에 매달아둔 지푸라기 복어의 윤곽이 노랗게 물들었다. 초…… 초…… 그의 입속에서 어떤 말이 초조하게 맴돌다 사라졌다. 그는 고개를 휙 내젓고 칼집에서 칼을 꺼냈다. 물에 적신 숫돌 위에 칼날을 비스듬히 누여 손힘을 균등하게 주면서 1초에 한번씩 스삭 스삭 규칙적으로 날을 갈았다. 칼을 다 갈고 검지 끝으로 날을 누르듯이 쓸어내렸다. 검지 아래에서 얇고 날카로운 칼날이 숨죽여 도사리고 있는 긴장감이 좋았다. 그는 다음 칼을 꺼내 갈았다. 스삭 스삭.

누군가 문을 열고 들어왔다. 얇고 긴 코트를 입은 남자였다. 허공에 매달린 복어처럼 남자의 형상도 햇살에 노랗게 물들었다. 아직 영업 전이라고 말했지만 남자는 아랑곳없이 들어와, 어제 놓고 간 게 있는데, 하며 주위를 두리번거렸다. 휴대폰이겠거니 짐작하면서도 그는 뭘 놓고 가셨느냐고 물었다.

"성냥이오."

"성냥……이오?"

라이터도 아니고 성냥이라니.

"이 집에 놓고 간 것 같아요. 어젯밤에 제가 여기 온 거 아시죠? 저 자리에 앉았는데. 후배하고 둘이서."

남자가 가리킨 자리는 바의 왼쪽 끝, 휴대폰이 발견된 자리였다. 성냥은 아니었다. 가게 내부에는 여덟명이 빼곡히 앉을 수 있는 바와 세개의 테이블밖에 없었다. 바의 끝자리에는 주로 혼자 온 손님들이 앉았다. 그는 기억을 더듬었지만 남자가 어젯밤 거기 앉아 있었는지 확신할 수 없었다.

"어제 여기 오신 게 확실합니까?"

"여기…… 왔던 것 같은데."

남자는 의외로 자신 없는 투로 말했다.

"성냥은," 그는 이 말에 힘을 주어 말했다. "못 봤는데요."

"그럼 제가 성냥을 휴게소에 놓고 왔단 말씀입니까?"

"휴게소……요?"

"분명히 여기 아니면 휴게소 둘 중 한군데예요. 제가 착각했다면 성냥은 여기 없고 죽전휴게소에 있는 거겠지요."

그로서는 알 수 없었다. 남자가 그만 가주었으면 싶었다. 계속 칼을 갈고 싶었다. 그때 스피커에서 그 노래가 흘러나왔다. 「돈데 보이」였다. 초…… 초……

초추의 양광.

입안에서 줄곧 맴돌던 말이 튀어나왔다. 초추의 양광 같은 목소리죠,라고 그녀는 말했다. 그가 못 알아들은 기색이자, 말하자면 우리를 슬프게 하는 목소리라는 뜻, 하고 설명했다. 나중에 그는 초추의 양광과 「돈데 보이」를 검색해보았다. 「우리를 슬프게 하는 것들」과 멕시코 가요. 안톤 슈나크와 띠시 이노오사. 오래전에 외운 이름인데도 잊히지 않았다. 얼마나 오래 입에서 굴렸던 이름들인가. 돈데 보이가 돈과 상관이 없다는 걸 안 후에도 그는 자꾸 그 노래만 들으면 돈 생각이 났다. 돈과 절대 상관이 없는, 그런 게 또 어디 있겠나, 그는 생각했다. 왜 그때 일이 떠오르는지. 노래 때문이기도 하고, 아마 가게를 접으려니 온갖 생각들이 밀려오는 듯도 했다. 그러나 정작 그를 불쾌하게 하는 건, 초추의 양광과 비슷한, 그러나 아주 상스럽고 고약한 말이었다. 그는 고개를 휙 내젓고 남자를 보았다. 남자는 어느 틈에 바의 스툴에 앉아 턱을 괴고 노래에 귀를 기울이고 있었다.

"무슨 성냥인지 몰라도 여긴 없습니다. 청소할 때 성냥 같은 건 본 적이 없어요."

그는 이렇게 말하고, 바빠서 이만, 하는 표정으로 칼을 집었다.

스삭스삭. 낙엽이 딱딱한 아스팔트 위를 구르는 소리가 났다. 한동안 남자는 말이 없었다. 그가 칼 하나를 다 갈고 힐끗 보자 남자는 기묘하게 찡그린 얼굴로 그를 마주 보았다. 「돈데 보이」가 끝났다.

"그게 내 탓은 아니잖아요? 그게……"

남자는 울려는 것처럼 보였다. 그러니까 남자는 잃어버린 성냥 때문에 울려는 것인가. 아니면 노래 때문에. 아니면 어떤 오래된 두려움, 어떤 원한 때문에. 오래전에 잃어버린 초추의 양광을 듬뿍 받은 흙 같은 어떤 따스함 때문에.

그가 그녀를 만난 건 스물아홉살 때였다. 그는 스물여섯살부터 헬스 트레이너로 일했다. 그가 처음 일하게 된 헬스클럽의 팀장은 그의 얼굴과 온몸을 자세히 훑어본 뒤 미소를 지었다. 근육도 근육이지만 여기는 비주얼과 기럭지가 받쳐줘야 뭐가 돼도 되거던. 비주얼과 기럭지,라고 말할 때 푸른 기가 도는 팀장의 두툼한 입술이 튀어나왔다 벌어졌다. 그건 뭔가 느끼하고 비릿하고 미끄럽고 징그러운, 한마디로 꼼장어 같은 말이었다. 그런 게 받쳐줘야 뭐가 돼도 되는 그런 일을 내가 대를 이어 하려는 중이구나, 그는 생각했다.

그가 세번째 옮긴 헬스클럽에 그녀와 그녀의 친구가 왔다. 그들은 트레이닝은 받지 않고 헬스 기구만 이용하는 6개월짜리 이용권을 끊었다. 그녀의 친구는 띄엄띄엄 왔지만 그녀는 매일 규칙적인 시간에 왔다. 오후 다섯시쯤에 편한 복장으로 와서 러닝머신을 30분, 싸이클을 20분 정도 타고 갔다. 라커룸도 샤워실도 이용하지 않왔다. 그렇게 슬쩍 와서 슬쩍 가버렸기 때문에 두달이 지나도록 그들은 얘기를 나눈 적이 없었다.

그녀가 타던 러닝머신이 고장나지 않았다면, 그래서 그녀가 갑자기 멈춘 러닝머신에서 굴러떨어져 발목을 접질리지 않았다면 그와 그녀는 영영 모른 채 스쳐 지나갔을 것이다. 같은 도로를 잠깐 나란히 달리다 갈림길이 나타나면 각자 다른 길로 달려가는 두대의 자동차들처럼. 그러나 결과적으로 보면 그렇게 된 것이나 마찬가지라고 그는 생각했다. 목적지가 다른 두대의 자동차가 나란히 달리다 같은 휴게소에서 잠깐 들렀다 간 정도라고. 이를테면 죽전휴게소 같은 곳에서, 성냥 같은 거나 마구 흘려둔 채로.

“강선생, 오늘 저녁 같이해.” 신교수가 말했다. “지난주엔 내가 너무 바빠서 강선생 강의 나온 날도 못 챙겼네. 어떻게, 잘했어? 애들은 어때?”

그녀는 그럭저럭, 하고 뒷말을 얼버무렸다.

“저녁에 장어 먹자. 여름 지나고는 이렇게 몸보신을 해줘야 해. 강만 건너면 바로 인근에 장어 잘하는 집이 있어.”

그녀는 다른 강사 둘과 함께 신교수의 차를 타고 장어를 먹으러 갔다. 신교수가 운전대를 잡았고 그 옆에 남자 강사가 앉았고, 뒷자리에 그녀보다 어려 보이는 여자 강사와 그녀가 나란히 앉았다. 차는 강을 건너 강변을 달렸다. 어느새 가을이었다. 그녀는 유리창 밖으로 햇빛에 반짝이는 강변의 신도시 아파트들을 바라보다 무심결에 말했다.

"아, 예전에 여기 산 적 있는데……"

신교수가 그래? 했다. 뭐 그래서 어쩌라고, 하는 말처럼 들려 그녀는 입을 다물었다. 남자 강사가 여기 신도시 규모가 워낙 커서 자기가 아는 형님 한분도 여기 산다는 얘기를 했다. 신교수가 여기 살기 괜찮은가, 했지만 딱히 대답을 기대하고 하는 말이 아니어서 그녀도 남자 강사도 뭐라고 대꾸하지 않았다.

장어집은 신도시에서 구도시로 이어지는 국도변에 있었다. 신교수는 꼼장어를 제일 큰 놈으로 골라달라고 신신당부한 후 소주와 맥주를 시켰다. 주로 신교수가 떠들었고 남자 강사가 맞장구를 쳤고 어린 여자 강사가 가끔 웃었다. 남자 강사가 소맥을 말아 돌렸다. 불어터진 라면발 굵기로 엮인 모눈의 구리 철망 위에서 커다란 꼼장어가 꿈틀거리며 오그라들고 있었다. 그녀는 꼼장어를 내려다보다 뭔가 꿈틀거리며 떠오르는 기억의 기척을 느꼈다. 오래전 이곳 신도시에 살 때 누군가와 꼼장어를 먹으러 왔던가. 왔다면 아마 그때 함께 살던 친구 란희였을 것이다. 란희가 꼼장어를 좋아했던가.

팔뚝을 드러낸 청년이 와서 집게와 가위를 들고 반쯤 익은 꼼장어를 자르기 시작했을 때 그녀는 퍼뜩 떠오르는 꼼장어의 기억을 낚아챘다. 그 사람…… 그 사람이었다. 함께 꼼장어를 먹으러 온 게 아니었다. 그 사람의 부모님이 경기도 인근에서 꼼장어집을 한다고 했다. 되게 작아요, 가게가, 하고 그는 말했다. 그냥 집이에요, 집.

토막난 꼼장어에서 투명한 빨대 같은 내장이 길게 비어져나왔다. 그녀는 잠시 혼란에 빠졌다. 까맣게 잊고 지냈던 그 시절의 기억이 조각조각 떠올랐다. 토막난 기억 속에서 뭔가 징그럽고 보드라운 속살들이 밀려나왔다. 박사과정을 수료했으나 논문을 못 쓰고 란희 아파트에 얹혀살던 시절, 그때 그가 있었다. 그녀는 그의 삶이 궁금했다. 그의 삶에 매혹되었다. 그렇게 사는 삶이 어떤 건지 알고 싶어 견딜 수 없었다.

"다 익었네, 얼른 먹자고."

신교수가 말했다.

서른셋 그때에 여러가지 일들이 있었다. 오빠가 결혼하게 되면서 그녀의 아버지는, 우리가 사는 이 아파트는 니 오빠 몫이고 저기 오피스텔 하나 사놓은 건 니 시집갈 때 주려던 몫인데, 하고 그녀에게 독립을 명했다. 박사과정 학비까지 대줄 만큼 대줬으니 이제 오피스텔에 나가 스스로 생활비를 벌어 살라는 뜻이었다. 그녀로서는 서운하다면 서운하달 수 있는 조치였다. 강남의 48평 아파트와 강북의 15평 오피스텔의 비교도 그랬고, 아버지의 넉넉한 연금과 저축, 주식을 생각하면 어떻게 달랑 원룸형 오피스텔만…… 그런 생각을 하다보면 부끄러워졌다. 그녀는 대학과 대학원을 다니는 내내 과외 한번 알바 한번 하지 않았다. 그래서 더 막막하고 서운했다면……

서운했다. 그즈음 란희를 만났다. 란희는 남이 쓴 동화에 일러스트 그리는 일을 하는 데 염증을 느껴 자기가 직접 동화를 써보겠다고 벼르는 중이었다. 이런저런 하소연을 늘어놓다 그들은 묘안을 냈다. 그녀의 오피스텔을 월세로 놓고 그녀가 신도시의 란희 아파트에 들어가 함께 살면 어떨까 하는 것이었다. 관리비와 생활비를 반반 부담하니 란희도 좋다고 했다. 박사까지 공부한 그녀가 옆에 있으면 동화 쓰는 데 도움이 될 거라고도 했다. 게다가 란희 아파트에서는 도서관도 가까웠다. 그들은 바짝 신이 났다. 그녀가 이사하던 날 그들은 짜장면을 시켜 먹으며 싱싱한 미래가 몇발자국 앞에서 그들을 기다리고 있다고 확신했고, 그 미래를 한발짝이라도 앞당기려면 무엇보다 몸이 중요하지, 하며 자전거도 사고 헬스클럽도 다니기로 했다.

그녀는 그보다 네살 위였고 박사과정까지 마친 상태였다. 그는 박사인 여자를 만나본 적이 없었다. 그의 말에 그녀는 고개를 저으며, 박사 아니라고, 박사과정을 마쳤을 뿐이라고, 아직 논문을 쓰지 못했다고 말했다. 어쨌든 그는 그렇게 공부를 많이 한 여자와 대화를 나누거나 차를 마신 적이 처음이었다.

그녀와 그녀의 친구가 사는 아파트에도 두번 가보았다. 26평이라고 했는데 그의 눈에는 그보다 훨씬 넓어 보였다. 두집씩 마주보는 타워 식으로 지어져 정면과 측면, 뒤편까지 베란다가 셋이나 딸려 있었다. 베란다 크기는 다 달랐다. 정면 베란다가 가장 크고 뒤편 베란다가 그다음, 건넌방에 딸린 측면 베란다가 제일 작았다. 정면 베란다에 서면 그녀가 논문을 준비하기 위해 매일 다닌다는 도서관이 내려다보였다. 그는 부드러운 ㄴ자로 휘어진 차도 너머에 있는 도서관 입구와 은행나무가 심긴 진입로, 나무 위로 솟은 도서관 건물 등을 오래 내려다보았다. 그러면 박사인 그녀에 대해 더 잘 알 수 있을 것 같은 기분이 들었다. 언젠가는 이런 아파트에 꼭 한번 살아보고 싶었다.

그녀는 그에게 다정하게, 친절하게, 아니 정확히 말하면 예의 바르게 대해주었다. 그에게 반하지도 않았고 그를 무시하지도 않았다. 그녀는 그에게 여러가지를 물어주었고 그가 하는 말을 주의 깊게 들어주었다. 그가 밤에 아르바이트로 일하는 일식집에 와서 친구의 초밥 도시락을 포장해 가기도 했는데, 그럴 때면 주문한 도시락이 나오기까지 그와 눈을 맞추고 여러가지 얘기를 나누었다. 그녀의 친구는 동화책 그림을 그리는데 일 때문에 스트레스를 많이 받는다고 했다. 그런데 이 집 초밥을 먹으면 너무 맛있어서 스트레스가 좀 풀린다고 했다.

그녀와의 이상한 거리감, 그로서는 이상하다고밖에 생각할 수 없는 그 거리감, 더이상 좁혀지지도 않고, 좁히려는 노력을 할 수도 없고, 하고 싶지도 않게 만드는, 그 초조하고 고요한 거리감을 그는 이전에는 느껴본 적이 없었다. 그녀를 만나기 전에는 무엇이든 급속도로 다가왔다 급속도로 멀어지거나 뭉게뭉게 피어오르다 순식간에 사라지곤 했다. 자신의 삶에 낯선 무언가가 들어와 오래 머무르거나 지속될 수 있다는 감각을 그는 가진 적이 없었다. 낯설지만 따뜻한 무언가가.

그녀가 꼼장어집에서 그를 생각하고 제일 먼저 떠올린 것은 접질린 그녀의 발목을 잡던 뻐근한 악력이나 그녀를 부축해 계단을 내려가던 그의 돌 같은 어깨와 가슴의 근육, 짙은 땀냄새 같은 것이 아니었다. 그의 몸과 전혀 어울릴 것 같지 않은, 세심하고 정교한 젓가락질이었다.

그가 일하는 일식집에서였다. 그녀가 녹찻물에 만 밥을 먹고 젓가락으로 굴비의 살점을 파헤치려 하자 그가 다급한 말투로 굴비는 그렇게 발라 먹으면 안된다고 말했다.

그럼 어떻게?

봐요, 예연씨, 하고 그는 큼직한 손으로 젓가락을 집어 굴비의 둥근 등선을 따라 부드럽게 눈썹을 그리듯 선을 그었다. 여기, 이 등선을 따는 거예요. 그가 능숙하게 젓가락을 굴비 머리 양쪽에 집어넣고 슬슬 아래쪽으로 밀었다. 이렇게 하면 앞면 뒷면이 반씩 포뜨듯 갈라지거든요. 그럼 머리하고 가운데 가시가 쏙 빠지죠. 그녀가 신기해하자 그가 녹찻물에 만 밥을 한숟가락 떠서 그 위에 남미대륙 모양을 한 갸름한 굴빗살 한점을 얹어 그녀에게 내밀었다.

먹어봐요, 구운 생선 좋아한댔잖아요?

그는 그런 말을 기억하고 있었다. 그녀는 입을 벌려 그가 주는 것을 받아먹었다. 고소하고 짭짤한 굴비 맛과 녹차의 은은하고 쌉쌀한 향이 입안에 퍼졌다. 그 맛이 떠오르자 입에 침이 고였다. 신교수가 이거 별미라며 꼼장어 내장을 집어 젊은 여자 강사 앞접시에 얹어주고 있었다.

돌이켜보니 그날 다른 일도 있었다. 우연히 만난 그의 사촌과 합석을 하게 됐는데 흥겨운 술자리였다. 자동차 정비 일을 한다는 사촌은 한때 운전학원 강사로도 일해서 운전면허시험에 관련된 재미난 일화들을 많이 알고 있었다. 지금도 기억나는 게, 비 때문에 떨어진 여자 얘기였다.

그날 비가 왔는데 진짜 그 아줌마가 와이퍼를 킬 줄 몰라서 떨어졌잖아요.

정말요? 그녀가 묻자 사촌은 신이 났다.

어이가 없죠 진짜? 진행요원 아가씨가 마이크로 와이퍼 키세요 키세요 하는데 진짜 그 아줌마가 와이퍼를 못 킨 거예요. 뭘로 키는 줄을 몰라서. 그 아줌마가 운전 배울 때 비 오는 날이 하루도 없었다나봐요. 아가씨가 와이퍼 키세요 키세요 하다가 그만 내리세요 하니까 이 아줌마가 진짜 순진한 게 지가 내리면 누가 대신 켜줄 줄 안 거야. 근데 아가씨가 대번에 불합격! 이래버리니까 아가씨한테 가가지고 진짜 와이퍼만 좀 켜주면 안되냐고, 그럼 자기가 운전 잘할 수 있다고. 근데 그 동네가 얄짤없잖아요? 진짜 그 아줌마 운전대 한번 못 잡아보고 떨어졌다니까요.

안됐다,는 그녀의 말에 사촌이 고개를 끄덕였다.

진짜 안되긴 했죠. 차에서 내리더니 우산도 안 피고 막 비 맞으면서 울다가 학원 사무실까지 와가지고 왜 자기한테 와이퍼 키는 거 안 가르쳐줬냐고 막 따지고.

그녀는 참지 못하고 웃음을 터뜨렸다. 신교수가 그녀를 쳐다보았다. 남자 강사와 여자 강사도 그녀를 보았다. 그녀는 입을 꼭 다물었지만 우웃, 웃음이 터져나왔다. 신교수가 말했다.

"강선생 엉뚱하다. 이상한 데서 웃긴 지점을 적발하네."

그런 거 아니라고 말하려다 그녀는 어색하게 웃고 말았다.

그는 오늘의 첫 손님인 남자 앞에 모둠초밥을 내놓았다. 남자는 가만히 초밥 접시를 내려다보다 젓가락으로 광어초밥을 집어 간장을 찍어 입에 넣었다. 초밥을 몇번 씹더니 남자가 경련하듯 어깨를 움찔했다.

"아, 맛있네."

순간 그는 까닭 없이 가슴이 찔린 것처럼 아팠다. 초추의 양광이 이런 느낌일까. 다음으로 남자는 참치초밥을 먹었다. 살짝 불질을 한 소고기초밥까지 먹고 남자는 젓가락 쥔 손을 바에 내려놓았다.

"이게, 내 탓은 아니잖아요?"

남자는 다시 울려는 것 같았다.

"이런 거 먹고 맛있다고 느끼는 게…… 그게…… 그렇잖아요?"

"그렇죠, 그게."

그는 의미 없이 대꾸했다. 그러나 어쩌면…… 모르지, 하고 그는 생각했다. 그게 누구 탓인지는 아무도 모르는 일이었다.

그때 그는 모든 일이 사촌 탓이라고 생각했다. 아니, 인희 탓이라고 생각했다. 하여튼 자기 탓은 아니라고, 자기 잘못은 아니라고 생각했다.

그날 사촌이 무슨 이유로 일식집에 찾아왔는지는 기억나지 않는다. 중요한 것은 그날 그녀도 일식집에 왔고 사촌이 그녀에게 합석을 제안했다는 것이다. 그녀는 잠깐 망설이다 그렇게 했다. 그는 말리고 싶었지만 말리지 못했다. 소주를 시킨 것도 사촌이었다. 그는 일하는 틈틈이 그들이 앉아 있는 자리를 자주 돌아보았다. 써비스로 구운 굴비를 가져다주면서 그는 잠시 그녀 옆에 앉았다.

사촌이 그녀가 녹찻물에 만 밥을 숟가락으로 끄는 손 모양을 유심히 지켜보고 있었다. 뭔가 노리는 맹수의 얼굴이었다. 그는 사촌이 그녀에게 인희 얘기를 할지도 모른다고 생각했다. 의도하지 않더라도 무심결에 말할 수 있었다. 사촌을 따로 불러내 누나 얘기를 하지 말라고, 차마 그럴 수는 없었다. 사촌이 무슨 말인가를 했지만 그는 잘 듣지 못했다. 그녀도 잘 듣지 못했는지 녹찻물에 만 밥을 먹고 젓가락으로 굴비를 헤집으려 했다.

삼촌하고 숙모가, 하고 사촌이 말했을 때 그는 재빨리 그녀에게, 굴비는 말이죠, 하고 말했다. 그리고 사촌이 더는 말하지 못하도록, 사촌의 말을 그녀가 더는 듣지 못하도록 굴비 바르는 법을 설명했다. 인희 누나 땜에 참, 하고 사촌이 중얼거리는 소리를 그는 분명히 들었다. 그러나 그녀는 듣지 못했는지 눈을 반짝이며 그가 굴비 바르는 걸 지켜보았다. 사촌이 졌다는 듯, 인태 이 자식은 암튼 태평성대야, 했다. 이번에도 그녀는 아무 말도 못 들은 것처럼 그가 발라준 굴비와 녹차밥을 오물오물 씹다가 바로 옆에서 풍선이라도 터진 듯 어깨를 움찔했다.

아, 맛있어.

사촌이 그녀를 빤히 쳐다보다 다른 얘기로 넘어갔다. 운전면허 시험에 관련된 얘기였다. 손님이 부르는 바람에 그는 자리에서 일어났다. 잠시 뒤 그가 그들 자리를 돌아보았을 때 그녀가 고개를 젖히며 폭소를 터뜨리고 있었다.

그날 그가 아파트 앞까지 바래다줄 때 그녀는 갑자기 우웃, 하며 잇몸에 가시가 푹 박힌 표정을 지었다. 아, 정말 웃겨요. 뭐가요, 그가 묻자, 와이퍼를 킨대요, 와이퍼를 키세요, 키세요 했대요. 그게 뭐가 우스운지 모른 채 그는 부끄러웠다. 아니, 몰라서 더 부끄러웠다. 그녀가 조그맣게 웃으며 덧붙였다.

우산도 핀대요.

그건 어쩌면 전조였는지 모른다. 사촌과 그녀가 우연히 일식집에서 만나기 전까지만 해도 그는 인희의 존재를 까맣게 잊고 있었다. 정신지체가 있는 인희는 열살 이후로 무지막지하게 먹어 평균 체중의 곱절이 되더니 열일곱살 이후로는 툭하면 집을 나가 돌아오지 않았다. 주로 길에서 만난 낯선 남자를 따라갔다. 처음엔 일주일, 열흘 만에 돌아오던 가출이 점점 길어져 때로는 몇달, 때로는 1년 넘게 돌아오지 않았다. 기간에 비례해 돌아온 꼴은 비참했다.

아무 데서나 노숙을 하고 지낸 기색이 역력했다. 그렇게 서른을 넘긴 인희는 2년이 넘게 종적이 묘연했다. 그래서 그는 인희의 존재를 까맣게 잊고 있었다. 그런데 사촌을 만난 다음 날 어머니에게서 전화가 왔다.

인희년을 잡아왔다!

잡아와? 어디서?

터미널에서.

그는 휴대폰을 귀에 대고 있었지만 어머니의 말을 거의 듣고 있지 않았다. 느닷없는 인희의 출현에 대해서만 골똘히 생각했다. 인희가 돌아왔다. 어제 사촌은 그걸 알고 있었나. 그래서 그의 부모를 들먹이고 그에게 태평성대니 뭐니 조롱한 걸까. 또 나가겠지, 그는 생각했다. 그래, 나갈 것이다. 또 어디론가 가버릴 것이다. 이제껏 늘 그래왔다. 그런데 어디로 가나. 돈데 보이. 그 말이 그런 뜻이라고 했다. 어디로 가나.

그런데……

갑자기 낮게 깔리는 어머니의 목소리가 그의 귓전을 파고들었다.

뭔데, 또?

어머니는 뜸을 들이다, 인희년이 애를 뱄다, 했다.

뭘 어째?

너덧달 된 거 같다.

그년 그거, 그는 목소리를 높이지 않으려고 애썼다. 미친년 아냐?

누나한테 이년 저년 하지 마라.

개뿔! 그년은 미친년이고 그년한텐 그래도 된다고.

그년한테 나는 그래도 되나 몰라도 너는 안된다.

지겹지도 않냐?

지겨울 새가 어딨냐? 매번 기가 차서 까무라치겠는데.

뭐냐, 이게? 뭐냐고, 씨발.

난 느 아부지 무서 죽겠다.

아버지도 알아?

아부진 아직 모르지.

그러니까 잡아오지 말지 왜 잡아와? 봤어도 그냥 내버려두지.

봤는데 그냥 냅두라고?

그래.

인희년은 바보라 그렇다 치고……

그는 모친의 입에서 나올 다음 말을 기다렸다.

에라, 니 놈도 몸속에 수수깡만 꽉꽉 들어찬 새끼다!

전화가 끊겼다. 그래, 나는 수수깡, 수수깡만 꽉꽉 들어찬 새끼다. 근육질로 뒤덮인 수수깡. 그런데 어머니는 왜 자꾸 인희를 찾아다니나. 시늉이 아니라 진심으로 그러는 거라면 그는 실로 무서웠다. 어머니는 왜 인희를 잊으려 하지 않나. 왜 인희로부터 잊히려 하지 않나. 데려가려는 걸까, 설마. 인희년을 평생, 데려가자는 걸까. 도저히 그럴 수는 없다. 인희는 곧 나갈 것이다. 사라질 것이다. 그래야 한다. 그때까지만 버티면 된다. 그때 가서 그녀에게 모든 사정 얘기를 할 것이다. 가족이 어떻게 돼요,라고 그녀가 물었을 때 그는 엉겁결에 부모님하고 저 이렇게 셋이오, 했다. 그녀가 외동아들이네, 했을 때 그는 부인하지 않았다. 부인할 수 없었다. 그런데 사촌은 그녀에게 무슨 말을 한 걸까. 그날도, 다음 날도 그는 헬스클럽에서 그녀를 볼 수 없었다. 클럽 이용권이 보름 넘게 남았는데 그녀도 그녀의 친구도 나오지 않았다.

도서관 진입로에 늘어선 은행나무 이파리들이 두텁게 쌓여 바닥을 구르다 어느 순간 휘몰아쳐 허공으로 솟구쳐올랐다. 그녀의 긴 머리칼이 날렸다. 그녀는 그를 보지 못하고 지나쳤다. 그는 은행나무에 비스듬히 기대서서 그녀에게 전화를 걸었다. 그녀가 폰을 꺼내 들여다보더니 버튼을 눌러 벨소리를 죽이고 가방에 넣었다. 누군데 안 받느냐고 그녀의 친구가 물었다.

아무것도 아냐.

그는 뒤에서 그녀의 옆얼굴 입술 모양을 정확히 보았다. 아무것도 아냐, 소리도 들은 것 같았다. 그의 귀엔 여전히 그녀에게 거는 벨소리가 울리고 있는데 그녀는 아무것도 아니라고 했다. 아무도 아닌 게 아니라, 아무것도 아니라고.

그녀와 그녀의 친구가 자전거를 타고 멀어졌다. 그는 휴대폰을 끄고 벤치에 앉아 속 빈 수수깡처럼 웃었다. 돈데 보이. 어디로 가야 하나. 빌어먹을, 꼬추의 발광 같은 소리 하고 자빠졌다고 그는 생각했다.

꼬추의 발광……

그 말을 주문처럼 되뇌다보니 알 수 없는 살의가 치솟았다. 인희를 죽이고 싶었다. 사촌을 죽이고 싶었다. 노란 은행잎들이 공중을 맴돌았다. 현기증이 났다. 그는 한참 동안 꼼짝도 하지 않고 벤치에 앉아 있었다. 어느 순간 등 뒤에서 누군가 야, 하고 소리쳤다.

나 학교에 수강신청 변경하러 가야 돼!

이상했다. 그에게 한 소리가 아닌데 그에게 한 소리 같았다. 그는 하마터면 뒤를 돌아보고, 어, 너 수강신청 변경하려고, 하고 물을 뻔했다. 수강신청은 어떻게 변경하나. 누나는 어떻게 변경이 안 되나.

한때 그녀를 보면서 그녀가 누나였으면 하던 때가 있었다. 한때 그녀를 예연씨라고 부르던 때가 있었다. 그날 그녀는 사촌에게 사정을 다 듣고도 그에게 내색을 안한 거다. 그가 바래다줄 때도 와이퍼와 우산 얘기만 했다. 결국 누나는 흘려졌다. 그날 인희는 그녀에게 흘러들어갔다. 사촌의 무식함도 같이 흘러들어갔다. 그는 그런 인간들을 많이 봤다. 끝까지 시치미를 떼다 뒤통수를 치는. 그녀가 그런 년이었다는 것도 이제는 안다. 예연은, 예연은, 그는 어딘가에 칼을 찔러넣는 심정으로 내뱉었다. 개년이다. 예연은 개년이다. 그가 알지 못하는 온갖 낯선 생각들로 가득 차 있을 그녀의 머릿속이…… 더이상 궁금하지 않았다. 조금도 궁금하지 않았다. 그래도 이 말만은 하고 싶었던가. 지금 그의 눈앞에 앉아 초밥을 먹는 이 남자처럼.

그게…… 내 탓은 아니잖아요? 그렇잖아요?

그들은 꼼장어를 먹고 남자 강사가 운전하는 차를 타고 신도시 전철역 근처로 왔다. 신교수가 부른 대리운전 기사가 올 동안 그들은 근처 공원 벤치에서 테이크아웃한 커피를 마셨다. 커피 값은 남자 강사가 냈다. 신교수가 차를 타고 떠나자 남자 강사가 말했다.

"우리끼리 한잔 더 하죠."

여자 강사가 그녀를 보았다.

"저는 먼저 갈게요. 잠을 못 자서 피곤해서요."

그녀의 말에 남자 강사가 어깨를 으쓱하며 그러시든가, 하더니 이내 화를 벌컥 냈다.

"어차피 대리 부를 거면 진작 부르든가. 남 술도 한방울도 못 마시게 하고."

"그럼 우리," 하고 여자 강사가 그녀와 남자 강사를 번갈아 보며 말했다. "가볍게 한잔만 더 하죠."

"그렇지!"

남자 강사가 아는 집이라도 있는지 골목 안으로 썩썩 걸어들어갔다. 지하에 있는 맥줏집에서 그들은 정식으로 자기소개를 했다. 남자 강사는 김, 여자 강사는 윤이었다. 소맥 두잔을 연거푸 들이켠 김이 입술에 침을 바르더니 그녀를 보았다.

"강선생, 아까 좋았어."

"네?"

"아까 좋았다고."

"뭐…… 가……?"

김의 반말에 그녀도 애매하게 말을 흐렸다.

"아까 희한한 타이밍에 웃은 거 말야. 완전 좋았어. 신선생 벙쪄 하는 거 진짜 웃겼어."

그래서 웃은 거 아니라고 말하려다 그녀는 웃고 말았다.

"우리 신교수님은 맨날 뭐가 그렇게 피곤하신지 그냥 볼 때마다 블루블루해. 죽지 않는 게 기특할 지경이야. 근데 그게 우리 강사들 만날 때만 그러는 거더라고. 교수들 만나면 또 블링블링해. 씨니컬한 말도 안하고 하나마나 한 소리도 안하고. 암튼 우리만 만나면 그렇게 뚱하고 힘들어 죽어. 왜 그러나 몰라."

"그건요," 윤이 속삭이듯 말했다. "우리 강사들한테 미안해서 그런 거 아닐까요?"

"미안한데 왜?"

"또 신쌤 스스로 부끄럽기도 하고."

"부끄러운데 왜?"

"원래 사람이 그러지 않나요? 미안하고 부끄러울 때 괜히 그러는 거. 이러지도 저러지도 못하고."

잠시 생각하던 김이 탁자를 탁 쳤다.

"아, 알 것 같다, 알 것 같아."

둘은 와 윤선생, 네 김쌤, 하며 잔을 부딪쳤다. 그녀도 덩달아 잔을 부딪쳤다. 그러나 아무리 생각해도 신교수가 그들에게 미안하고 스스로 부끄러워 그런 것 같진 않았다.

"히야, 기가 막혀서!"

김이 소맥을 말면서 말했다.

"장어 사준대서 가보니 꼼장어네. 꼼장어면, 꼼장어, 해야지 왜 씨발 그걸 장어래냐고? 윤선생, 내가 꼼장어 먹고 몸보신한다는 얘기는 듣다듣다 첨이야. 끝까지 아주 큰 놈으로 달래는 거 보라고. 꼼장어가 커봐야 꼼장어지, 꼼장어 크면 장어 되냐고?"

"그니까," 하면서 윤이 집게손가락으로 허공을 톡 치며 말했다. "꼼생원이죠!"

김이 와하하 웃었다.

"아, 나 윤선생 맘에 확 드네. 강선생도 좋고. 오랜만에 기분 좋다, 진짜 기분 좋아. 내가 어제는 너무 슬펐어."

김은 그들에게 소맥을 돌리고 자신은 소주만 맥주잔에 따랐다.

"그게 왜냐면 후배 무덤에 갔다 왔거든."

윤선생이 슬픈 표정을 지었다.

"친한 후배셨나보다."

"아주 친한 건 아니고 술집에서 술 먹다 만난 녀석인데, 그놈하고 또다른 형님하고 이렇게 셋이서 죽이 맞아서 한 몇년 어울렸다고. 저녁때 그 술집에 가보면 늘 있는, 그런 식이지. 그러다 좀 시들해졌는데, 그래도 그렇지 그 녀석이 너무 코빼기가 안 보이는 거야. 전화해도 안 받고. 뭐 바쁜 일 있나 했더니 어이없이 죽었다더라고. 장례 치른 지도 한참 됐대. 그래서 어제 형님하고 나하고 둘이 무덤에나 가보자 해서 신갈까지 갔다 왔지. 사는 게 참."

"남자들은 그렇게 술집에서도 만나 친해지고 그러는구나." 하더니 윤이 그녀에게 물었다. "강쌤도 그렇게 술집에서 만나 친구 되고 그런 적 있으세요?"

"미쳤어요?"

그녀의 말에 윤이 눈을 동그랗게 떴다.

"아, 네, 그쵸? 여자들은 그게 잘 안되죠."

잠시 어두운 표정으로 앉아 있던 김이 어흐, 하고 헛기침을 했다.

"어젯밤에 내가 휴대폰을 얻다 놓고 와서 찾으러 가야 되는데."

"그럼 슬슬 일어날까요?"

그녀의 말에 김이 손을 흔들었다.

"아니, 강선생, 그게 아니고, 그 집이 여기 근천데 이름이 뭐더라? 민태, 진태? 암튼 초밥을 죽이게 잘해. 거기로 삼차 가자고. 내가 살게."

"나 초밥 좋아하는데."

윤이 고양이처럼 허리를 쭉 펴며 말했다. 초밥이라. 초밥을 좋아하던 란희는 동화작가로 등단은 했을까 그녀는 궁금했다.

"근데 거기가," 김이 맥주잔에 남은 소주를 비우고 말했다. "결정적으로 소주를 안 팔아. 여기서 소주 좀 먹어주고 가야 된다고."

그녀는 가방 지퍼를 열어 돈을 꺼내 탁자 위에 올려놓았다.

"미안해요, 저는 먼저 가볼게요."

김과 윤이 동시에 그녀를 보았다.

"어머, 강쌤! 우리 초밥 먹고 가요."

그녀는 잠시 망설였다. 거기 초밥집에 구운 생선도 팔까. 녹찻물과 굴비도 있을까.

"아 젠장, 꼭 이렇게 판을 깨셔야겠나?"

김의 말에 그녀는 갑자기 견딜 수 없는 짜증을 느꼈다.

"강쌤 가시면 나도 갈래요."

윤이 말했다.

"내가 아주 어이가 없어가지고," 김이 맥주잔에 소주를 따르며 소리쳤다. "진짜 당신들 왜 이래? 왜 맨날 이랬다저랬다 해?"

"누가 이랬다저랬다 해요? 아까부터 먼저 가겠다고 했잖아요?"

그녀는 존댓말을 한 자신에 대해 염증을 느끼고 자리에서 일어났다.

"몇번을 말해, 김선생? 내가 지금 상태가 심히 안 좋다고."

김이 그녀를 외면하고 윤을 보았다. 윤이 미안한 웃음을 지으며 가방 쪽으로 손을 뻗자 김이 손을 툭툭 털었다.

"네, 네, 가세요들. 가라고, 씨발. 아, 기분 개 같네!"

그녀가 걸어나올 때 뒤에서 돈 가져가! 하는 김의 목소리가 들려왔지만 그녀는 돌아보지 않았다.

그날 그는 헬스클럽 맞은편 복도 유리 앞에 뒷모습을 보인 채 서 있었다. 그녀는 따뜻한 녹차 캔을 두 손으로 감싸고 그를 향해 사뿐사뿐 걸어갔다.

뭘 어째?

갑자기 그가 소리를 지르는 바람에 그녀는 걸음을 멈췄다. 두꺼운 팔 근육에 가려 몰랐는데 그는 고개를 조금 튼 자세로 누군가와 통화를 하는 중이었다. 그녀가 조용히 돌아서려는데 그가 낮게 으르렁거리는 소리가 들렸다.

그년 그거, 미친년 아냐?

그녀는 그가 그런 투로, 그런 말을 하는 것을 본 적이, 아니, 상상조차 해본 적이 없었다. 빨리 그 자리를 벗어나고 싶었다.

개뿔!

그의 목소리가 끈끈이처럼 그녀를 끌어당겼다.

그년은 미친년이고 그년한텐 그래도 된다고.

그녀는 발을 끌면서 뒷걸음질을 쳤다.

뭐냐, 이게? 뭐냐고, 씨발!

그녀는 헬스클럽에 들어와 사각의 기둥 뒤에 숨었다. 손에 쥐고 있던 녹차 캔이 땀 때문에 미끄러져 떨어졌지만 줍지 않았다. 잠시 뒤에 그가 굳은 얼굴로 지나가는 옆모습이 보였다. 잘생긴 얼굴과 늘씬한 키와 자갈주머니처럼 울퉁불퉁한 근육질 몸이 징그럽고 파렴치하게 생각되었다.

언젠가 그가 조금은 자랑스럽게 말했다. 저 의외로 저금 많이 해요. 그는 아침부터 저녁까지 헬스클럽에서 일하고 밤이면 일식집에서 일해 번 돈의 일부를 부모님께 보내드리고 일부는 월세를 내고 남은 건 모두 저축한다고 했다. 먹는 데 돈이 안 드니까요. 그는 아침엔 단백질 파우더를 먹고 점심엔 닭가슴살 캔 하나에 밥 한공기를 먹고 저녁은 일식집에서 회나 생선으로 때운다고 했다. 탄수화물은 점심에 먹는 밥 한공기가 전부라고 했다. 그녀가 그렇게 먹고 어떻게 사냐, 했더니, 확실히 근육이 좋아지니까요, 했다. 그녀는 진심으로 감탄했다.

인태씨는 참 반듯한 청년이네요!

그가 고개를 저었다. 아니에요, 저도 젊었을 때 나쁜 짓도 좀 했어요. 그때 그녀는 지금도 젊은데, 하고 웃었다. 그런데…… 나쁜 짓이라면 어떤 나쁜 짓이었을까. 얼마나 나쁜 짓이었을까. 어깨에 있는 장미 모양의 작은 문신 같은 것, 술 먹고 몇번 싸운 일이 있다든가 클럽에서 여러 여자들을 만났다든가 하는 그런, 누구나 하는 작은 나쁜 짓이었을까. 아닐 것이다. 그녀로서는 짐작도 할 수 없는 나쁜 짓, 나쁜 관계가 있을 것이다. 한때 그녀는 그가 발라준 남미 대륙 모양의 굴비를 먹으며 그와 함께 남미를 여행하면 어떨까 상상한 적이 있었다. 어리석고 어리석었다. 아무려나, 그녀는 더이상 그의 삶이 궁금하지 않았다. 거칠고 팍팍했을 것이 분명한 그의 삶이 무섭게 느껴졌다.

그와는 그것으로 끝이었다. 그후로 그녀는 헬스클럽에 가지 않았고 그가 몇번 전화했지만 받지 않았다. 아니, 한번쯤은 받았던 것 같은데 내용은 기억나지 않는다. 대충 징징거리는 내용이었을 것이다.

맥줏집을 나와 전철역을 향해 가면서 그녀는 살짝 진저리를 쳤다. 꼼장어 토막에서 밀려나오는 투명하고 길쭉한 내장들처럼, 남자들 속에 숨어 있다 슬금슬금 비어져나오는 왜소하고 더러운 내면의 고추들을, 그녀는 이미 오래전부터 보아왔고 아마 오래도록 보게 될 것이었다. 견딜 수 없이 지긋지긋했다. 어찌된 일인지 윤은 그녀를 따라나오지 않았다.

인태초밥의 문을 닫을 때까지 휴대폰의 주인은 나타나지 않았다. 집에 가서 충전을 해 우선 배터리부터 살려놓아야 할 것 같았다. 그는 차를 몰고 아파트로 향했다. 그의 아파트엔 현관과 거실 두군데에 감시카메라가 장치되어 있었다. 오래전 그 일이 있은 후 그는 늘 사는 곳에 감시카메라를 설치했다.

그 일이 있었던 날 밤 그는 그녀에게 전화를 걸었다. 다행히 그녀는 전화를 받았다. 마지막인 줄 몰랐지만 마지막이 된 통화였다. 그가 사정을 설명하고 만나주기를 원했지만 그녀는 거절했다.

내가 무슨 도움이 되겠어요? 일단 경찰에 신고부터 해요.

신고요?

가택침입으로 신고해야죠.

그녀의 말투가 사무적으로 느껴졌지만 그는 마지막으로 용기를 냈다.

저, 이거 말고도, 예연씨, 제가 예연씨 만나서 꼭 할 얘기가 있어요. 지난번에 사촌이 뭐라고 했는지는 몰라도,까지 말했을 때 그녀가 갑자기 아, 하고 그의 말을 끊었다.

그 사촌 부르면 되겠네요. 그때 만났던 그 사촌 부르세요. 저 말고 그 사촌요.

전화를 끊고 그는 경찰에 신고하지도, 사촌을 부르지도 않았다. 다음 날 옥탑방 중앙에 감시카메라를 사서 설치했고, 한달쯤 뒤에 헬스클럽을 그만두었다. 비주얼과 기럭지도 싫었고 닭가슴살과 단백질 파우더도 싫었다. 1년마다 헬스클럽을 옮겨 다니는 것도 싫었다.

일식조리기능사 자격증을 따 작은 이자까야를 열던 날 그는 언젠가 그녀와 우연히 다시 만날 가능성을 생각했다. 그녀는 생선구이를 좋아하고 그녀의 친구는 스시를 좋아하니까. 그는 아주 오랜 시간이 흐른 후 그들 중 하나가 그의 가게에 손님으로 들어오는 상상을 했다. 물론 그런 상상이 얼마나 터무니없는지는 그도 알았다. 그러나 터무니없어서 더 간절해지는 희망도 있고, 그런 희망 때문에 미친 활기가 생기는 시절도 있다. 그 덕분에 그는 부모님에게 신도시 변두리에 어엿한 꼼장어집을 차려줄 수 있었다. 지금 누나와 조카도 그곳 마당에 지은 이층집에 살고 있다. 열두살 조카는 멀쩡하고 똑똑하다. 그는 조카를 박사로 만들 것이다. 수강신청도 변경하고 도서관에서 박사논문도 쓰게 할 것이다. 조카를 늘 가까이 두고 언제든 조카의 머릿속이 궁금하면 물어볼 것이다. 너는 지금 무슨 생각을 하니.

그는 아파트 정면 베란다에 서서 가로등 불빛이 부드럽게 ㄴ자를 그리는 차도 너머에 있는 도서관 진입로와 어두운 나무들에 가려진 건물을 내려다보았다. 당신은 지금 무슨 생각을 하는가. 초추의 양광, 돈데 보이 같은 것 말고, 안톤 슈나크와 띠시 이노오사 같은 것 말고, 이 밤 도서관에서, 까페에서, 연구실에서, 오래전 당신이 살던 이곳보다 훨씬 더 넓은 아파트 거실에서, 당신은 내가 할 수 없는 어떤 낯선 생각을 하고 있는가.

꼬추의 발광…… 문득 떠오른 이 상스럽고 고약한 말에 그는 고개를 획 돌렸다. 모든 게 내 탓이 아니라고, 그렇게만 생각할 수는 없었다. 살이 무한히 찌고 어디론가 정처없이 떠나버리는 습성은 누나만의 것이 아니었으니.

오피스텔 문을 열고 들어설 때 이번에도 그녀는 좀 이상한 느낌이 들었다. 라면을 끓이다가 문득 뒤를 돌아보기도 했다. 아무래도 개강 후부터 부쩍 예민해진 것 같았다. 일주일째 잠을 거의 자지 못했다.

그녀는 블라인드를 반만 올린 거실에서 라면과 소주를 먹었다. 부디 오늘밤엔 깊이 잠들고 싶었다. 어두운 유리를 통해 초록빛 소주병과 주황빛 르쿠르제 냄비가 반사되었다. 그녀는 멍하니 앉아 있다 부채꼴 각도로 열린 왼쪽 유리창에서 뭔가 움직이는 기미를 알아채고 몸이 굳었다. 가까이 다가가서 보니 닫힌 방충망과 열린 창문 사이에 거미줄이 쳐 있고 거기 새끼손톱 크기의 타원형 벌레가 걸려 버둥거리고 있었다. 그 벌레의 반의반도 안되는 작은 거미가 근처에서 벌레 주변에 거미줄을 치려 했지만 벌레의 버둥거림으로 잘 되지 않았다. 벌레는 버둥거릴수록 점점 거미줄에 옭죄었다. 둘의 실랑이를 지켜보다 그녀는 참지 못하고 방충망을 거칠게 위로 휙 올렸다 내렸다. 다시 그렇게 했다. 거미줄은 끊어지지 않았고 타원형 벌레는 여전히 거미줄에 걸린 채 번지점프를 하듯 출렁거렸다. 그녀는 휴지를 말아 쥐고 방충망을 열어 큰 벌레를 살며시 잡아 거미줄에서 떼어 창턱에 내려놓았다. 작은 거미는 그 틈에 놀라 어디론가 사라졌지만 벌레는 거미줄에 묶인 후유증 때문인지 뒤집힌 채 버둥거리기만 했다. 가망이 없어 보였다. 그녀는 휴지로 벌레를 꾹 눌러 죽여 검은 허공으로 던져버렸다. 방충망을 닫고 나서 그녀는 방금 자기가 한 일을 이해할 수 없었다. 무슨 짓을 한 걸까, 거미에게도 벌레에게도 도움이 되지 않는…… 그러나 이해할 수는 없지만 그렇게 할 수밖에 없다고 느꼈다. 견딜 수 없었으니까.

그녀는 식은 라면 냄비를 데우려다 그냥 개수대에 쏟아부었다. 물을 틀어 국물을 내려보낸 순간, 그녀는 그와의 마지막 통화를 온전히 기억해냈다. 그리고 자신을 일주일 넘게 괴롭혀온 이상한 불안감의 원인도 번개같이 깨달았다. 늦은 밤이었다. 술을 마신 것도 아니라는데 술을 마신 것처럼 그의 목소리가 이상했다. 예연씨, 우리집 씽크대에 라면발이 떨어져 있어요.

네?

저 라면 안 먹는 거 아시죠, 예연씨? 사다 놓으면 먹게 될까봐 집에 라면 사다 놓은 적도 없는데, 근데……

근데?

조금 전에 일 마치고 들어왔는데 씽크대에 라면발이 있는 거예요.

그녀는 자신이 버린 라면발을 물끄러미 내려다보았다. 언제부턴가 집에 들어오면 좀 이상했거든요. 뭔가 이상했거든요. 그녀도 언제부턴가 집에 돌아오면 이상했다. 어떡해야 좋을지 모르겠어요, 예연씨. 누가 언제부터 우리 집에 드나든 걸까요? 내가 하루 종일 집을 비우니까 하루 종일 있다 가나본데, 남잔지 여잔지도 모르겠고, 이상해서 미치겠어요. 제가 지금 그쪽으로 갈게요, 예연씨. 저 좀 만나주실래요?

그녀는 씽크대에서 몸을 돌리려고 했다. 누군가 몰래 이 오피스텔에 드나들고 있다는 확신이 들었다. 남잔지 여잔지 모르지만 그녀가 없는 동안 이곳에 머무르는 사람이 있었다. 일주일 넘게 집에 들어올 때마다 낯선 공기와 냄새를 느꼈다. 오피스텔 안을 샅샅이 살펴보아야 한다. 욕실 문을 활짝 열고 켤 수 있는 불은 모두 켜고 맹렬한 주의력으로 뭔가를 찾아내야 한다. 증거가 남아 있을 것이다. 라면발까지는 아니어도 머리카락이나 과자 부스러기, 흙먼지 같은 것이라도. 그리고 전화를 할 것이다. 그녀를 낡아빠진 오피스텔에 살도록 방치한 부모님과 오빠 부부에게.

그러나 그녀는 씽크대에 들러붙은 듯 꼼짝할 수 없었다. 제가 지금 그쪽으로 갈게요, 예연씨. 그녀는 개수대에 양팔을 뻗고 상체를 수그린 자세로 퉁퉁 부은 라면발을 노려보았다. 저 좀 만나주실래요? 생전 처음 어떤 어리광도 없이 견딜 수 없는 것을 홀로 견뎌야 하는 어린애처럼 그녀는 식은땀을 흘리며 무엇인가를 견디고 있었다.

내가 무슨 도움이 되겠어요?

| 해설 |

'호모 파티엔스'(homo patiens)에게 바치는 경의

신형철

오래된 얘기지만 아리스토텔레스는 그리스 비극의 주인공이 "악덕과 악행 때문이 아니라 어떤 하마르티아(hamartia) 때문에"(『시학』 13장) 불행에 빠진다는 점을 강조했다. '하마르티아'란 원래 '화살이 과녁을 비껴가는 일'을 가리키는 말인데, 이것이 ①단순한 판단 착오나 실수인지, ②주인공의 도덕적·성격적 결함인지가 불분명하여 여전히 논란거리다.[1] 일단은 전자로 볼 여지가 더 크다. 아리스토텔레스는 비극이 주인공의 처지에 대한 '연민'과 '공포'

1) 신뢰할 만한 한국어 판본들은 이를 '과실'(문예출판사, 천병희), '착오'(문학과지성사, 이상섭), '과오'(펭귄클래식, 김한식) 등으로 옮기고 있다. 천병희와 이상섭 등이 모두 ①의 해석을 지지한다. 그 이유에 대해서 말하려면 긴 서술이 필요하나 이 지면에서 감당할 일은 아닌 것 같다. 천병희와 이상섭의 역주를 참조할 것.

를 불러일으켜야 한다고 하면서, '연민'은 '부당하게 불행을 겪는 사람'에게, 또 '공포'는 '우리와 비슷한 사람'에게 느끼는 것이라 했다. 우리와 '비슷한' 사람이 '부당한' 불행을 겪어야 비극적이라는 뜻이다. 그렇다면 각자의 결함에 의한 불행보다는 그 누구도 예측 · 통제할 수 없는 착오/실수로 일어난 불행이 상대적으로 더 부당하게 여겨질 것이니 하마르티아의 뜻은 ①이어야 맞다. 그러나 이 설명에 만족하면 '비극적인 것'의 본질을 달리 숙고할 수 있는 기회를 놓치게 될 것이다. 한걸음 더 들어가서, 단순한 착오/실수처럼 보이는 것이 어떻게 성격적 결함과 은밀하게 연결돼 있는지를 성찰하는 일도 필요하다는 뜻이다. 그럴 때 우리는 어쩌면 우연과 필연의 간단치 않은 관계에 전율하면서 비극적인 것의 심연에 가닿게 될지도 모른다. 요컨대 이런 말이다. 불행과 관련해서는 신(우연)의 영역과 인간(필연)의 영역이 있으며 그 둘은 모종의 관련을 맺고 있다는 것. 요즘 권여선의 소설을 읽는 일이 자주 생의 비극성에 대한 가학적·피학적 사색이 되어버리는 이유를 말해보려고 한다. 가능하다면 권여선 소설의 비극적 기품에 대해서도 잘 말할 수 있으면 좋겠다.

1. 인생의 악의적인 농담

하마르티아의 첫번째 층위, 그러니까 단순한 착오나 실수에 의

해서 발생하는 불행은 인간이 아니라 신의 소관이라고 해야 한다. 그럴 때 신은 아주 천진한 우연의 가면을 쓰고 나타나서 한 인간을 벼랑 쪽으로 살짝 밀어 떨어뜨린다. 「카메라」를 읽는다. 문정(여, 28)은 직장동료 관희(여, 29)와의 술자리에서 관희의 동생 관주(남, 27)를 처음 알게 된다. 문정과 관주는 관희에게는 비밀로 한 채 연애를 시작한다. 문정은 연애 초기에 지나가는 말로 사진을 배워서 찍고 싶다는 말을 했고 관주는 그 소망을 이뤄주겠노라 했다. 어느 날 사소하게 다투고 헤어진 이후 관주로부터 더이상 연락이 오지 않았으므로 둘의 연애는 두달이 못되어 끝난다. 그로부터 2년 후 문정은 관희를 만나고 나서야 관주로부터 왜 연락이 끊어졌는지를 알게 된다. 문정에게 줄 카메라를 산 관주가 연습 촬영을 하다가 불법체류 중이었던 어느 외국인과 시비가 붙어서 쓰러졌는데 하필 10년 전 새로 깐 돌길에 머리를 부딪치면서 죽었던 것. 이것은 '부당한' 죽음이고 그런 의미에서 '비극적인' 죽음이다. 이런 불행을 인간은 대비할 수도 처리할 수도 없다. 그러나 납득할 수 없다는 사실조차 받아들일 수 있는 것은 아니다. 자신이 겪는 불행이 무의미한 우연의 소산이라는 사실은 견딜 수 없으므로 어떤 식으로건 납득할 수 있는 사건으로 만들려고 하며 그 불행을 둘러싼 어떤 작은 우연도 혹시 필연은 아닐지 의심한다. 책임질 주체를 찾으려 하고, 끝내 찾을 수 없을 때는 자기 자신이라도 피고석에 세운다. 이런 심정을 이해한다면 아래 문장이 일종의 고통스러운 반어라는 점을 놓칠 수가 없다.

그것은 어쩌면 10년 전에 지자체에서 그 길을 다시 포장하면서 돌길을 깔았기 때문일 수도 있지만, 그보다는 1년 9개월 3일 전에 문정이 지나가는 말로 사진을 찍고 싶다고 말했기 때문일 것이다. 삶에서 취소할 수 있는 건 단 한가지도 없다. 지나가는 말이든 무심코 한 행동이든, 일단 튀어나온 이상 돌처럼 단단한 필연이 된다.(136면)

아니다. 지자체에는 잘못이 없다. 카메라를 사달라고 한 문정의 책임도 아니다. 굳이 말할 필요도 없겠지만 관주의 성격적 결함 때문도 아니다. 여기에 무슨 "돌처럼 단단한 필연"이 있는가. 이 모든 것은 단순한 착오/실수의 산물일 뿐이다. 그러므로 우리는 이 반어를 한번 뒤집어 이해해야 할 것이다. 오히려 이토록 허망하고 부조리한 우연이 인생을 엉망으로 망가뜨릴 수 있다는 뜻으로 말이다. 「층」은 어떠한가. "남자들 속에 숨어 있다 슬금슬금 비어져나오는 왜소하고 더러운 내면의 고추들"(237~238면)을 꼬집는 대목이 하도 통쾌해서 자칫 남성의 내면적 폭력성을 규탄하는 소설처럼 읽힐 소지가 있어 보이지만 그러자고 쓴 소설은 아니지 싶다. 그런 소설이 씌어져서는 안된다는 뜻이 아니라 이 소설이 그런 소설은 아니라는 뜻이다. 작가는 삼각형의 꼭짓점에 서서 남녀를 동시에 내려다보고 있다. 인태(남, 당시 29세)가 헬스트레이너이고 예연(여, 당시 33세)이 박사과정일 때 둘은 처음 만났다. 둘은 자신과 다른 유형의 인간인 상대방이 신기했고 그래서 매혹됐다. 그런데 그들의 연애는 왜 실패하고 말았는가. 단적으로 말해 그녀는 안톤 슈나크의 「우리를 슬프게 하는 것들」을 인용하며 "초추의 양광"[2) 운운하는 여자이고, 그는 그 말이 어려워서 자꾸 "꼬추의 발광" 따위가 떠오르는 남자이기 때문이다. 요컨대 "초추의 양광"과 "꼬추의 발광" 사이에는 연애가 불가능하다는 뜻일까? 그렇다면 이 소설은 문화적 계급 격차가 큰 남녀의 연애를 다루는, 70년대 황석영 소설(이를테면 「섬섬옥수」)풍의 이야기가 된다. 분명 그렇게 읽힐 여지가 있는 소설이기는 하다. 그렇게 본다면 둘의 결별은 (언젠가는 일어났을 일이 일어났다는 의미에서) 필연적인 사건이라고 해야 할까.

아니다. 여기서도 우리는 심술궂은 우연들의 주도적 활약을 착잡한 심정으로 지켜봐야 한다. 가출했다 돌아온 정신지체 누나의 임신 소식을 듣고 흥분해서 그가 '미친년'이라는 말을 내뱉고야 말았던 그 이례적인 통화를 왜 하필 그때 그녀가 엿들어야 했단 말인가. 전후 맥락을 알았다면 그의 울분과 욕설을 조금은 이해할 수도 있었을 것이고, 그녀가 호감을 품었던 그의 '반듯함'이 거짓이라는 결론을 내리지 않을 수도 있었을 것이다. 그러나 인생은 우리에게 그런 배려 따위는 해주지 않을 뿐 아니라 오히려 가장 부적절한 자리에 가장 부적절한 사람을 데려다놓기를 즐긴다. 그래서 예연에

2) "울음 우는 아이들은 우리를 슬프게 한다. 정원 한편 구석에서 발견된 작은 새의 시체 위에 초추(初秋)의 양광(陽光)이 떨어져 있을 때, 대체로 가을은 우리를 슬프게 한다."(김진섭 옮김)

게 그 전화는 인태의 야만성과 폭력성의 생생한 증거 외의 아무것도 아닌 것이 되어버렸다. 이것은 우연이다. 그렇지 않은가. 더 잔인하게 말해본다면, 자신에게 그런 정신지체 누나가 있다는 사실 자체가 남자에게는 지독한 우연이지 않은가. 그래서 이 소설의 첫번째 후렴구는 이것이다. "그게…… 내 탓은 아니잖아요? 그렇잖아요?"(230면) 그렇다고 여자의 잘못인 것은 더더욱 아니다. 그녀의 입장에서는 충분히 그에게 실망할 법한 상황이었다. 실제로 이 세상은 남성들의 폭력으로 가득한 것이다.(술자리에서 그녀를 붙잡는 '김'의 무례하고 위협적인 태도를 보라. 모르긴 몰라도 그녀가 이런 일을 처음 겪었다고 생각하기는 어려울 것이다.) 그러므로 결국 이것은 그 누구의 잘못도 아닌, 인생의 악희(惡戲)일 뿐이다. 이 소설의 두번째 후렴구가 여기서 필요하다. "내가 무슨 도움이 되겠어요?"(242면) 물론 인간은 때때로 다른 인간을 도울 수 있다. 그러나 잔혹한 농담을 하는 인생의 입을 영영 틀어막아줄 수는 없는 것이다.

2. 인간들 사이에서 병들다

'비극적인 것'에는 신의 영역과 인간의 영역이 있다고 했다. 전자의 경우 신은 우연의 가면을 쓰고 나타나서 지독한 농담을 던지고 떠나는데 그 한번의 농담으로 어떤 사람들은 영영 헤어지고 만다는 것을 「카메라」와 「층」의 결정적 순간이 보여주었다. 그런데 「실내화 한켤레」 「역광」 「삼인행」 같은 소설을 읽다보면 이제 후자에 대해서, 즉 비극적인 것 속에서의 인간의 영역에 대해서 말해야 할 것 같다는 생각이 든다. 비극에 원인을 제공하는 하마르티아의 두번째 층위는 한 인간의 도덕적·성격적 결함이라는 것이 연구자들의 해석이지만, '결함(flaw)'이라는 말은 다소 편협하게 느껴진다. 성격의 어떤 면모가 미덕인지 결함인지는 절대적으로 판단할 수 있는 문제가 아닐 것이어서 그것이 어떤 가치를 갖는지는 그야말로 상황 속에서 결정될 것이다. 진실을 향해 육박하지 않고는 못 견디는 오이디푸스의 성격이 어떻게 그 자체로 미덕이거나 결함일 수 있는가. 우리는 제 성격의 어떤 잠재성이 어떤 방식으로 현실화될지 미리 알 수 없다. 헤라클레이토스의 말마따나 '에토스가 곧 다이몬'이라면(즉 성격이 곧 운명이라면) 세상의 모든 성격은 제 안에 비극적인 것을 품고 있다고 해야 할 것이다. 그렇다면 인간(성격)은 그 자체로 결함이라고 해야 하리라. 그렇다는 것을 꿰뚫어보는 작가에게는 병자가 아닌 인간이 없다. 성병, 실명, 환청 등의 증상과 질투, 강박, 의심 등의 감정으로 점철돼 있는 「실내화 한켤레」 「역광」 「삼인행」 등은 피부가 너무 희고 얇아서 그 속이 다 들여다보이는 사람처럼 위태롭고 불안한 소설이다. 권여선은 금방 찢어질 것 같은 그 피부를 조심스럽게 만지다가 소설 후반부의 어떤 결정적인 순간에 정교한 상처를 내서 피가 흘러내리게 한다. 그의 소설에서 비극적인 것과 인간적인 것과 병리적인 것은 자주 뒤

엉킨다.

어떤 불행은 아주 가까운 거리에서만 감지되고 어떤 불행은 지독한 원시의 눈으로만 볼 수 있으며 또 어떤 불행은 어느 각도와 시점에서도 보이지 않는다. 그리고 어떤 불행은 눈만 돌리면 바로 보이는 곳에 있지만 결코 보고 싶지가 않은 것이다.(176면)

「실내화 한켤레」는 인용하지 않을 수 없는 이런 문장과 함께 시작되는데 이 대목은 이어질 내용이 어떤 종류의 것일지를 매력적으로 암시한다. 시나리오 작가인 경안이 TV에 잠시 출연한 덕에 고등학교 2학년 때 같은 반이었던 혜련/선미와 연락이 닿아 14년 만에 만난다. 14년 전 경안이 혜련/선미와 친해진 것은 수학 숙제 때문으로, 수학 실력이 신통치 않았던 두 아이가 경안에게 도움을 청하면서였다. 그러다가, 수학 공부를 함께하는 날임에도 혜련/선미가 석연찮은 분위기를 조성하더니 경안만 빼고 디스코텍에 가버리고, 그 둘이 부러웠던 경안이 덩그러니 놓여 있는 자신의 "실내화 한켤레"(197면)만을 내려다본 그런 날이 있었고, 그러면서 자연스럽게 멀어진 것이었다. 14년 만에 만난 그녀들은 흥에 겨워 춤을 추러 가고, 까페에 들러 2차를 한 다음, 한 다리 건너 아는 남자와 합세해서 다시 경안의 집으로 와 통음난무 끝에 곯아떨어진다. 다음 날 일어나자마자 선미는 그 남자에게 지독한 성병이 있다는 사실을 뒤늦게 고지하고, 새벽에 그 사내와 몸을 섞은 (것으로 짐작되는) 혜련은 충격 속에 집으로 돌아간다. 혜련에게 원시(遠視)가 있어 멀리 있는 것을 알아보고 가까운 것을 놓친다는 설정이 이 상황에 정확히 들어맞는다. 그녀는 TV 속 멀찍이 앉은 경안을 발견함으로써 14년 만의 재회를 이루어냈으나, 그로 인해 자신에게 어떤 불행(성병)이 닥쳐올지는 내다보지 못했다. 성병이라니, 이번에도 인생의 악희는 어지간하다. 이 점에서라면 먼저 읽은 「카메라」나 「층」과 나란히 놓을 만한 소설인 것도 같다.

그러나 이것이 전부가 아니다. 이 소설은 경안이 오래전 선미에게 품었던 의혹을 14년 만에 해소하는 이야기이기도 하다. 혜련과 선미는 단짝이었으나 명백히 부잣집 딸이었던 혜련에 비해 선미의 정체는 모호했다. 경안이 그들과 멀어지게 된 그 애매했던 사건에서도 혜련보다는 선미의 태도가 더 문제적이었다. 아니나 다를까, 절교의 계기가 됐던 14년 전 디스코텍 사건은 선미의 이간질 때문이었음이 밝혀지고, 14년이 지난 오늘의 이 성병 사건에서도 선미는 일정한 기여를 한 것처럼 보인다. 선미가 그 문제의 남자를 데려왔다고까지 말할 수는 없더라도 새벽에 그와 혜련이 성관계를 가지던 것을 알면서도 잠자코 있었다는 것은 분명해 보이기 때문이다. 그리고 다음 날 그 남자의 비밀을 폭로할 때 그녀는 묘하게 그 상황을 즐기는 듯 보이고, 혜련이 걱정된다는 그녀의 말은 너무 가식적이어서 경안에게 역겨움을 불러일으킨다. 그리고 소설의 마지막 대목에 이르면 그녀가 자신에 대해 한 말 중에 무엇이 진실이고 무엇이 거짓인지조차 알 수 없게 돼버린다. 경안은 “선미를 휘

감고 있는 묘한 분위기가 비밀스러운 안개라기보다 치명적인 가스에 가깝다는 생각”(209면)을 한다. 바로 이것이다. “이런 얘기 해도 되나?”(204면)라는 선미의 불길한 말, 이 말은 인생이 몹쓸 농담을 던질 때 그 농담을 배달하는 역할을 하는 이들의 상투어다. 인생이 농담을 하면 인간은 병드는데, 농담의 대상이 되는 사람도 병들지만 대상이 되고 싶지 않아서 늘 배달만 하려 드는 사람도 그 자체로 환자다. 성병에 걸린 것은 혜련이지만, 그보다 먼저, 십대 이래로 선미 자신이 환자가 아닌가.

“치명적인 가스”에 둘러싸인 캐릭터가 선미라면 이쪽은 “비밀스러운 안개”라고 하는 것이 맞을까. 「역광」의 ‘그녀’ 말이다. 그녀는 작년에 등단한 신예소설가로 지금 예술인 레지던스에 입주해 있다. 외출했다 돌아오거나 식사 후에는 커피잔에 소주를 부어 마시는 알코올중독자로서 불안장애를 갖고 있을 것으로 짐작되며, 입주 이후 반복되는 악몽에 시달리는 것을 보면 낯선 사람들과의 공동생활에 심한 스트레스를 받고 있다고 예상할 수 있다. 그녀가 신인작가 좌담 때문에 외출하고 돌아와 본인의 객실로 들어가다가 공용 발코니에서 어떤 남자의 뒷모습을 보는 것에서부터 이야기가 시작된다. 그는 새로 입주한 예술가일 터인데 그녀는 얼마 후 식사시간에 그가 번역가이자 소설가인 위현이라는 사람임을 알게 된다. 그녀는 본래 동료 예술가들에게 지대한 관심을 갖고 있지만 위현에 대해서는 한층 더한데 왜냐하면 그가 원래 번역가였으나 최근 소설가로 전업한 것이 시력을 점점 잃어가고 있기 때문이라는 이야기를 들어서다. 이 정보는 그녀에게 위현에 대해 최대한 섬세한 존재가 되어야 한다는 사명감을 불어넣는다. 위현에게 과도한 에너지를 부여하고 있으므로 타인들이 위현을 대하는 태도에도 지나치게 예민한 평가가 이루어진다. 그 증거가 될 만한 다음 두 대목은 '달'과 '추'가 위현에 대해 혹은 위현에게 한 말에 대한 그녀의 냉정한 평가다.

자기는 정확히 그렇게 한 줄 알겠지만 달은 결코 자기 감정을 격조 있게 표현하지 못했다. 누군가에게 질투나 원한을 품을 수 있고 그에게 닥친 불행에 쾌감을 느낄 수도 있지만 그것을 그토록 천하게 표현하는 것만은 용납할 수 없다고, 예술가로서 절대 용서하지 않겠다고 그녀는 무력하게 다짐했다.(151면)

그녀는 이를 지그시 깨물었다. 추의 마지막 말 속에 추의 모든 것이 들어 있다고 그녀는 생각했다. 추는 누가 오늘밤 안에 죽어버리는 편이 낫겠다고 말해도, 아, 그럼 그러는 편이 낫겠네요, 라고 말할 사람 같았다. 그러나 이런 자신의 추측도 완전히 틀린 것일지 모른다는 생각에 그녀는 문득 시무룩해졌다.(160면)

그녀의 말이 틀렸다고 할 수는 없지만 이것은 확실히 좀 지나친 섬세함이다. 그런 그녀가 드디어 위현과 단둘이 술을 마시게 된다. 여기서 특히 흥미로운 것은 위현의 말이다. 과거라는 시간에 대한 논평이라든지(168면), 그가 마지막으로 눈이 마주쳤던 흰 개 에피소드라든지(170면) 하는 것들은 실명을 앞둔 사람의 깊은 곳에서 우러나온 절실한 통찰임에 분명한데, 그 말들은 또 기이하게도, 눈앞에 있는 여성의 동정적 환심을 사기 위해 꾸며낸 말처럼 보이기도 한다. "유사성과 인접성, 어느 쪽이 우리에게 더 큰 기쁨을 주는 것일까요?"(166면)나, "매초 매초 알코올의 메시아가 들어오는 게 느껴집니다."(172면)와 같은 말들, 각각 로만 야콥슨과 발터 벤야민을 인용하고 있는 이 말들 주변에 작가의 미묘한 냉소가 감지되는 것은 어인 일일까. 요컨대 나의 과도한 예민함도 이상하지만 위현의 지나친 작위성도 야릇하다는 것이다. 그 비밀은 끝에 풀린다. 위현의 과장된 대사가 절정에 이를 무렵 이 소설이 돌연 중단되기 때문이다. 작가는 소설의 도입부 상황으로 독자를 되돌려 보내서 위현이라는 인물은 애초 입주 예정자 명단에 없었으며 그녀가 위현을 처음 발견한 그 발코니에도 처음부터 아무도 없었다는 것을 알게 한다. 그러니 그녀가 레지던스에 도착한 이후부터는 모든 것이 그녀의 환상이었던 것. 애초 위현이라는 인물 자체가 상상의 산물이었던 것이니, 위현의 나르시시즘 역시 그녀 자신의 판타지가 투영된 것일 뿐이겠다.

전부 다 환상이었다는 식의 이 결말이 무슨 깜짝 반전을 위해 설정된 것은 아니다. 그녀가 도대체 어떤 유형의 인간이기에 그녀에게는 이런 환상이 필요했던가,라는 물음을 던져보라는 것이 이 소설의 취지일 것이다. 이 소설은 아주 특이한 유형의 나르시스트를 창조해냈다. 이제 막 소설가가 된 그녀는 이 세상의 모든 무신경한 존재들에 대한 순수한 혐오감을 작가적 자산으로 키워나가고 있는 중이다. 무심한 사람들이 연약한 타인에게 함부로 정신적 폭력을 행사하는 이 세계 안에서 자신만이 그 연약한 타인들을 정확히 이해하고 온전히 배려할 수 있다고 믿는다. 이를 윤리적 나르시시즘이라고 해야 할까.[3] 그런 나르시시즘을 만족시키기 위해서 그녀에게는 환상이 필요했던 것이다. 상처받는 한 예술가가 있고 그런 그의 이야기를 내가 들어주는, 내밀한 진실과 섬세한 배려가 오가는 그런 시공간으로서의 환상. 이 소설의 제목이 '역광'인 이유가 거기에 있지 않을까. 역광을 이용하면 피사체의 윤곽은 또렷해지되 그 경계선의 내부는 어둡게 가려진 사진을 얻을 수 있다. 이 사진이 드라마틱한 느낌을 주는 까닭을 심리학적으로 말해보자면 그 피사체에 내 환상을 마음껏 투사할 수 있기 때문이 아닐까. 「실내화 한켤레」의 '선미'가 남을 속이느라 자기 자신을 잃어버린 인간이라면, 「역광」의 '나'는 자기를 속이느라 타인들을 잃어버린 인간

3) '카타르시스 스토커'라는 말이 이 주인공을 이해하는 데 참고가 될지도 모르겠다. 그는 상대방이 언제나 자신에게만 속마음을 털어놓고 또 자신 앞에서만 카타르시스를 느껴야 한다고 생각한다. 그는 자신만이 타인에게 전적으로 신뢰받을 자격이 있다고 믿기 때문에 그 믿음을 재확인할 수 있는 상황을 계속 만들려고 할 것이다. 고통받는 사람을 위로하면서 자기애를 강화하는 이런 유형의 사람이 분명히 있을 것이다. 론 마라스코 · 브라이언 셔프 『슬픔의 위안』(현암사 2012) 115면에서 이 용어를 발견했다.

이라고 말할 수 없을까. 결국은 둘 다 환자이고, 둘 다 배우인 것이다. 인생의 극장, 대본은 고약하고, 그 상황을 견디기 위해서 모두 각자의 연기를 해내고 있다. 권여선의 시선은 이 인간 연극에 누구보다 예민하다.

이 두편에 비하면 「삼인행」은 거의 시시콜콜하다고 해도 될 정도로 덜 극적으로 보인다. 제목 그대로 세사람의 여행기다. 규와 주란 부부에 이들의 친구인 훈이 끼어 여행을 떠난다. 「실내화 한켤레」가 경안이라는 렌즈를 통해 두 인물을 관찰한 경우라면 「삼인행」은 훈의 시선으로 규와 주란 부부를 관찰한다. 출발한 지 20분 만에 문제가 생긴 것을 시작으로, 이후 셋의 여행은 규와 주란 부부의 신경전 때문에 내내 위태롭다. 얼마 후 우리는 규와 주란이 곧 갈라설 예정이며 이 여행이 일종의 이별여행이라는 사실을 알게 되고 더 나아가 이들의 불화의 원인까지도 궁금해진다. 그러나 그것을 알려주는 일만은 끝내 하지 않겠다는 듯이, 작가는, 여행 도중 일어날 법한 일치고도 특히 범상한 (그러나 가끔은 의미심장한) 일들과 무의미한 (그러나 가끔은 웃게 만드는) 언쟁들을 계속 중계한다. 그런데 이들이 세상에서 가장 중요한 것은 오로지 맛있는 밥을 먹는 일뿐이라는 듯이 구는 모습을 보고 있노라면, 저들이 인생의 어딘가가 고장이 났는데도 그렇다는 진실을 어떻게든 외면해보려고 저토록 필사적이다 싶은 생각이 들면서, 산다는 것이 뭔가 한심하고 또 안타깝다는 생각이 슬그머니 든다. 그것은 이 소설이 훈에게 '초점화'되어 있고 또 그가 "잘린 시간의 단애 앞에서 화들짝한 분노와 무력한 애잔함"(53면)에 사로잡히곤 하기 때문에 더 그럴 것이다.

> 주란이 도어에 키를 꽂고 문을 당기자 현관의 센서등이 켜지면서 소파가 놓인 거실의 모습이 홀연 떠올랐다. 훈에게는 일상용품 하나 없이 텅 빈 콘도의 거실이 마치 규의 짐이 모두 빠진 그들 부부의 거실인 것처럼 여겨졌다. 자연이든 관계든 오래 지속되어온 것이 파괴되는 데는 번갯불의 찰나만으로도 충분하다는 생각이 들었고, 이들 부부나 케이블카 커플이나 파괴된 논밭에 서 있던 크고 작은 크레인들처럼 가엾고 기괴한 잔여물에 불과하다고 훈은 생각했다. 그리고 그 자신 또한 하나의 크레인처럼 여윈 어깨를 으쓱했다.(62면)

그날 밤 규는 주란이 아니라 훈과도 언쟁을 벌이는데, 규가 어떤 상태인지 여기서 분명히 드러난다. 훈이 지나가는 말로 어느 선배를 흉보자 규는 당사자의 말을 들어보지 않고 그렇게 판단해서는 안 된다고 공박하는데, 규가 하는 말은 멀쩡한 말일 뿐 아니라 아주 옳은 말이기도 하지만, 그가 그 이야기를 하는 방식은 별로 멀쩡하지가 않다. 그가 훈에게 내내 억지를 부리다가 이내 모든 것이 다 지겹다고 절규할 때 이것이 단순한 술주정이 아니라는 것은 확실하다. 거기에는 어떤 공허의 깊이가 있으며 그가 제 자신을 통제

하지 못하게 된 것이 어제오늘 일이 아님을 알려준다. 그리고 다음 날 새벽, 규는 자다가 환청을 듣는다. 날이 밝은 후 규가 주란에게 새벽에 누가 왔었냐고 넌지시 물어보는 모습과 그에 대해 주란이 넌더리를 내는 모습을 통해 우리는 규에게 어떤 정신적 문제가 있으며 어쩌면 아내의 남자관계를 자주 의심해온 것이 아닌가 하고 짐작할 수 있게 된다. 이를 통해 애초의 궁금증(부부의 불화 원인이 무엇일까?)은 해결된 것인데, 그러나 이 소설 자체가 그 원인을 밝히고 책임소재를 가리는 데 크게 주의를 기울이지 않거니와, 후반부쯤에 이르면 독자 역시 이미 거기에는 심드렁해져 있다. 더 중요한 진실의 얼굴을, 즉 인생에서는 아주 사소한 방식으로 어떤 파열이 발생하며 그것은 늘 돌이킬 수 없게 된 뒤에야 발견된다는 것을 이미 확인했기 때문이다. "우리 다시는 서울로 못 돌아가도 괜찮을 것 같지 않냐?"(72면)라는 말은 이 소설의 끝에서 독자가 작중 세사람과 함께 느끼는 어떤 체념적 평온함과 잘 어울린다.

3. 환자, 혹은 견뎌내는 인간

「봄밤」과 「이모」는 그 정도가 앞의 소설들에 비할 바가 아니다. 인생의 악희를 온몸으로 겪은 이들이 있는데 그에 대해 보상이나 구원을 받기는커녕 오히려 최후의 더 지독한 농담, 즉 죽음마저 선고받는다. 상황이 더 극단적인만큼 우리는 더 처절한 비극을 예상하게 된다. 일단은 그렇다. 이 소설의 주인공들은 환자인데 환자란 무엇보다 고통받는 사람들이 아닌가. 그리고 이 환자들은 예외적인 인물들이라기보다는 생의 비극적 요소에 노출돼 있는 인간의 극단적 보편성을 구현하고 있을 것이다. 이미 오래전에 빅터 프랭클 같은 이는 인간은 이성으로 사유하는 존재이기 이전에 먼저 고통받는 인간이며 그것이 인간을 인간이 되게 하는 더 중요한 측면이라고 과감하게 말하면서 '호모 파티엔스(homo patiens)'라는 명칭을 제안한 바 있다. 그런데 나는 「봄밤」과 「이모」 같은 소설을 읽으며 '호모 파티엔스'를 달리 번역해야 한다는 생각을 한다. 고통은 '고통을 받다'라는 형태로만 사용되는데 이 경우 인간은 고통에 대해 수동적인 위치에 있는 것으로만 이해된다. 그러나 인간은 고통을 받기만 하는 것이 아니라 감당해내기도 한다. 환자(patient)는 견디는(patient) 사람이다. 그들은 고통을 받으면서 인생의 비참을 보여주기도 하지만 고통을 견디면서 인간의 숭고함을 입증하기도 한다. 그러므로 우리는 사전에는 없는 동사인 '고통하다'를 발명해내고, '호모 파티엔스'를 '고통-받는 인간'이 아니라 '고통-하는 인간'이라고 옮겨야 하는 것인지도 모른다.

「봄밤」의 수환과 영경은 그들이 마흔셋이던 12년 전에 처음 만났고, 하루도 허비하기 싫다는 듯이 그날부로 연인이 됐다. 그러나 이것은 화사한 연애 이야기가 아니다. 이들이 첫눈에 반했다고 말할 수 있다면, 그것은 상대방에게 '있는' 무엇이 아니라 '없는' 무엇을 알아보았기 때문에 벌어진 일이다. 제 안의 결핍과 공허에 시달리는 사람은 자신이 타인에게 줄 수 있는 게 없다고 여기기 때문에 누구에게도 선뜻 다가서지 못한다. 그러나 나만큼이나 큰 결핍과 공허를 품고 있다고 느껴지는 사람을 만나면 그도 나에게 줄 수 있는 것이 없을 테니 어쩐지 공평하다는 생각이 들어 다가갈 수 있다. 두사람이 그럴 수 있었던 것도 각자 살아온 시간이 다음과 같았기 때문이다. 수환은 스무살에 일을 시작해 삼십대에는 자기 회사를 운영했으나 부도가 나자 위장이혼을 했는데 아내가 남은 재산을 처분하고 도망치는 바람에 서른아홉에 신용불량자가 됐다. 생계를 위해 닥치는 대로 일을 했으나 더러 공황 상태에 빠져 지내기도 했고 노숙생활을 하기도 하는 등 전반적으로 엉망인 상태였다. "영경을 만나기 전까지 수환은 언제든 자살할 수 있다는 생각을 단검처럼 지니고 살았다."(27면) 한편 영경은 교사생활을 하다가 서른둘에 결혼했고 곧 이혼했는데 다행히 아들의 양육권을 가질 수 있었다. 그러나 전남편이 재혼 후 그녀의 전(前)시부모와 모의해 아이를 빼앗아 이민을 떠나버리자 그때부터 술을 마시기 시작한 영경의 생활은 마비되었고 직장도 그만둘 수밖에 없었는데 그때 그녀 앞에 수환이 나타난 것이었다. "그가 조용히 등을 내밀어 그녀를 업었을 때 그녀는 취한 와중에도 자신에게 돌아올 행운의 몫이 아직 남아 있었다는 사실에 놀라고 의아해했다."(28면) 그렇게 그들은 아무것도 가진 것이 없을 때 만났다.

대부분의 관계는 일종의 교환 씨스템이다. 사랑도 하나의 관계라면 그 안에서도 모종의 교환이 이루어질 것이다. 여타의 관계와는 다른, 이를테면 욕망과는 다른 사랑 고유의 교환 구조가 있을까. "우리가 무엇을 갖고 있는지가 중요한 것은 욕망의 세계다. 거기에서 우리는 너의 '있음'으로 나의 '없음'을 채울 수 있을 거라 믿고 격렬해지지만, 너의 '있음'이 마침내 없어지면 나는 이제는 다른 곳을 향해 떠나야 한다고 느낄 것이다. 반면, 우리가 무엇을 갖고 있지 않은지가 중요한 것이 사랑의 세계다. 나의 '없음'과 너의 '없음'이 서로를 알아볼 때, 우리 사이에는 격렬하지 않지만 무언가 고요하고 단호한 일이 일어난다. 함께 있을 때만 견뎌지는 결여가 있는데, 없음은 더이상 없어질 수 없으므로, 나는 너를 떠날 필요가 없을 것이다."[4] 언젠가 이렇게 쓴 대로 나는 그것이 '결여의 교환'이라고 생각했다. 결여는 없음인데, 어떻게 '없는 것'을 교환할 수 있는가. 나의 '없음'을 당신에게 '주는' 일은 가능한가? 누구나 결여를 갖고 있지만 대개는 서로 감춘다. 그러다가 어떤 결정적인 순간에 내가 그의 결여를 발견한다. 그때 그의 결여가 실망스러워 등을 돌리게 되는 것이 아니라 그 결여 때문에 그를 달리 보게 되는 일이 벌어질 수 있다. 그 발견과 더불어 나의 결여는, 사라졌으면 싶은 어떤 것이 아니라, 오히려 그의 결여와 나누어야 할 어떤 것이 된다. 내가 아니면 그의 결여를 이해할 사람이 없고 그가 아니면 내 결여를 용납해줄 사람이 없다 여겨진다. 말하자면 이런 관계가 있지 않을까. 있다면, 바로 그것을 사랑의 관계라고 불러야

4) 졸저 『정확한 사랑의 실험』(마음산책 2014) 26면.

하지 않을까. 이 관계 안에서 두사람이 서로에게 대체 불가능한 파트너가 되고, 그런 상대방에 의지해 각자의 생이 견뎌질 수 있다면 말이다.[5)]

이런 생각을 갖고 있는 나에게 수환과 영경의 관계는 '사랑은 결여의 교환'이라는 내 논리에 정확히 부합하는 것처럼 보인다. 말하자면 '이런 것도 사랑'인 것이 아니라 '이것이야말로 사랑'인 그런 관계다. 여기까지만 말하고 끝낼 수 있다면 좋을 것이나 이 소설의 진정한 관심사는 결여의 발견과 사랑의 발생 그 이후의 시간에 있다. 사랑의 관계가 형성된 뒤에 그들의 뜻과는 달리 각자의 결여가 점점 더 커진다면? 그리고 그것이 각자의 삶을 갉아먹어 무너뜨린다면? 수환과 영경처럼 말이다. 수환은 3년쯤 전에 류머티즘에 걸렸으나 신용불량자였으므로 치료를 미룰 수밖에 없었는데 급기야 염증이 척추에까지 번져 이제는 걸을 수도 없게 되었고 합병증까지 생겨 병원 치료를 포기하고 요양원에 오게 된다. 어쩔 수 없이 수환과 떨어져 지내게 되면서부터 영경의 알코올 의존증상도 악화돼 그녀는 중증 알코올중독과 간경화 그리고 심각한 영양실조 증상까지 얻게 되었다. 안 그래도 가진 것이 아무것도 없는 두사람에게 이런 병을 선사해 육체까지 가져가다니 이들을 관장하는 불행은 일관성이 있는데다가 매우 집요하다. 이제 어떻게 할 것인가. 영경은 집을 정리하고 수환이 있는 요양원으로 옮겨간다. 주변 사람

5) 이 단락 후반부의 내용은 졸고 「넙치의 온전함에 대하여 — 사랑의 논리학을 위한 하나의 보충과 두개의 주석」(웹진 '인문 360°')의 일부를 가져왔다.

들은 허둥대며 안타까워하지만 두사람은 별로 동요하지 않는다. 애초에 가진 것이 없었던 사람들이 만나서 그 없음을 나눠 가지며 서로를 버텨주고 있었다. 이제 그들에게 유일하게 남아 있던 것마저 무너져내리고 있는데, 달리 생각해보면, 이것이 그들에게는 '없음이 더 많아지는' 상황이라고 말할 수도 있다. 없음을 나누는 것이 사랑이니 그렇다면 둘의 사랑은 더 강해진다. 이를테면 영경은 감정조절장애 때문에 자주 눈물이 흐르는데 수환은 합병증 때문에 눈물이 안 나는 이런 식의 빌어먹을 공평함을 그들은 기꺼이 받아들여 끝까지 밀어붙인다.

하여 영경이 마지막으로 한번 더 술을 마시러 외출을 할 수 있게 수환은 고통스러운 진통제 주사를 맞고는 멀쩡한 척 그녀를 안심시켜 내보냈고, 그 직후 그녀가 돌아오기도 전에 수환이 세상을 떠나자 영경은 진작 그럴 만한 상황이었는데 수환 때문에 필사적으로 버텼다는 듯이 알코올성 치매 상태가 되어 수환이 없는 요양원으로 돌아온다. 이렇게 그들은, 없음이 점점 많아져 없음 외에는 아무것도 없을 때까지, 자신의 없음을 상대방에게 남김없이 선물했다. 이것은 사랑의 형식으로 인생의 악희를 견뎌낸 사례다. 영경이 나가고 수환이 홀로 죽어갈 때 간병인인 종우가 들려주는 이야기가 그렇다는 것을 설명해준다. 종우는 은경을 좋아했으므로 전략적으로 소연을 좋아한 척했는데 마침내 종우가 견디지 못하고 소연에게 그 사실을 털어놓았을 때, 종우의 의도가 어떠했느냐와 무관하게, 소연에게 그 일은 인생의 악랄한 농담을 건네받는 일과 같았을 것이다. 그때 소연이 어떤 태도를 취했기에 종우는 영경을 보면 소연이 생각나는 것인가. “소연이 걔가 막 울고불고할 줄 알았는데 전혀 울지를 않더라고요. 눈은 막 울 것 같은데 끝까지 울지를 않더라고요. (…) 집에 간다길래 택시 잡아주려고 서 있는데 갑자기 얘가 코피를 쏟는 거예요. 난 세상에 그렇게 무섭게 코피 쏟는 거는 처음 봤어요.”(38면) 소연은 견뎠다. 그렇게 수환과 영경도 서로를 통해 인생의 악희를 견뎌냈다. 물론 눈물을 참으면 대신 코피가 터져나온다. 그래서 수환과 영경도 병에 걸려 함께 죽어갈 수밖에 없었겠지만 내게는 그 두사람을 동정할 자격이 없다. 그들은 그런 방식으로 사랑을 완성했기 때문이고, 자신의 인생에 결코 지지 않았기 때문이다.

「봄밤」을 이렇게 읽고 나니 「이모」도 견디는 사람의 이야기로 읽힌다. 윤경호(여, 57세) 씨의 삶을 요약하려니 또 마음이 아프다. 그녀는 대학 1학년 때 부친을 잃은 이후 가장 역할을 떠맡게 되었다. 대학을 졸업하자마자 직장을 구해 생활비를 벌면서 어머니와 남동생을 돌보았다. 이십대 중반을 넘어갈 때 사랑하는 사람이 있어서 결혼을 준비했으나 남동생이 도박빚을 졌으므로 모은 돈과 퇴직금을 거기에 쏟아부었다. 이후 결혼도 미루고 십수년 동안 직장생활을 하며 가장의 역할을 지속해나가던 중 또 한번 남동생의 빚 때문에 39세에 신용불량자가 되었다. 이후 10년 동안 빚을 다 갚고 나이가 50이 되었을 때 그는 결심한다. 돈이 모이는 대로 집을 나가겠다고. 5년 동안 1억 5천을 모은 그는 가족이 또 한번 그를 희생시키려는 조짐이 보이자 마침내 집을 떠난다. 처음에는 돈을 다 쓰고 죽어버리려고 했는데 "그날 밤 이후"(90면) 마음을 바꾸고는 검소하고 간결한 혼자만의 삶을 꾸리기로 결심하고 실천했다. 그가 살아갈 힘을 얻게 된 "그 겨울날의 이야기"(같은 곳)가 어떤 의미를 갖는가 하는 것이 이 소설의 관건이다. 그날 그는 이웃집 부부의 무신경함과 무례함 때문에 내부에서 치밀어오르는 "오싹한 증오"(93면)를 느꼈고, 윗집 벨소리가 자신의 집 인터폰을 통해 울리는 현상 때문에 괴로워하다가 "윗집에 올라가 불을 지르고 싶은 충동"(99면)을 느꼈으며, 마음을 다스리기 위해 도서관에 갔으나 "과거에서 불려나온 불투명한 유충떼의 습격을 받고 있는 느낌"(100면) 속에서 고통스러워하다가 "뭔가 행위를 해야 한다는, 이대로 가만히 있어서는 안된다는 조급한 생각"(같은 곳)이 들었고, 그길로 집으로 돌아와 술을 마시다가 대학 1학년 때 자기를 좋아했던 남학생의 손바닥에 담배를 비벼 껐던 일을 떠올리면서 그때처럼 자신의 손바닥에 담배를 눌러 끈다. 이런 순서로 흘러간 그날, 그 하루가 그에게 무엇을 깨닫게 한 것일까.

"그런데 그게 뭘까…… 나를 살게 한…… 그 고약한 게……"(106면)

그날 그가 온종일 느낀 감정은 대체로 증오였을 것이다. 처음에 그 증오는 현재의 주변 사람들에게 느낀 것이었지만 점차 과거를 향해서도 뻗어나갔다. 그날 그는 그가 살아온 인생 전체가 이 몰상식하고 무례한 이웃들처럼 그녀를 괴롭혀왔던 것이라는 생각을 새삼스레 하게 되었을 것이다. 그것을 깨달은 순간 그는 이대로 이렇게 살다 죽을 수는 없다는 다급한 생각을 했으리라. 살아가는 일이 승리를 약속하지는 않더라도 죽어버리는 일은 확실한 패배일 것이므로. 이제 그는 한번 살아봐야 했다. 그러나 어떤 힘으로? 그의 인생은 단지 성가시고 귀찮다는 이유로 남자의 손에 담배를 비벼 끈 여자처럼 그렇게 그를 대했다. 그렇다면 이번에는 내가 내 손에 담뱃불을 비벼 끄는 그 냉정함의 힘으로 세상을 대해주면 되지 않는가. "희망이 없으면 자유도 없어."(89~90면) 이것이 그의 말인데 이제부터 그에게는 희망이 생겼다. 희망이 생겼으니 자유도 누릴 수 있게 되었으리라. 페소아는 『불안의 책』에 이렇게 적었다. "자유란 고립을 견디는 능력이다. 당신이 다른 사람들에게서 멀리 떨어져 살 수 있다면, 즉 돈이나 친교, 또는 사랑이나 명예, 호기심 등, 조용히 혼자서 만족시킬 수 없는 욕구들을 해결하려고 다른 사람들을 찾지 않을 수 있다면, 당신은 자유롭다. 만일 혼자 살 수 없다면 당신은 노예로 태어난 사람이다. 아무리 고귀한 영혼과 정신을 갖고 있다 해도 혼자 살 수 없다면 당신은 귀족적인 노예, 지적인 노예일 뿐이고 결코 자유롭지 못하다."[6] 바로 이런 자유를 그는 처음으로 누리고자 했을 것이다. 그로부터 얼마 후 그는 췌장암에 걸렸

6) 페르난두 페소아 『불안의 책』(문학동네 2015) 283절, 361면.

다. 그가 자유로운 삶을 2년밖에 살지 못했다고 말하는 것은 정확한 표현이 아니다. 그는 죽어가면서도 2년이나 자유로운 삶을 살아내는 데 성공했다고 말해야 한다.

4. 고통스러운, 진실한 표정

우리가 살아가는 동안 겪어야 하는 많은 불행들이 자연과학이나 사회과학의 눈으로 모두 해명될 수 있고 또 개선될 수 있다고 생각하는 사람들에게는 '인생'이니 '비극'이니 하는 말들이 과학에 미달하는 인식 수준에서 애용되는 감상적인 말로 보일 수 있다. 그들은 바다에서 295명이 서서히 수장되는 사건이 일어난 것도 과학적으로 원인을 분석하고 해결책을 고민해야지 감상적으로 접근할 일이 아니라고 말할 것이다. 그 말이 옳을지도 모른다. 그러나 그것은 관찰자가 하는 말이다. 옳은 말은 관찰자가 하는 것이지 희생자 혹은 피해자가 하는 것이 아니다. 희생자/피해자에게는 거기 빠져 죽은 사람이 왜 하필 내 자식이어야 하는지를 과학적으로 생각할 여력도 아량도 없을 것이다. 그들에게 이 세상은 단지 저주받아 마땅한 것일 뿐이다. 그들에게는 무엇이 필요한가. 지금 고통받고 있는 사람들에게는 세상의 모든 말들이 다 위선적으로 보일지도 모른다. 그래서 에밀리 디킨슨은 "고통스러운 표정이 나는 좋다. 그게 진실하다는 것을 알기 때문이다."(시 241)라고 적었으리라. 그러므로 위로를 할 때는 이런 말을 명심할 필요가 있을 것이다. "남에게 밧줄을 던져줄 때는 반드시 한쪽 끝을 잡고 있어라."[7] 예컨대 '그는 더 좋은 곳으로 갔을 거예요'나 '걱정말아요, 괜찮을 거예요' 같은 말들은 내 쪽의 끝을 놓아버리면서 던지는 밧줄이다. 반면에 '당신이 얼마나 그를 사랑했는지 알겠어요'와 같은 말은 한쪽 끝을 쥐고 던지는 밧줄이어서 상대방이 믿고 붙잡을 수 있다. 내가 책임질 수 있는 말만이 상대방에게 위로가 될 수 있다는 설명이지만 달리 말하면 이것은 막연한 '거예요'와 분명한 '알겠어요'의 차이이기도 하다. 문학이 위로가 아니라 고문이어야 한다는 말도 옳은 말이지만, 그럼에도 가끔은 문학이 위로가 될 수 있는 이유는 그것이 고통이 무엇인지를 아는 사람의 말이기 때문이고 고통받는 사람에게는 그런 사람의 말만이 진실하게 들리기 때문이다. 이번 책에서 권여선의 소설은 고통이 무엇인지 아는 사람의 표정을 짓고 있다. 요즘의 나에게 문학과 관련해서 그것보다 중요한 것은 아무것도 없다.

申亨澈 | 문학평론가

7) 『슬픔의 위안』, 앞의 책 111면.

| 작가의 말 |

제목이 제목이니만큼 술 얘기로 시작하지 않을 수 없다.

내 음주인생에서 술에 관해 다소 충격적인 얘기를 들은 건 두번이었다. 물론 나는 30년 넘는 음주이력을 거치면서 온갖 우려와 질타, 냉담과 무시, 위협과 압박을 받아왔다. 그래서 웬만한 말에는 내성이 생겼다. 그런데 이 두번의 경우는 나를 향한 어떤 비난도 담겨 있지 않은 순수한 사실의 환기였기에 더 충격이었다.

첫번째는 대학 1학년 때 남자 동기에게 들은 얘기다. 그때는 남학생들이 일사불란하게 교련 수업을 받았는데, 동기 말로는 교련 교재에 알코올중독 증상에 관한 설명이 나와 있다고 했다. 거기에 나열된 증상 대부분이 내게 해당되긴 하지만 특히 들어맞는 것 하나가 있다는 것이었다. 그게 뭐냐고 물으니 '술을 마시기 위해 거짓말을 한다'는 증상이라 했다. 깜짝 놀라 내가 언제 거짓말을 했냐고 따졌더니 아니, 꼭 거짓……말을 한 건 아니지만 아무튼…… 하고 얼버무리더니 가버렸다. 충격에 빠진 나는 저 녀석이 왜 저런 얘길 했을까 곰곰이 생각해본 후 더욱 충격에 빠졌다. 물론 나는 거짓……말은 안했다. 그러나 거짓된 무엇인가를 하긴 했다. 그 당시 나의 신데렐라적 불안은 오후 다섯시부터 시작되었다. 다섯시는 학생식당에서 석식을 제공하는 시간이었다. 아무도 나에게 술 먹으러 가자는 말을 하지 않고 우르르 일어나 식당으로 가버릴까봐 나는 초조하고 두려웠다. 말수가 줄고 표정이 우그러졌다. 가만히 있지 못하고 과 사무실 탁자 주변이나 써클룸 창가를 서성였다. 누가 봐도 안 좋은 일을 당했거나 심각한 고민에 빠진 듯한 모습이었다. 그때 누군가 내게 다가와 술이나 한잔하자고 제안하면 당장 내 눈엔 생기가 돌고 입가엔 미소가 퍼졌다. 오로지 그 순간을 위해 나는 나도 모르는 사이에 거짓된 내용을 연기하고 있었고, 동기 녀석은 그걸 알아채고 누설한 것이었다.

두번째는 한달도 안된 최근 얘기다. 얼마 전 나는 회기역 근처에 문상을 갈 일이 있었는데 그 상가에서 동문 선후배들을 떼로 만났다. 전날 과음을 해서 조금만 마시고 일어날 생각이었지만 어찌하다보니 오래 앉아 있게 되었다. 동문들은 전철이냐 택시냐를 놓고 설왕설래하다 좀더 마시고 택시를 타고 가는 쪽으로 결론을 냈다. 나 또한 그러기로 했다. 잠시 뒤에 한 선배가 다른 선배에게, 내가 평생에 딱 두명을 봤는데 한명은 A(라고 하자)고 한명이 얘야,

하며 나를 가리켰다. 앞 얘기를 듣지 못한데다 A라는 사람도 모르는 터라 나는 A와 나의 공통점에 대해 추측할 수 없었다. 그게 무슨 얘기냐고 물으니 그 선배 왈, 자기 평생에 어떤 술자리에서도 결코 먼저 일어나자는 말을 하는 걸 들어본 적 없는 인간이 두명 있는데 그게 바로 A와 나라는 것이었다. 선배의 말은 나를 묘한 충격에 빠뜨렸다. 내가 정말 평생 술자리에서 한번도 먼저 일어나자는 말을 해본 적이 없던가? 놀랍게도 그건 사실이었다. 술자리가 파장으로 치달을 때면 나는 다시금 오후 다섯시의 신데렐라적 불안을 고스란히 되풀이해야 했다. 아무도 나와 술을 더 마셔주지 않고 우르르 일어나 집으로 가버릴까봐 나는 초조하고 두려웠다. 그런 내가 설마 먼저 일어나자는 말을 했을 리야. 나는 일면식도 없는 A에게 이루 말할 수 없는 친밀감을 느꼈다.

술자리는 내 뜻대로 시작되지 않고 제멋대로 흘러가다 결국은 결핍을 남기고 끝난다. 술로 인한 희로애락의 도돌이표는 글을 쓸 때의 그것과 닮았다. '술'과 '설'은 모음의 배열만 바꿔놓은 꼴이다. 술을 마시기 위해 거짓 '설'을 연기하던 나는 어느덧 크게도 아니고 자그마하게 '설'을 푸는 小설가가 되었다.

다섯번째 소설집을 내놓는다.

아무리 마셔도 아무리 써도 끝장이 나지 않는 불안의 쳇바퀴 속에서 나는 자꾸 조갈이 난다. 오늘은 또 누구와 술을 마시고 누구에게 설을 풀 것인가. 그 누구는 점점 줄어들고 나는 점점 초조해진다. 몇번 입술을 깨물고 다짐도 해보았지만 그래도 나란 인간은 (A와 마찬가지로) 결코 이 판에서 먼저 일어나자는 말을 할 수가 없다.

2016년 5월

권여선

| 수록작품 발표지면 |

봄밤 …… 『문학과사회』 2013년 여름호

삼인행 …… 『21세기문학』 2015년 봄호

이모 …… 『창작과비평』 2014년 가을호

카메라 …… 『현대문학』 2013년 12월호

역광 …… 『한국문학』 2015년 여름호

실내화 한켤레 …… 『내일을여는작가』 2014년 상반기호

층 …… 문장 웹진 2015년 11월호

안녕 주정뱅이

초판 1쇄 발행 • 2016년 5월 16일
초판 27쇄 발행 • 2024년 12월 30일

지은이 / 권여선
펴낸이 / 염종선
책임편집 / 박지영
조판 / 신혜원
펴낸곳 / (주)창비
등록 / 1986년 8월 5일 제85호
주소 / 10881 경기도 파주시 회동길 184
전화 / 031-955-3333
팩시밀리 / 영업 031-955-3399 · 편집 031-955-3400
홈페이지 / www.changbi.com
전자우편 / lit@changbi.com

ISBN 978-89-364-3738-1 03810